唐诗诞生的地方

李振华　丁慧琴 / 著

山东画报出版社

图书在版编目（CIP）数据

唐诗诞生的地方 / 李振华著. — 济南：山东画报出版社，2017.1（2017.6重印）
ISBN 978-7-5474-1963-2

Ⅰ.①唐… Ⅱ.①李… Ⅲ.①唐诗—诗歌研究 Ⅳ.①I207.22

中国版本图书馆CIP数据核字（2016）第160180号

选题策划	傅光中
责任编辑	李新宇
特约编辑	谢保峰
装帧设计	宋晓明
主管部门	山东出版传媒股份有限公司
出版发行	山东画报出版社
社　址	济南市经九路胜利大街39号　邮编 250001
电　话	总编室（0531）82098470
	市场部（0531）82098479　82098476（传真）
网　址	http://www.hbcbs.com.cn
电子信箱	hbcb@sdpress.com.cn
印　刷	山东临沂新华印刷物流集团
规　格	185毫米×260毫米
	19.50印张　396幅图　123千字
版　次	2017年1月第1版
印　次	2017年6月第2次印刷
印　数	4001-8000
定　价	48.00元

如有印装质量问题，请与出版社资料室联系调换。

目录

001　静夜思　李白
004　访戴天山道士不遇　李白
007　渡荆门送别　李白
011　山中问答　李白
015　黄鹤楼送孟浩然之广陵　李白
018　越女词　李白
021　清平调三首·其三　李白
024　独坐敬亭山　李白
028　望庐山瀑布　李白
031　早发白帝城　李白
034　赠汪伦　李白
037　秋浦歌　李白
039　宿五松山下荀媪家　李白
042　望天门山　李白
044　游洞庭湖五首·其二　李白
047　登金陵凤凰台　李白

050	夜宿山寺	李白
054	送杜少府之任蜀州	王勃
057	陪润州薛司空丹徒桂明府游招隐寺	骆宾王
061	渡汉江	宋之问
064	回乡偶书二首·其一	贺知章
067	回乡偶书二首·其二	贺知章
070	登鹳雀楼	王之涣
073	凉州词	王之涣
076	春　晓	孟浩然
079	与诸子登岘山	孟浩然
082	宿建德江	孟浩然
085	次北固山下	王湾
088	题破山寺后禅院	常建
091	黄鹤楼	崔颢
094	长干行·其一	崔颢
097	春泛若耶溪	綦毋潜
100	芙蓉楼送辛渐	王昌龄
103	九月九日忆山东兄弟	王维
106	送元二使安西	王维
109	使至塞上	王维
112	汉江临泛	王维
115	竹里馆	王维
118	山居秋暝	王维
121	鹿　柴	王维
124	辋川闲居赠裴秀才迪	王维
127	望　岳	杜甫
130	饮中八仙歌（节选）	杜甫
133	月　夜	杜甫
136	月夜忆舍弟	杜甫
139	客　至	杜甫

142	绝　句	杜甫
145	蜀　相	杜甫
148	旅夜书怀	杜甫
151	登　高	杜甫
154	登岳阳楼	杜甫
157	春行即兴	李华
160	逢入京使	岑参
163	山房春事	岑参
166	枫桥夜泊	张继
169	阊门即事	张继
172	送灵澈上人	刘长卿
175	送李判官之润州行营	刘长卿
178	寒　食	韩翃
180	兰溪棹歌	戴叔伦
183	塞上曲	戎昱
186	秋夜寄邱员外	韦应物
189	滁州西涧	韦应物
192	登科后	孟郊
194	游子吟	孟郊
196	早春呈水部张十八员外	韩愈
199	左迁至蓝关示侄孙湘	韩愈
202	城东早春	杨巨源
205	金陵五题·石头城	刘禹锡
207	再游玄都观	刘禹锡
210	乌衣巷	刘禹锡
212	白云泉	白居易
215	钱塘湖春行	白居易
218	大林寺桃花	白居易
221	题都城南庄	崔护
224	江　雪	柳宗元

227	渔　翁	柳宗元
230	过衡山见新花开却寄弟	柳宗元
234	题李凝幽居	贾岛
236	题金陵渡	张祜
239	清　明	杜牧
242	赤　壁	杜牧
245	过华清宫绝句三首·其一	杜牧
249	题乌江亭	杜牧
253	金谷园	杜牧
256	泊秦淮	杜牧
259	寄扬州韩绰判官	杜牧
262	题鹤林寺壁	李涉
265	润州听暮角	李涉
268	再宿武关	李涉
271	井栏砂宿遇夜客	李涉
274	咸阳值雨	温庭筠
277	商山早行	温庭筠
280	陇西行四首·其二	陈陶
283	无　题	李商隐
286	登乐游原	李商隐
289	江楼感旧	赵嘏
291	白鹿洞二首·其一	王贞白
294	台　城	韦庄
297	社　日	王驾
299	后　记	

静夜思

李白

床前明月光，疑是地上霜。
举头望明月，低头思故乡。

《静夜思》意境图

这首诗，是李白年轻时的作品，那时他大约只有二十六岁，写作地点在当时的扬州旅舍。

这处扬州旅舍，现在已完全无法追寻。据权威人士的研究，唐代的扬州城位于现在的扬州城北边，李白当年作诗的旅舍应在扬州城北的古城墙一带。

可以说，在中国，没有一个人不熟悉这首诗。它的影响之大，流传之广，其他任何诗词都无法与之抗衡。

也许很多人不知道，《静夜思》还存在另一个版本："床前看月光，疑是地上霜。举头望山月，低头思故乡。"

一般认为，这后一版本更接近李

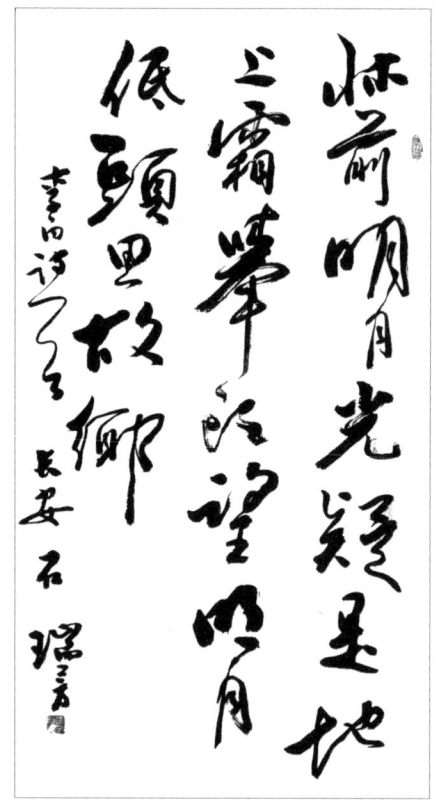

书法作者石瑞芳，女，中国书法家协会会员，陕西省书法家协会副主席，西安市书法家协会主席。

白的原作，因为宋代的《李太白文集》《乐府诗集》《万首唐人绝句》中，《静夜思》就是这个样子。元朝的《分类补注李太白集》和明朝的《唐诗品汇》，也是如此。

宋人一直非常推崇唐诗，其收录编辑工作极其认真，加之距唐代不远，误传差错相对较少。

到了明代，对宋人的《唐人万首绝句》进行了整理与删补，《静夜思》的第三句被改成"举头望明月"。清代康熙年间沈德潜编选的《唐诗别裁》，将诗中的第一句改成"床前明月光"。乾隆年间所编《唐诗三百首》，吸纳了明刊《唐人万首绝句》与康熙年间《唐诗别裁》对《静夜思》的两处改动，从此《静夜思》才成为在中国通行至今的版本。

如今来寻找唐代的影子，我们只能选择唐城墙遗址为目标。

隋代，隋炀帝开通南北大运河，在此修建

扬州唐城遗址博物馆一角

迷楼。进入唐代，国力鼎盛，扬州也达到了极盛的巅峰，曾是大唐最重要的港口城市。当时，唐城包括子城和罗城两部分，城周长二十公里。

今天登上扬州城北的唐子城遗址，可俯视扬州城十里美景，微风轻抚，杨柳依依，风韵无限。

可以肯定，就在这片土地上，当年曾留下年轻李白的脚印。

前面的某一个土坡上，曾挺立过一座普通的旅舍。在一个静静的秋夜，李白住在这里，他抬头望着天空的一轮皓月，思乡之情油然而生，写下了这首传诵千古、名扬中外的名诗《静夜思》。

几天后的一个晚上，他又写下《秋夕旅怀》："凉风度秋海，吹我乡思飞。连山去无际，流水何时归。目极浮云色，心断明月晖……"

时间的扫帚在不停地清扫这个世界，一千多年后，它早已将那座普通的旅舍清扫干净，将那块地方变成了我们眼前的模样。

当你从这里匆匆走过，请不要忽略它，这里是"床前明月光"诞生的地方，只是你不知道而已。

访戴天山道士不遇

李白

犬吠水声中,桃花带露浓。
树深时见鹿,溪午不闻钟。
野竹分青霭,飞泉挂碧峰。
无人知所去,愁倚两三松。

李白在十八九岁时,曾隐居四川江油北大匡山大明寺中读书,闲暇时去戴天山访道士不遇,写了这首诗。诗中描绘了一幅色彩鲜明的访问道士不遇图,通篇着意于写景,真实自然、生动形象地再现了道士世外桃源般的优美生活境界。

寻找戴天山不容易,即使在当地,也很少有人知道它的位置。有人说大匡山就是戴天山,也有人说戴天山在青城山附近。

光绪年间的《江油县志》记载:"戴天山在大匡山顶,上有饲鹤池故迹,即李白访道士不遇处,瓦砾累累皆是,其为当日寺观可知。"

出江油城区向北,十余公里后进

《访戴天山道士不遇》意境图

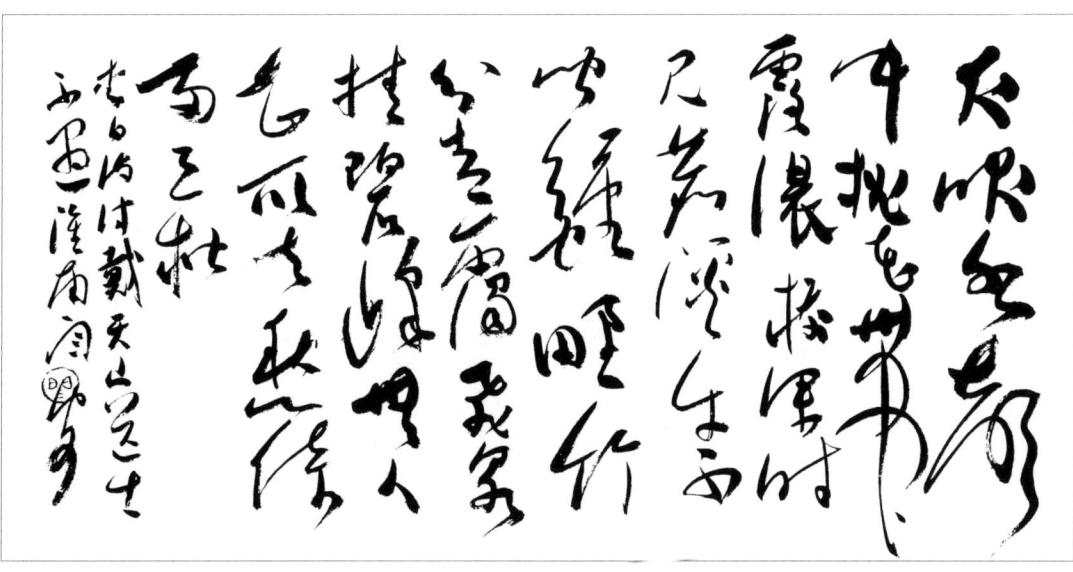

书法作者闫安,中国书法家协会会员,中国工艺美术家协会会员,安徽省淮南市书法家协会副主席。

◎ 访戴天山道士不遇　李白

　　入山区,沿一条很窄的山路进入大匡山,在一道山岭处拐弯,看到对面山坡上正在新建一处寺院。当地人说,那就是李白当年读书的地方。

　　寺院尚在建设中,无法一一对应当年李白读书的具体位置。不过可以肯定,这里就是古代寺院遗址。

　　到实地一看会发现,说大匡山就是戴天山是有道理的。大匡山后面群峰连绵,一峰更比一峰高。那最高处,才是真正的戴天山。

　　大匡山虽不等于戴天山,但大匡山背靠戴天山,两山紧紧相连,容易让人混淆。

　　从大匡山大明寺去戴天山的道路狭窄陡峻,杂草丛生,十分艰险。沿途有郁郁葱葱的苍松古柏,万壑争流的银瀑飞泉,山间崖畔的翠竹新篁,偶尔遇见觅食于密林中的黄麂。这些与李白诗描写的"树深时见鹿,溪午不闻钟;野竹分青霭,飞泉挂碧峰"正好吻合。

　　李白当年寻仙求道,应当就是走的这条路。

　　戴天山顶峰下面,有一个溶洞。相传,唐朝时有一位宫廷太监,为人正直,得罪权贵,遭受迫害,逃到这里出家修炼,后来得道,羽化升仙。

　　溶洞很深,里面的钟乳石、石笋千姿百态,最奇者有李老君神龛、观音坐莲台、神农像、药王像,都是天然长成,头部与躯干比例协调,连衣纹也很逼真。想必李白

山脚处建筑群是李白读书处，山后的山是戴天山。

当年也游过这里。

戴天山顶峰是这周围的最高峰，海拔两千一百多米。站在山顶，只见脚下云飘雾涌，似置身于云雾缥缈的天界。

不过，我们没有飘飘然，知道自己脚踏实地，正所谓：山再高，也高不过人的脚掌啊。

渡荆门送别

李白

渡远荆门外,来从楚国游。
山随平野尽,江入大荒流。
月下飞天镜,云生结海楼。
仍怜故乡水,万里送行舟。

"山随平野尽,江入大荒流"写意图

《渡荆门送别》是诗人李白于开元十三年(725)辞亲远游、出蜀至荆门时所作。此前,李白一直在四川生活,读书于戴天山,游览峨眉,隐居青城,这次离别家乡,由水路乘船远行,经巴渝,出三峡,直向荆门山外驶去,目的是到湖北、湖南一带的楚国故地游览。这是诗人第一次离开故乡漫游全国。

诗中的荆门即荆门山,位于今湖北宜都县西北,长江南岸,与北岸虎牙山隔江对峙,自古就有楚蜀咽喉之称。

相传,远古时代由巫山神女峰飞来一头雄狮,由安徽的黄山飞来一只猛虎,它们为争夺这里的山水展开厮

荆门山

荆门山下的长江

江边的古碑

书法作者叶枝校，中国书法家协会会员，柳州市青年书法家协会主席。

杀。夏禹发现后，抛出铁链把它们锁住。从此，狮虎分居南北，俗称"青狮对白虎"。

　　作为楚境西塞，荆门乃历代兵家必争之地，历史上这里曾发生过大小战争百余次：秦楚荆门之战、公孙述浮桥拒汉兵、陆逊火烧连营的夷陵之战、梁陈安蜀城之战等著名战事，都发生在这里。多少英雄梦断于此，暗合了一代代诗人们起伏的心潮，为他们提供了绝佳的吟咏素材。

　　下了宜昌长江公路大桥不远就是荆门山，它就在长江边。当地人说，前些日子，这山坡的崖壁上还有"荆门山"三个大字，公路对面还有一座渡远亭，可供游人观光。现在正搞开发，那些遗迹被挖掉了，现在能看到的基本就是一个施工工地。

　　沿着山脚一条小路上山，穿过橘林，前面有许多树藤缠在一起，有的地方只能猫腰前行。快到山顶时，来到仙人桥所在地。这里松柏郁郁葱葱，石桥险峻如刀削，下面是一泓绿潭。传说当年观音菩萨路过此地，见山涧挡住去路，便将拂尘一挥，造了这道银虹飞架的胜境。

站在山顶回首一望，浩浩荡荡的万里长江横于脚下，江面百舸争流，一派繁忙景象，不由得使人心潮澎湃。

就是这个地方，李白竟然留下三首诗：《渡荆门送别》《秋下荆门》和《荆门浮舟望蜀江》。第二首是李白准备到东部漫游求仕，经过此处，"此行不为鲈鱼鲙，自爱名山入剡中"。第三首与《早发白帝城》有关，因参加李璘幕府而获罪被发配夜郎，途中又遇赦东归经过这里。"逶迤巴山尽，摇曳楚云行""芳洲却已转，碧树森森迎"的诗句，印证了李白的喜悦心情。

李白是豪放和乐观的，不管遇到什么困难都不皱眉。

有人说，只要有乐观的心态和不屈的意志，什么困难都会被踩在脚下。

此话当牢记之。

山中问答

李白

问余何意栖碧山,
笑而不答心自闲。
桃花流水窅然去,
别有天地非人间。

《山中问答》意境图

李白诗中所说的碧山又名白兆山,位于湖北省安陆市西北的烟店镇。白兆山峰回路转,山峦叠翠,常年鸟语花香,碧水长流,是旅游观光、寻幽览胜的好地方。

唐玄宗开元十五年(727),李白"仗剑去国,辞亲远游",来到安陆,开始了"酒隐安陆"的十年生活。后来,他同宰相许圉师的孙女许紫烟结婚后即居住于此。白兆山离大安山(许圉师旧宅)仅五公里,这期间李白以安陆白兆山为活动中心,以文会友,写下了近百首著名诗篇。

历代文人墨客凭吊李白,大都涉足白兆山,如韩愈、杜牧、刘长卿、欧阳修、曾巩、秦观等,一大批在中

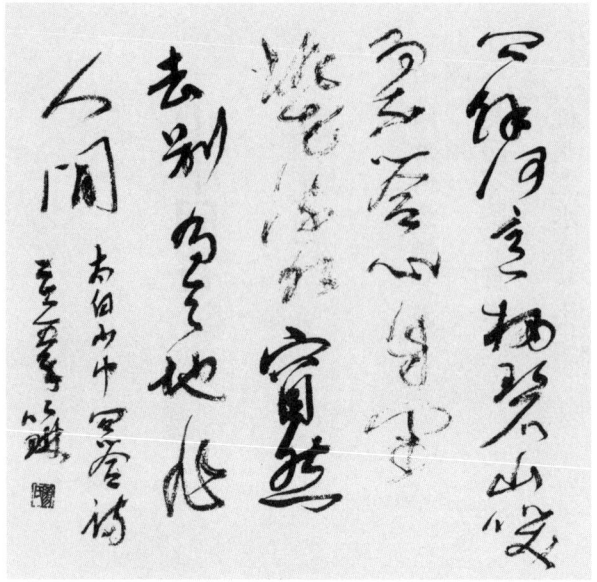

书法作者颜以琳,中国书法家协会会员、桂林市书法家协会理事、桂林市书法家协会学术委员会主任。

国文学史上享有盛名的文坛巨匠,都曾来这里游览题咏。

白兆山风景区的李白纪念馆,为三层斗拱飞檐的仿唐建筑,展区分为盛世李白、安陆李白、魅力李白三大板块,图文并茂地介绍了李白生活的时代背景、生活环境、毕生经历,以及在安陆的生活情景。

当地还有一个李白与白兆山结下不解之缘的美丽传说。

传说玉皇大帝手下有一位专司起草圣旨的太白金星,他文思敏捷,才华横溢,是天庭难得的文官。但他嗜酒如命,常常喝得酩酊大醉。一天,玉皇大帝令太白金星草拟圣旨,谁知他跑到广寒宫同吴刚饮酒对弈起来。蒙眬醉意中,太白金星的衣袖拂掉的一枚棋子,落在了安陆西北三十里外的地方,变

白兆山远眺

白兆山李白塑像

白兆山上

成了一座大山。棋子落地产生的巨大冲击力,砸得地上乱石滚滚、烟尘蒙蒙,于是人们就把那里叫作"烟店"。后来,玉皇大帝知道太白金星因贪杯误了正事,就把他贬到凡间,让他投胎到一位李姓人家,出生后取名李白。

某日,一位云游高僧来到安陆烟店,见那枚棋子化作的大山红光普照,紫气升腾,有神灵仙气,断定是太白金星的造化,便为它取名"白兆山"。后来,李白来到白兆山,感慨道"山名曰白兆，始知李白来"，并在山上住下来，而且一住就是十年。

白兆山有人行步道，也有柏油山路，车子可一直开到山顶，一路地势险峻，崖壑幽深，锦峰秀岭。沿途有桃花岩、李白读书台、太白堂、太白林、绀珠泉、洗脚塘、洗笔池等与李白相关的遗迹。

山顶上有许多仿古建筑，有大雄宝殿、三清殿、祖师殿、南天门等，最引人注目的当然还是李白塑像——他迎风挺立山巅，目视远方。

我们来到李白塑像前，与他一起眺望远方：远方的世界，长空万里，无边无际。

原来，与高人站到一起，就有了接近于高人的视野。

黄鹤楼送孟浩然之广陵

李白

故人西辞黄鹤楼,
烟花三月下扬州。
孤帆远影碧空尽,
唯见长江天际流。

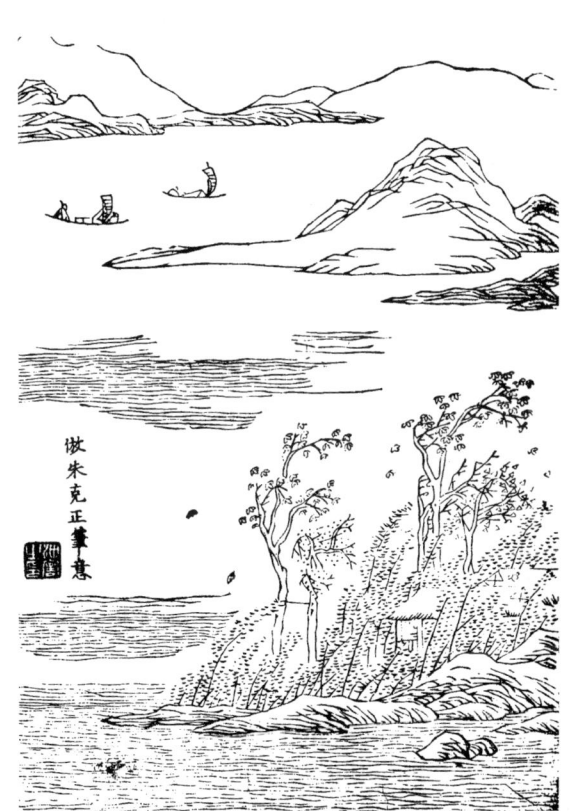

《黄鹤楼送孟浩然之广陵》意境图

唐开元十五年（727），李白东游，在湖北安陆小住了一段时间。在这里，他结识了长自己十二岁的孟浩然。孟浩然对李白非常欣赏，两人很快成了挚友。唐开元十八年（730）阳春三月，李白得知孟浩然要去广陵（今扬州），便托人带信，约孟浩然在今武汉市会面。孟浩然如约来到这里，与李白一起小住数日。待孟浩然乘船东下时，李白亲自送他到江边，有感而发，写下了这首送别诗。

这次离别正值开元盛世，烟花三月，天下太平，春意盎然，从黄鹤楼到扬州，一路都是繁花似锦。扬州是当时整个东南地区最繁华的大都会，加之当时的李白青春年少，眼里不仅

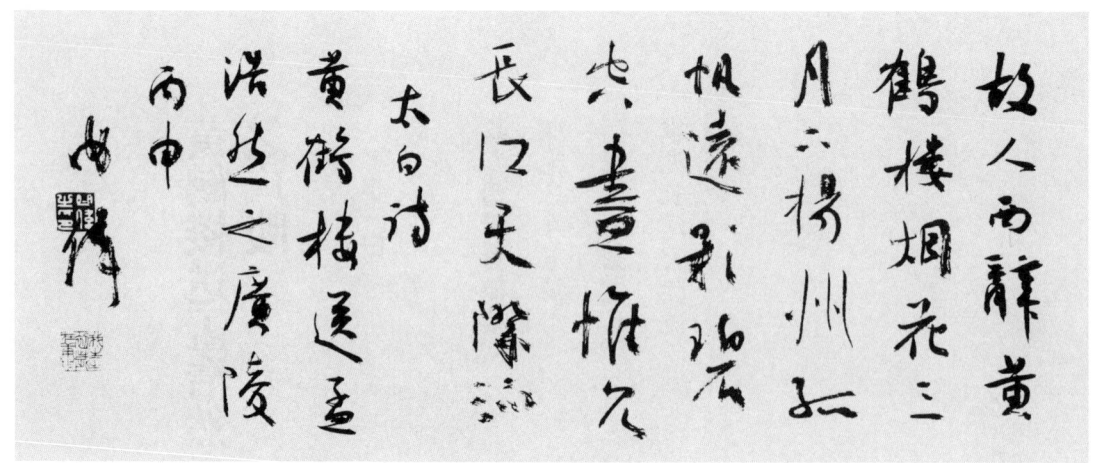

书法作者曲伟，中国书法家协会会员，烟台市书法家协会理事，莱山区书法家协会副主席。

没有忧愁和悲伤，反倒认为孟浩然这趟旅行快乐得很。所以在送别之际，他的心早已跟着孟浩然飞向远方，心中激情澎湃，诗意大发。

每个人的年龄、经历不同，读一首诗会有不同的理解，各自会在心中完成一次再创作。吟咏这首诗，可以想象李白站在江边断崖高处，背着双手，迎风挺立，一动不动地目送孟浩然所乘小船消失在天际之间。

而你身临其境后发现，这里见不到断崖，大江两岸是新修的岸堤，整齐的护栏，林立的高楼。宽阔的江面上，一艘艘巨轮缓缓行驶。抬眼一望，横架在江面上的是雄伟的武汉长江大桥，桥上车来车往。

从侧道登上大桥，从桥头回望，不远处的黄鹤楼，在阳光下显得金碧辉煌。

原以为黄鹤楼紧靠江边，李白就在楼下送别孟浩然，实地一看，黄鹤楼离江边还有一段距离。

黄鹤楼

送别处

唯见长江天际流

后来查看资料得知，1957年架设的武汉长江大桥引桥，占用了黄鹤楼旧址，因此1981年重建黄鹤楼时，地址就选在距旧址约一千米的蛇山上。如此说来，李白当年送别孟浩然的场景，与我们想象的大致吻合。

现在有了长江大桥，天堑变通途，人在桥上走，水在脚下流，巨轮也在脚下穿梭。

手扶栏杆，望着远去的江水，虽然无法确定当年李白送孟浩然的准确地点，但仍能切身感受到李白与孟浩然之间的深情厚谊。

越女词

李白

耶溪采莲女,见客棹歌回。
笑入荷花去,佯羞不出来。

这是李白在越地所写《越女词五首》中的第三首。诗中的耶溪即若耶溪,是浙江省绍兴市的一条著名溪流,今名平水江。

李白用近乎白话的文字,描写了一幅如水墨画一样的场景:若耶溪有一位采莲的姑娘,看见客人来了便唱着歌儿回返,她唱着笑着进了荷花丛,还假装害羞不肯出来。

寥寥数语,塑造了采莲姑娘的可爱形象,不单描绘其外貌之美,而且写出她天真调皮的神态,极富生活气息,采莲少女活泼可爱的神态呼之欲出。

唐代的若耶溪就是风景名胜,这里流泉澄碧,两岸风光如画。相传,

《越女词》意境图

如诗如画的若耶溪风光

唐诗诞生的地方

◎ 越女词　李白

这里就是西施浣纱的地方。

　　西施的故事妇孺皆知。春秋时代，越国称臣于吴国，越王勾践卧薪尝胆，立志复国。国难当头之际，西施忍辱负重，以身许国，与郑旦一起由越王勾践献给吴王夫差，成为吴王宠妃，把吴王迷惑得无心于国事，众叛亲离，为勾践的东山再起立下大功，表现了一位爱国姑娘的高尚情操。勾践灭吴后，西施不知所终。关于她的结局，有多种传说。有说西施与范蠡泛舟五湖的，一说西施被越王勾践装进袋子沉水而亡，一说西施返回家乡若耶溪重新做起了浣纱女。唐代诗人宋之问有一首写西施回乡的《浣纱》诗，有"一朝还旧都，靓妆寻若耶"之句。

　　难怪若耶溪从古到今有那么多文人雅士光顾，难怪李白会一再写若耶溪，写若耶溪的采莲女。他还有一首《采莲曲》："若耶溪傍采莲女，笑隔荷花共人语。日照新妆

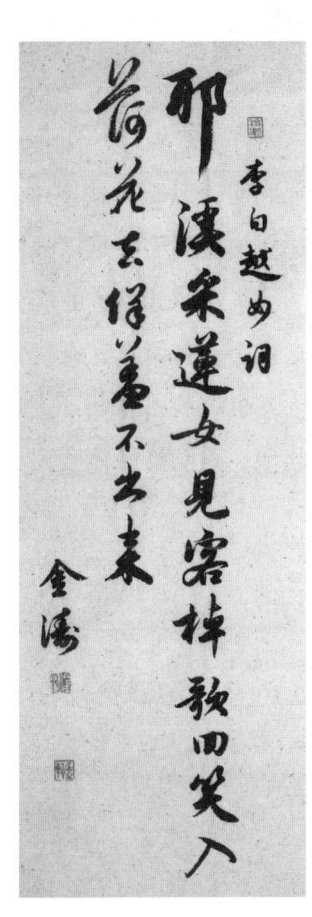

书法作者金涛，中国书法家协会会员，绍兴市越城区书法家协会主席团委员。

若耶溪岸边房舍

水底明,风飘香袂空中举……"诗人将越女美丽的笑脸置于荷花丛中描绘,鲜艳的荷花与美丽的笑脸难以分辨,映衬手法运用得非常成功。

离绍兴市区东南方不远的平水江,就是当年的若耶溪。江边风景仍然如诗如画,有青山,有绿水,有村舍,有小桥。

也许我们来得不是时候,没有看到接天的莲叶和活泼可爱的采莲女。不过,此时此地,我们已经体会到了李白这首诗的意境,也听到了当代越女清纯甜润的笑声。

清平调三首·其三

李白

名花倾国两相欢，
长得君王带笑看。
解释春风无限恨，
沉香亭北倚阑干。

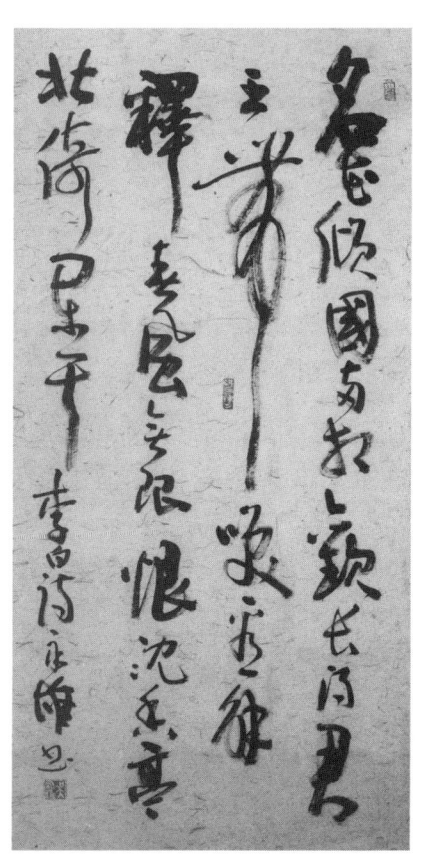

　　唐开元年间某春季的一天，在兴庆宫的沉香亭，唐玄宗和杨贵妃一同观赏牡丹花，伶人们准备表演排练好的歌舞助兴。唐玄宗说："赏名花，对爱妃，岂可用旧日乐词。"随即派人宣翰林待诏李白进宫。李白奉诏进宫，在金花笺上作了三首清平调，这是其中第三首。

　　兴庆宫是唐长安城三大宫殿群（太极宫、大明宫、兴庆宫）之一，位于长安外郭东城春明门内。兴庆宫是唐玄宗做藩王时的府邸，登基后大规模扩建，成为唐玄宗时期中国的政治活动中心，也是他与爱妃杨玉环长期居住之所。安史之乱后，兴庆宫失去了政治活动中心的地位，成为太上皇或太后闲居之所。唐末长安城被毁，兴庆宫被废弃。

　　书法作者吴永雄，中国书法家协会会员，海南省书法家协会副主席，全国公安书法家协会副主席。

沉香亭是兴庆宫里的一组园林式建筑，传说全部用一种名贵的沉香木建成，故称沉香亭。位于宫内龙池东北方，周围有盛开的牡丹花，是供唐明皇和杨贵妃夏天纳凉避暑的地方。

现在，这里已是兴庆宫公园。该公园于1958年在兴庆宫遗址上建成。

走进公园，你会发现，公园呈西北高、东南低之势，以龙池为中心，分布着沉香亭、花萼相辉楼、南薰阁、长庆轩、五龙潭亭等景点。园内林木葱郁，百花飘香，生机勃勃，风景宜人。

沉香亭，被绿树和花草簇拥着，高高挺立，重檐宝顶。郭沫若先生、赵朴初先生分别为该亭题写了匾额。郭老的匾额挂于亭子的正西面，赵老的匾额悬挂于亭子的正东面，两位书法大家的题字为沉香亭增色不少。

公园免费开放，游人很多，还有人在这里练拳、跳舞。漫步在花红柳绿中，自然会想象李白当年在这里作诗的情景。能够得到天子的赞赏当然是一种荣誉，但得到赞赏并不意味着就会得到官职。在唐玄宗心目中，李白只是一个优秀的诗人，但不是一块做官的料。

新建的沉香亭

兴庆宫公园一隅

　　李白在兴庆宫做得最得意的一件事，是他写诗时，仗着唐玄宗的宠爱，叫杨国忠为他磨墨，高力士给他脱靴。

　　多少年来，人们一直赞颂李白这种不畏权贵的精神。但是，李白也因此付出了巨大代价。在杨国忠、高力士的排斥下，他没有在长安待得太久。

　　他被迫走出了兴庆宫，离开了长安城。

　　多少年后，在长江边的采石矶上，李白看到了江水中那明月的倒影，他想飞到明月之上……

　　如今，沉香亭旁的牡丹依然无声地绽放出绚丽的花朵。

独坐敬亭山

李 白

众鸟高飞尽,孤云独去闲。
相看两不厌,只有敬亭山。

敬亭山位于安徽省宣城市区北郊,原名昭亭山,晋初为避皇帝司马昭讳,改名敬亭山。

李白一生七游宣城,这首五绝作于天宝十二年(753)秋(另有一说是作于晚年)游宣州时,距他被迫离开长安已有十年时间。长期的飘泊生活,使李白体会了世态炎凉,增添了孤寂之感。此诗写诗人独坐敬亭山所看到的景致,以寄情山水,排解心中的孤独与寂寞。

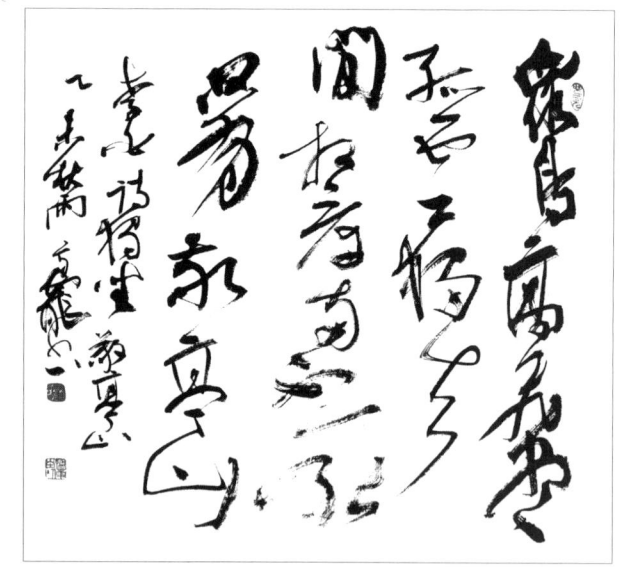

书法作者罗方龙,中国书法家协会会员,中国硬笔书法协会会员,广西书法家协会创作评审委员会委员。

敬亭山虽不高,但它拔地而起,远看满目青翠,云山雾绕,犹如猛虎卧伏;近观林壑幽深,泉水淙淙,显得格外灵秀。

敬亭山下,矗立着一座仿古山坊,坊门上刻有楚图南题写的"敬亭山"三字。山坊后面有李白雕像,他迎门而立,飘飘欲仙。

敬亭山下

敬亭山坊

唐诗诞生的地方

◎ 独坐敬亭山　李白

敬亭山下的茶园

沿着弯曲的进山公路行驶，路两边一片片碧绿的茶园，修整得非常整齐，成为独特的风景。高高的核桃树上挂满了果实，展显出另一种风采。

继而，山势渐高，林木茂密，只能步行。路边许多巨石上，镌刻着历代文人歌咏敬亭山的诗句，让人感受到敬亭山文化的厚重。此外，这里还有昭亭湖、昭亭坊等好去处，湖面有几只游艇游弋。

竹林深处有一尊石雕像，她就是传说中住在敬亭山上的唐朝玉真公主，雕像旁边是皇姑坟。石碑记载说：玉真公主在入道后广游天下名山，好结有识之士，尤垂青才华横溢的平民道友李白，力荐李白进宫待诏。李白得罪权贵，被迫离职，公主对此义愤填膺，愤然放弃公主封号。安史之乱后，他与李白一同隐居敬亭山，后香消玉殒于此。不远处的山坡上有一眼相思泉，传为李白与玉真公主相爱的见证。

一个美丽的传说。

继续盘山而上，快到山顶时，可看到那新建的壮观的太白独坐楼。它依山势而建，四层仿唐建筑，非常气派。里面是宽敞的展厅，展示李白的生平，以及他在宣城留下的足迹。这里还有李白的一尊坐像：坐于山石之上，左手扶石，右手持卷，头微上昂，

相思泉

太白独坐楼

眺望远方，若有所思，颇具神采。

登上太白独坐楼，极目远眺，正可引用他人的一段描述："东北的南漪湖烟波浩渺，水天一色；山下的水阳江蜿蜒曲折，百舸争流；南边江城如画，高楼林立；北边田畴沃野，一览无际。"

美哉！

有人曾说，李白整天与敬亭山对视，是何等寂寞。而这里恰巧有这样一则小故事：有人问一位牧羊人，你是不是每天都感到寂寞？牧羊人答道：我每天都与草原对话，与羊群交流，与小鸟对唱，哪里还有寂寞？

心态决定胸怀，胸怀决定境界。

望庐山瀑布

李白

日照香炉生紫烟,
遥看瀑布挂前川。
飞流直下三千尺,
疑是银河落九天。

这是李白五十岁左右隐居庐山时写的一首风景诗。这首诗形象地描绘了庐山瀑布雄奇壮丽的景色,是一首家喻户晓、雅俗共赏的千古绝句。

要望"庐山瀑布",就要登庐山山南的"秀峰"。秀峰为庐山五大丛林之一,位于庐山南麓、鄱阳湖之滨的江西星子县,由香炉峰、鹤鸣峰、双剑峰、姐妹峰、文殊峰、龟背峰组成。这些山峰,千姿百态,玲珑秀丽,自古便有"庐山之美在山南,山南之美数秀峰"之说。

入秀峰景区大门二百米,穿过"第一山"的牌坊,就来到李白广场。一袭白袍的青莲居士坐在广场中央的大石椅上,右手持卷,左手举樽,

《望庐山瀑布》意境图

庐山瀑布所在峡谷的冰川地貌。傅光中摄。

当今真实的庐山瀑布。傅光中摄。

好一个悠闲！

进入景区，沿路上行，一路古木参天，溪水流淌，清凉之意扑面而来，不一会儿就望见庐山瀑布了。

转过一个山角，轰鸣声突然加倍，原来到了瀑布跟前。抬头仰望，瀑布从高耸入云的山顶泻下，时而轻歌曼舞，朵朵银珠撒向水中。偶尔，水汽随风飘向游人脸颊，给人凉爽清新的愉悦。

李白这首著名的《望庐山瀑布》，就是描绘这条瀑布的。可能是因为李白诗的关系，庐山瀑布专指秀峰景区内的此瀑布，不包括庐山景区的其他瀑布。包括我们在内的许多游客，纷纷拿出相机记录下这难得一见的美景。

瀑布下形成一潭碧水。潭的东西两侧，有依山临涧的"漱玉""观瀑"二亭，实乃游客听泉观瀑的好场所。峡壁之上，有历代摩崖题刻，其中以宋代书法家米芾所书"第一山"和"青玉峡"六字最为珍贵。

宋代大文豪苏东坡游秀峰时，曾坐于亭中，细细品味这潭亭互映、水石相磨、动

庐山瀑布下的李白塑像

书法作者吴学金,中国书法家协会会员,江西省九江市书法家协会常务副秘书长。

静交替的妙境,留下著名的《青玉峡漱玉亭》。

我们沿山路继续往上,一会儿就登到山顶。山顶是文殊塔,翻过山脊往前走,是一片看不到边的竹林。竹林中有一条幽径,漫步其间,有一份难得的惬意。

站到源头看那形成庐山瀑布的水流,再平常不过,但就是这样一股平平常常的水流,一跃而下,就成为"飞流直下三千尺"的瀑布,成为"疑是银河落九天"的瀑布,成为家喻户晓、人人吟诵的瀑布。

原来,选择一个好的平台是如此重要!

早发白帝城

李白

朝辞白帝彩云间,
千里江陵一日还。
两岸猿声啼不住,
轻舟已过万重山。

白帝城位于今重庆市奉节县瞿塘峡口的长江北岸。

白帝城原名子阳城,王莽篡位时,他手下的大将公孙述割据四川,在此屯兵积粮,势力逐渐坐大。有一次,他来到瞿塘峡口,见这里地势险要,易守难攻,便在此扩建城池。后来他听说城中有口白鹤井,井中常冒出一股白色雾气,形状宛如一条白龙,他认为这是白龙出井,是他日后龙袍加身的征兆。于是,他在此建都,自称白帝,将子阳城改名"白帝城"。

三峡大坝使长江水面升高,让白帝城由一面临江变成了江中孤岛。早晚时分,往往有淡淡的江雾将它笼罩,那上面的古亭、古木,在你眼前

书法作者李舟,中国书法家协会会员,辽宁省书法家协会理事,辽宁省海城市文联秘书长。

瞿塘峡口,画面中间水中山头即白帝城。

变得云雾朦胧,恰似那段风云变幻的历史。

　　天宝十四年(755)冬,安禄山发动叛乱,李白这时正隐居庐山,适逢永王李璘的大军东下,邀李白下山入幕府。后来肃宗以李璘不听指挥、意欲反叛为名,将其剿灭,李白被判流放夜郎(今贵州省境)。此后,李白取道四川赶赴夜郎。行至白帝城时,忽然收到自己被赦免的消息,他十分惊喜,随即乘船东下江陵。此诗就是他乘船抵江陵时所作,所以诗题又名"下江陵"。

峡江两岸。傅光中摄。

一叶轻舟飘过江面。傅光中摄。

白帝城近景

　　泊舟上岸，踏着当年李白的足迹登临高处，再沿新修廊桥一步步走向白帝城，就像走向历史的深处。

　　发生在这里的最著名的故事，应该是"白帝托孤"：当年刘备的结拜兄弟关羽败走麦城后命丧黄泉，刘备为他报仇，不听众臣劝阻，起兵讨伐东吴。结果，他的另一个结拜兄弟张飞，也走上了不归路。章武二年（222）夏，刘备被东吴大将陆逊火烧连营，最后被迫退守白帝城。刘备忧愤成疾，眼看朝不保夕，便星夜召丞相诸葛亮。在永安宫中，刘备把儿子刘禅托付于诸葛亮，然后便一命归天。这个故事感人至深，白帝城因此家喻户晓。

　　白帝城的最高处是观赏"夔门天下雄"的最佳地点。轻抚石栏，看江水浩浩荡荡涌入瞿塘峡，人的思绪就像江水那样波涛起伏。

　　《早发白帝城》是诗人把愉快的心情，与江山的壮丽多姿、顺水行舟的流畅轻快，融为一体加以表达的。诗句流丽飘逸，极尽夸张，但又不事雕琢，自然天成。

　　站在白帝城，透过朦胧的薄雾，仿佛看到李白远去的轻舟，快速驶入瞿塘峡。

　　隐隐的，似能听到两岸猿声，那是遥远的呼唤。

赠汪伦

李 白

李白乘舟将欲行,
忽闻岸上踏歌声。
桃花潭水深千尺,
不及汪伦送我情。

唐天宝十四年(755),李白从池州前往泾县游桃花潭,当地人汪伦用美酒款待他。临走时,汪伦又与乡亲在岸上踏歌相送,李白非常感动,作了这首留别诗。

桃花潭,位于今安徽省泾县西南青弋江边的桃花潭镇。这里潭水深邃,景色秀丽。

汪伦是唐朝泾州人(一说是泾县县令),生性豪爽,喜欢结交名士,他非常希望有机会一睹诗仙李白的风采。可是,泾州名不见经传,自己也是个无名小辈,怎么才能请到大诗人李白呢?

桃花潭

桃花潭岸边的古街

汪伦墓

后来，汪伦得知李白在附近的池州游历的消息，便决定写信邀请他。那时，所有人都知道李白有两大爱好：喝酒和游历。只要有好酒，有美景，李白就会闻风而来。于是，汪伦便写了这样一封邀请信："先生好游乎？此地有十里桃花。先生好饮乎？此地有万家酒店。"李白接到这信，立刻高高兴兴地赶来了。一见到汪伦，便要去看"十里桃花"和"万家酒店"。汪伦微笑着告诉他："桃花是我们这里潭水的名字，桃花潭方圆十里，并没有桃花。万家呢，是我们这酒店店主姓万，并不是有一万家酒店。"李白听了，先是一愣，接着哈哈大笑起来，连说："佩服！佩服！"

汪伦留李白住了好多天，李白在这里过得非常愉快。

李白要走的那天，汪伦在家中为他设宴饯行。李白登上桃花潭上的小船正要离岸，忽然听到一阵歌声，回头一看，只见汪伦和许多村民在岸上为自己踏歌送行。主人的深情厚谊和古朴的送客方式，使李白十分感动，于是写下这首送别诗给汪伦。

当地人说，这个古镇原本叫陈村，后因李白诗而改名，汪伦送李白的故事确实就发生在这里。

古镇不大，几条小街纵横交错，有保存不完整但沧桑感十足的老街巷和旧民居。冲着大门的那条小街，走到头就是桃花潭渡口。

桃花潭源于黄山北麓的青弋江，宛如一条飘动的玉带，在万山丛中左右萦绕，自南向北奔腾而来，到了泾县西南隅的万村，被一座陡峭的石壁挡住，造成一汪清幽深潭，像块晶莹剔透的碧玉。

踏歌古道

书法作者李砺，中国书法家协会会员，长沙市书法家协会副主席。

岸边有一片桃林，林中立有李白与汪伦的塑像，还有一条古道，人称"踏歌古道"。当地人说，当年汪伦就是在这里送李白上船的。

隔着桃花潭望过去，对岸怪石嶙峋，古树青藤，飞阁危楼，恍如蓬莱仙境。

桃花潭中有游船，让人仿佛觉得那就是李白所乘的小舟，岸边也有游人歌唱，仿佛就是当年汪伦等人的踏歌声。

李白远去了，朝着下一个目标。

一个人的出行，如果没有目标，那叫流浪；如果目标明确，就叫旅行。

秋浦歌

李白

白发三千丈,缘愁似个长。
不知明镜里,何处得秋霜?

唐代的秋浦(县)在今安徽省池州市贵池区西南,时至今日,县名已变换多次,唯有秋浦河名姓不改,容颜依旧。清清的河水静静地流着,从南向北穿池州城而过,沿岸风光旖旎,景色迷人,河两岸有古石城遗址、昭明钓台、仰天堂等名胜古迹。

当年李白被迫离开长安后,开始了他又一次漫长的漫游生活。在大江南北漂泊了很长一段时间后,他来到池州。见这里河水悠悠,满目葱翠,山坡上散居着几户人家,炊烟袅袅,一派"世外桃源"的景致,李白挪不动脚步了。

他坐在秋浦河边,梳理着自己充满曲折的一生。一次次打击,让他疲惫不堪,想到自己身若飘萍,命若孤舟,浓烈的旅愁情绪涌上心头,一口气写下《秋

书法作者刘同光,中国书法家协会会员,烟台市书法家协会副主席,烟台市美术博物馆馆长。

秋浦河

浦歌》十七首:"愁作秋浦客,强看秋浦花"(其六),"白发三千丈,缘愁似个长"(其十五),字里行间透着浓烈的忧愁。

秋浦河有风月之丽,山水之净,时间一久,让李白获得了暂时的超脱。他放下了好多,也感到了一种多日未有的轻松,因此更愿意亲近和接受秋浦河了。

他领略过崇山峻岭中水车岭的奇特,体验到普通渔耕场面的乐趣。那时秋浦还是冶炼之乡,李白深受感染,写出了"炉火照天地,红星乱紫烟。赧郎明月夜,歌曲动寒川"(其十四)的热火朝天的劳动场面。

应该说,秋浦河安抚了李白那颗受伤的心。

时隔一千年,今天我们来到秋浦河,还能看到李白当年见过的景致:"人行明镜中,鸟度屏风里"。这两句诗是李白描写秋浦河旁的清溪河的,这两条河流现在都是一样的清澈,能充分体现李白描绘的秋浦河如画如梦的意境。

如此优美的一条河,是难得的旅游资源。在秋浦河上游,人们已开发出李白诗歌追踪游、秋浦河水上漂流、秋浦渔村、李白秋浦河遗迹博物馆、百丈崖峡谷探险,秋浦河水上乐园等,形成一个充分体现秋浦河风光特色的旅游景区。

我们从池州城区沿秋浦河逆流而上,原来以为这只是一段平常的河流,可越往前走,景色越优美,两岸的青山绿树倒映在清澈的河水中,犹如一幅山水画卷展现在你的眼前,并且,随着脚步的推移,岸边的小桥、民居、古树都纷纷跑进画卷中,接连不断地送你一个个惊喜。

原来,许多惊喜就隐藏于波澜不惊的平常中。

宿五松山下荀媪家

李白

我宿五松下,寂寥无所欢。
田家秋作苦,邻女夜舂寒。
跪进雕胡饭,月光明素盘。
令人惭漂母,三谢不能餐。

书法作者李莹波,中国书法家协会会员,西泠印社社员。

五松山位于现在安徽省铜陵市区,李白一生三次来到这里,每一次都留下优美的诗篇。这首诗作于李白的晚年,他第三次来五松山时。当时,他借宿在一位姓荀的贫苦老妈妈家里,受到殷勤款待,他亲眼目睹了农家的辛劳和贫苦,有感而作。诗中描绘了劳动者的热情好客和生活的艰难,表达了自己的感激与惭愧,在以豪迈飘逸为主的李白诗词中别具一格。

唐代的五松山临江而立,山顶有一株古松,长出五条巨大的树杈,黛色参天。登临山上,可见长江在脚下蜿蜒。环顾四周,群峦逶迤。风吹过,松涛盈耳,凉爽宜人。

来到这里,才知道"五松山"竟

李白拜谢款待他菰米饭的贫苦老大娘

然是由李白诗命名的。天宝十三年（754），李白应友人邀请来到铜陵，游了五松山，写下了《与南陵常赞府游五松山》一诗。原来这座山叫什么名字已无法考证，但从这时起，人们就称这座山为五松山。

诗中所说的常赞府名叫常建，当时是南陵县丞，与李白是非常要好的朋友。著名诗句"曲径通幽处，禅房花木深"就出自他的笔下。在五松山，李白与志趣相投的朋友把酒临风，唱和酬答，十分快乐。

李白先后写下八首与五松山有关的诗。他在诗中歌颂五松山上的好友、青松，歌颂五松山下的贫民。

应该说，在铜陵最能让李白心动的，还是五松山下善良的贫民、淳朴的民风。

肃宗上元二年（761），李白再次来到铜陵，这时他已六十岁了。这一次来与往常不同，没有好友陪同，不见乡绅的馈赠。从奉旨进京时的"仰天大笑出门去"，到壮志未酬被"赐金放还"，从获罪流放，到遇赦得归，他历经了太多的坎坷，体会了世态炎凉，处境有些窘迫，情绪比较低落。

李白投宿于五松山下一位姓荀的贫苦老大娘家里，亲眼看到老大娘的辛苦，但老人对他非常热情。尽管端上来的是一盘菰米饭，却远胜过昔日满桌的山珍海味。在老大娘面前，生性狂放、洒脱不羁的李白一反常态，表现出难有的谦恭，透过诗句，依稀看到诗人有些湿润的眼眶。

李白关于五松山的名篇佳句，吸引了众多文人墨客慕名前来，其中苏轼、黄庭坚、李纲、汤显祖都在此留下吟咏五松山的诗句。后来，人们在五松山上修建了太白祠。

只可惜，关于五松山的所在众说纷纭，现在已无处可寻。前几年，经专家考证，五松山应在现在的五松山宾馆处，由于城市建设的需要，五松山早已被夷为平地。

五松山下

五松山宾馆旁,有一低洼处,有池塘,有亭阁,是个不错的小公园。一位老者在这里拉二胡,他说,从池塘这里往宾馆方向看,可以感觉到那里是一高处,过去的五松山就在高楼的后面。

当年李白就借宿于这池塘边?岁月留给我们的是迷茫的猜想。

望天门山

李白

天门中断楚江开,
碧水东流至此回。
两岸青山相对出,
孤帆一片日边来。

李白当年在赴江东途中,行至天门山,见这里景色壮观,心中有感,写下此诗。诗中写出了天门山的雄奇壮观和江水浩荡奔流的气势,意境开阔,气象雄伟,表达了作者初出巴蜀时的乐观与豪迈。

天门山是现在安徽省芜湖市的东梁山与江对岸和县西梁山的总称。从江中远望,东梁山与西梁山色如横黛,宛似蛾眉,故又名蛾眉山或峨眉山。再细看,两山耸于大江两岸,若二虎雄踞,所以又被称为二虎山。东西梁山号为"天门",是形容其地势险要,素有长江锁钥之称,自古以来就是兵家争夺要地。

春秋时期的吴楚长岸之战,就发生在这里。六朝建都金陵,在西梁山屯兵据守。唐武德年间(618—626),在山上筑方圆十余里的却月城。清末设游击署于此,山上筑有炮台。

西梁山还是渡江战役的重要战场。1949年4月,中国人民解放军渡江战役在此拉开序幕,第三野战军九十师奉命攻打西

书法作者陈刚,中国书法家协会会员,上海市人。

东梁山夕阳

东梁山与西梁山

梁山，与国民党守在这里的一个团，展开三天三夜的激战，攻克了"固若金汤"的西梁山阵地。为纪念在渡江战役中牺牲的先烈，1952年在西梁山之阳建立了人民英雄纪念碑和纪念亭。

东梁山是一个孤立的岩石小山包，突兀于江中。山顶上矗立着一座巨大的高耸入云的高压输电塔，电缆线横空飞越大江，直至西梁山脚下，跨度1400余米，甚为壮观。

东梁山的东面，已辟为灵巧的小公园。山坡下是八十年代建造的铜佛寺，不少游客到那里敬佛。寺庙旁有古香古色的超市，游人在这里购物、歇脚。小广场的一边，矗立着一尊李白雕像，他挺胸远望，注视着江面，似在吟咏下一首新作。塑像下就刻着他的这首诗。

江边有渡船码头和凉亭，从码头可以乘船直到对岸的西梁山，并完整地领略"天门中断楚江开"的景象。

不过，从这里看东梁山，只能看到它平缓的山坡，完全没有西坡那陡峭的绝壁。向对岸望西梁山，也只是一平常的小山而已，很难体会"两岸青山相对出"的意境。

看来，任何事物都有它的多面性，或者说，从不同的角度，可以看到事物不同的特征。

江边的李白塑像

游洞庭湖五首·其二

李白

南湖秋水夜无烟，
耐可乘流直上天。
且就洞庭赊月色，
将船买酒白云边。

本诗的全名是《陪族叔刑部侍郎晔及中书贾舍人至游洞庭五首》。

李晔，是李白的族叔，曾任刑部侍郎，因被人诬陷，贬为岭南道境内的一名县尉。就任县尉经过岳阳时，与李白相遇。李白的好友中书舍人贾至，与李白同时代的诗人，此时被贬此地做司马。三人相约一起游览洞庭湖，李白写下了这一组诗，此处所选是

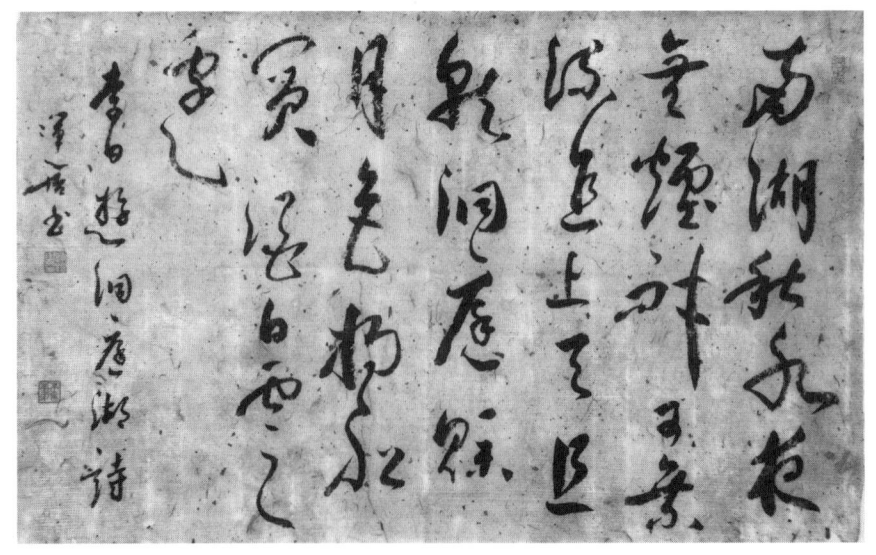

书法作者运怡，女，中国书法家协会会员，中国徐霞客协会会员。

洞庭湖边

其中的第二首。

　　这首诗写的是在一个明月之夜，三人泛舟湖上，与清风朗月为伴，不由生出遗世独立、羽化登仙的念头，竟想向洞庭湖赊几分月色，痛快喝酒。此诗妙机四溢，隐含悠悠不尽的韵致。

　　千年之后的洞庭湖依然那么美丽，湖水还是那么清纯。站在岸边，放眼望去，真的像范仲淹所说的那样："衔远山，吞长江，浩浩汤汤，横无际涯。"在阳光的照射下，湖面波光粼粼，一阵微风掠过，湖面泛起的水花玲珑剔透。湖面上一艘艘游轮和渔船缓缓驶过，让人感觉洞庭湖永远都不会寂寞。

　　到了夜晚，我们学着李白的样子，乘一叶小舟，荡漾在湖面。抬头仰望浩瀚的夜空，那里挂着一轮金黄的圆月，月亮将它淡淡的光辉毫不吝啬地撒向洞庭湖。这个时候，洞庭湖水与天空连在一起，让人分不清远处的亮

南极潇湘牌坊

光是星星还是渔火。

远望君山，朦朦胧胧，若隐若现，既神秘莫测，又魅力无限。

想必当年李白他们游洞庭湖，看到的也是这般景致吧？

洞庭湖的故事很多，有关洞庭湖的来历，就是一个凄美的传说。

相传，洞庭湖曾经是一望无际的八百里平川。平川上住着一户卿家财主，拥有万贯家财，可是他们的心肠却歹毒无比，儿子年龄早就大了，也没有成亲。东海龙王的三公主，因去天庭时，失手摔破一只凌冰碗而被贬到人间，嫁入卿家。没想到，她在卿家受尽折磨。东海龙王得知后大怒，狠狠跺了跺脚，整个卿家院落连同方圆八百里平川，一起陷落下去，形成一个烟波浩渺、深不可测的大湖泊，就是今天的洞庭湖。

做人呀，还是善良一点好。

也许是因为空中的月光太过皎洁，湖中的鱼儿不停地跃出水面赏月，把水中的月亮给弄碎了——水面上泛着一圈圈涟漪，慢慢地向四周荡漾。

这样的月夜，这样的湖水，千年之后的我们，在李白当年作诗的地方吟诵这首诗，那意境，无与伦比。

夜深了，天上的月亮更亮。

月亮从来就不怕黑夜，因为黑夜只会把月亮衬托得更加皎洁。

登金陵凤凰台

李白

凤凰台上凤凰游,
凤去台空江自流。
吴宫花草埋幽径,
晋代衣冠成古丘。
三山半落青天外,
二水中分白鹭洲。
总为浮云能蔽日,
长安不见使人愁。

李白当年来到黄鹤楼,站在楼上看长江远景,心潮澎湃,提笔想作诗,却发现崔颢已题诗在此,并且水平高超,自愧不如,只得搁笔。尽管如此,李白始终没有忘记这件事,也没有忘记《黄鹤楼》这首诗。后来,李白登金陵凤凰台时,就用崔颢这首诗的韵律,写下了这首《登金陵凤凰台》。

诗人登上凤凰台,观赏壮美的长江,凭吊历史,感慨当今,将历史与现实、自然景观与个人情感结合在一起,抒发了自己有志难酬的感慨。

千年之后的今天,诗中所提的凤凰台在哪里?三山在哪里?白鹭洲在哪里?

相传南朝时,有三只状似孔雀的大鸟——百鸟之王凤凰,飞落在永昌里李树上,招来各种鸟类随其比翼飞

书法作者李建业,中国书法家协会会员,河南省书法家协会理事,洛阳市书法家协会副主席。

南京白鹭洲公园

翔，呈现出百鸟朝凤的景象。为庆贺和纪念此事，人们将百鸟集翔的永昌里改名凤凰里，并在保宁寺后的山上筑台，名凤凰台。

经查证，中华门内西南隅，有一个地方叫花露岗，岗西有凤游路和来凤街，这一带便是历史上的凤凰台。唐代这里正好地处长江的一个转角处，这种地形本就容易积聚泥沙。尤其随着经济的发展，人口剧增，对长江沿岸的生态造成很大破坏，上游冲积的泥沙到了凤凰台一带堆积，渐渐形成了滩涂和陆地。

到了近代，太平天国时期，抗日战争时期，凤凰台作为军事要地，一直是炮火直击的对象，整个城南建筑大部分毁于战火，凤凰台的遗迹已无处可寻。

诗中所说的三山，是指当时江边的三座小石峰，三峰并列，南北相连，故号三山。明代这里已变成陆地，朱元璋筑城时，也将它们围在了城中。后因在城东燕雀湖修筑宫城，便将这三座山填进了燕雀湖。现在的三山街就是其旧址。

诗中的白鹭洲，最容易让人产生错觉。千万不要以为它就是现在的白鹭洲公园。现在的白鹭洲公园，是明朝中山王徐达的东花园，园中有世恩楼、心远堂、月台、小蓬山等，景色优美，可惜毁于清咸丰年间。现在这公园是民国年间在东园故址上建起

东园故址

来的，公园的名字取自李白的这首诗，称白鹭洲公园。

这个白鹭洲公园与李白诗中的白鹭洲一点关系也没有。

李白诗中的白鹭洲，是古代长江中的一块沙洲，洲上多集白鹭，故名。随着岁月的流逝，长江泥沙淤积，江道西移，沙涨水落，白鹭洲与长江南岸已经相连，即今江东门外一带。

现如今，李白这首诗中提到的建筑、景物都已荡然无存，让人生出深深的失落感。

站在现在的长江岸边，我们是不是应该这样想：正是因为它本身已了无痕迹，才让我们有了更大的想象空间，可以尽情舒展想象的翅膀，在心中将这些原本的实体描绘得更加优美。

缺憾，往往是打开捆着想象翅膀的枷锁的钥匙。

夜宿山寺

李白

危楼高百尺,手可摘星辰。
不敢高声语,恐惊天上人。

这首诗,李白写于湖北省黄梅县蔡山江心寺。

这天晚上,李白下榻这里,发现寺院后面的山顶上有一座很高的藏经楼,于是登了上去。抬头仰望,只见星光闪烁,仿佛伸手就能摘到星星,李白诗兴大发,写下了这首写景短诗。诗人借助大胆的想象,把山寺的高耸写得极其逼真,将一座几乎不可想象的宏伟建筑展现在读者面前,给人身临其境的感觉。

此后,人们便称那藏经楼为摘星楼。

关于蔡山的诞生,当地流传着一个有趣的神话。从前有个暴君,讨厌庐山挡住了庐江水,决心要把庐山赶

《夜宿山寺》意境图

出庐江，于是他用赶山鞭抽打庐山，抽了九十九鞭，庐山一动不动，只留下九十九条鞭痕，现在庐山的九十九凹就是那九十九条鞭痕。庐山被惹怒了，不仅要挡住庐江的水流，还要挡住九江的水流，于是突然喷出一堆土石，横挡在九条江的汇合处。就这样，蔡山诞生了。

危楼高百尺，手可摘星辰。不敢高声语，恐惊天上人。
——李白《夜宿山寺》

书法作者王劲松，中国书法家协会会员，中国散文学会会员，江苏省东台市作家协会主席。

古时候，蔡山是长江冲积平原上的一座孤峰，涨水时节，蔡山在长江中心，所以蔡山上的寺庙得名江心寺。

江心寺始建于唐代，千百年来，几经毁建。

现在来到这里，可以看到，江心寺已被重建，庙宇在阳光下十分鲜亮。山脚下的山门上，写着"江心寺"三个大字。走进寺里，半山腰处有一尊高大的菩萨塑像，下

江心寺

江心寺内景

在蔡山上远眺

晋梅

面是一排菩萨。人们说,这代表着菩萨的三十二个化身。

蔡山是这片平原上突起的一座山,江心寺整个就是在一山坡上,不用登楼就可以望远——山下是长满庄稼的田野,阡陌纵横,村舍掩映其中。

以前这里山下就是长江水,如今长江已改道,离这里约十几公里。又一个见证沧桑变化的地方!

到山顶上,现在找不到摘星楼,古建筑已经倒塌,正在重建,刚打好地基,游人至此难免有些遗憾。

在江心寺,另一个著名的看点是晋梅。

相传,晋代有位高僧叫支遁,为选择佛场遍访名山,最后他选了蔡山。他在这里修建庙宇,在山顶建了摘星楼,并亲手在山坡下栽种了一棵梅树。这棵梅树,花为白色,花蕊粉红,馨香四溢。它的奇特之处,是常常一年之内两度开花,人称二度梅。据传,当年陶渊明多次从庐山脚下来此,专为欣赏此梅。

这株晋梅现在依然活着,但已被铁栅栏保护起来。它铜枝铁干,新枝不断,每年按时怒放,是我国四大古梅之一,堪称国宝。

有人说,人不可有傲气,但要有傲骨。梅花是有傲骨的,敢于"凌寒独自开"。

送杜少府之任蜀州

王勃

城阙辅三秦，风烟望五津。
与君离别意，同是宦游人。
海内存知己，天涯若比邻。
无为在歧路，儿女共沾巾。

王勃一位姓杜的朋友要到四川去做官，王勃在长安相送，临别时赠送给他这首送别诗。"少府"，是唐朝对县尉的通称。

此诗是送别诗中的名作，一洗古送别诗中的悲凉凄怆，音调爽朗，清新高远，独树一帜。尤其是"海内存知己，天涯若比邻"，传诵千古，有口皆碑。

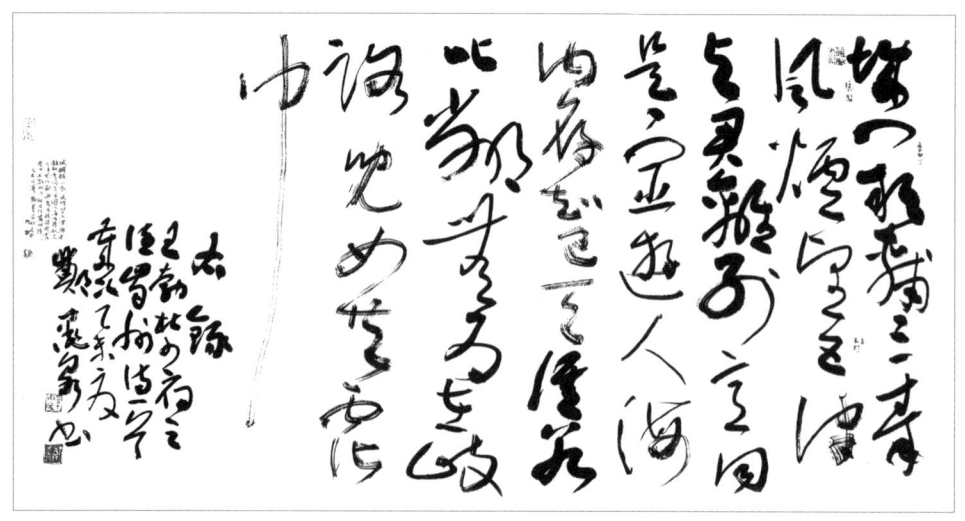

书法作者郑墨泉，中国书法家协会会员，陕西省书法家协会副秘书长，陕西省书法家协会创作专业委员会主任，陕西省青年书法家协会副主席。

西安古城楼

　　王勃幼年就非常聪慧,六岁能作诗,诗文构思巧妙,词情英迈。九岁时,王勃读颜师古注的《汉书》后,撰写了《指瑕》十卷,指出颜师古的著作的错误之处,表现了他的博学多才。后王勃通过李常伯向皇上献《宸游东岳颂》一篇,接着应试及第,被授"朝散郎"一职,那时他才十六岁,成为朝廷最年少的命官。"朝散郎"的行政级别仅次于县令。

　　王勃当上朝散郎后,经主考官的介绍,担任沛王府修撰,并赢得了沛王李贤的欢心。一次,沛王李贤与英王李哲斗鸡,王勃写了一篇《檄英王鸡文》,讨伐英王的斗鸡,以此为沛王助兴。不料此文传到唐高宗手中,唐高宗认为此篇意在挑拨离间,钦命将他逐出长安。

　　几年后,他的朋友为他在虢州谋得一个参军之职。就在他任虢州参军期间,有个叫曹达的官奴犯罪,他将这个罪犯藏匿起来,后来又怕走漏风声,便杀死曹达,结果犯了死罪。幸亏遇大赦,没有被处死。

　　这次被祸,虽遇赦未丢掉性命,却连累了他的父亲,其父被贬为交趾县令,即现在的越南河内西北,是实在的南荒之外。这件事对王勃的打击,远远超过对自己的惩罚,

西安古城墙

内心产生强烈的自责。他出狱后在家里待了一年多，便去交趾看望父亲，在北部湾乘船时遇到风浪，不幸溺水，惊悸而死，年仅二十七岁。

王勃最为人称道、千百年来被传为佳话的，除《送杜少府之任蜀州》外，还有他在滕王阁即席所赋的《滕王阁序》。

王勃前往交趾看望父亲路过南昌时，正赶上新修滕王阁落成，都督阎伯屿于重阳日在滕王阁大宴宾客。王勃应邀赴宴，即席创作了千古绝唱《滕王阁序》。说到该文的创作经过，《唐才子传》记道："勃欣然对客操觚，顷刻而就，文不加点，满座大惊。"

如今在西安城中追寻王勃诗中的印痕，最能体现其意境的莫过于那饱经风霜的城墙与城楼了。登临西安城墙观望，"城阙辅三秦"的画面栩栩如生，仿佛王勃的送行就在墙下。

王勃的送行没有悲伤，没有眼泪，唯有高远的志向与豁达的情怀。

陪润州薛司空丹徒桂明府游招隐寺

骆宾王

共寻招隐寺,初识戴颙家。
还依旧泉壑,应改昔云霞。
绿竹寒天笋,红蕉腊月花。
金绳倘留客,为系日光斜。

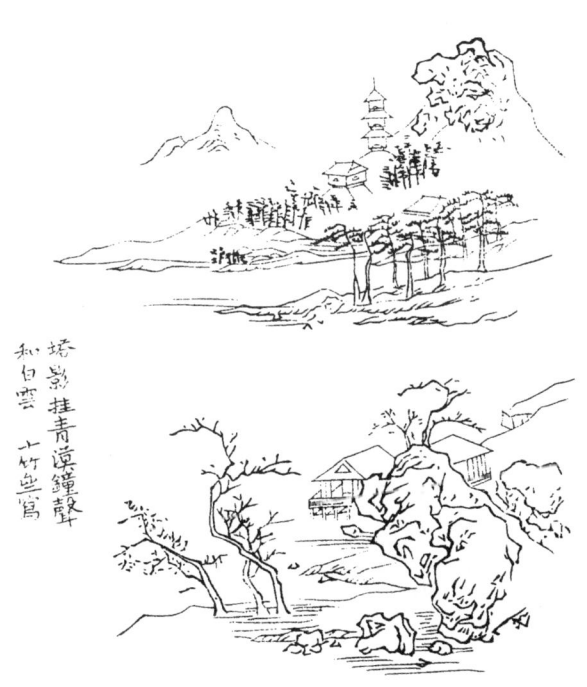

《陪润州薛司空丹徒桂明府游招隐寺》意境图

招隐寺位于江苏省镇江市南山风景区招隐山上,初由南北朝著名艺术家戴颙的私宅改建而成。

南朝名士戴颙,因钟情此山林木幽深而隐居于此。这山当时叫兽窟山,他在此潜心于音乐创作,相继创作和整理了十五部曲谱、一部长曲,其中《游弦》《广陵》《止息》三部乐坛惊世之作,成为千古绝唱。

南朝的宋武帝刘裕爱慕其才,多次招他入朝为官,被他婉言相拒。帝之招,颙之隐,这一招一隐的招隐佳话,世代传颂。后人为了纪念他,把兽窟山改名为招隐山。

戴公仙逝后,他的女儿矢志不嫁,舍宅为寺,取名招隐寺。

招隐山上苍松翠柏、参天拔地。春夏之际，鸟鸣千啭，蝉吟不已；晚秋时分，红叶经霜，灿然若霞，是古城镇江隐士文化的一个缩影，吸引无数游人前来观赏。

当年骆宾王就是陪友人一起来招隐寺游玩，留下了这首小诗。

骆宾王是初唐著名诗人，与王勃、杨炯、卢照邻合称"初唐四杰"。在四杰中，他的诗作最多。他出身寒门，七岁能诗，号称"神童"，据说"鹅，鹅，鹅，曲项向天歌，白毛浮绿水，红掌拨清波"这首咏鹅诗就是此时所作。

骆宾王在仕途上并不顺利，只做过几次小官。武

书法作者曹秉峰，中国书法家协会会员，江苏省书法家协会常务理事，镇江市书法家协会主席。

招隐寺大殿遗址

招隐坊

招隐山虎跑泉

◎ 陪润州薛司空丹徒桂明府游招隐寺　骆宾王

则天当政时，他多次上书褒贬朝政，被逮捕入狱。在狱中，他写了著名的《在狱咏蝉》，有"无人信高洁，谁为表余心"的名句。出狱后，贬为临海县丞，不久便弃官游广陵。后来徐敬业起兵讨武则天，他曾为其僚属，军中书檄，都出自他之手。最为著名的《为徐敬业讨武曌檄》，以封建时代忠义大节作为理论根据，号召人们起来反对武周王朝，气势充沛，很能激发唐朝旧臣对先帝的怀念。徐敬业失败后，骆宾王下落不明。

唐宋以来，招隐寺虽几经兴废，但经过近年的修建，又见到了当年风范。

招隐寺的山门是一座牌楼，上书"城市山林"四个大字，是北宋著名书法家米芾的真迹。当年，他与儿子米友仁从襄阳来到镇江，被这里的山水吸引，在招隐山整整生活了四十年。

在进山的山道上，有一座石牌坊，牌坊上有"招隐"两个大字。

继续向山上走去，路边有一"虎跑泉"，据传已有一千六百年的历史。泉水极清澈，泉池后壁上有亭一座，名为"万古常清亭"。"常清"，形容虎跑泉泉水之清。再向前，是一片空地，旁边有牌子，注明这里就是古时招隐寺大殿遗址。遗址周围有很多古树名木，如银杏、桧柏、檀树等，它们证明了当年古寺的存在。

大殿遗址后面有济祖殿，传说济公当年在此居住过。济祖殿门边，便是昭明太子读书台等建筑。山上还有增华阁、虎泉亭、珍珠泉等名胜，使招隐山显得愈加厚重。

其实，人和山一样，肚子里装满文化，自然就厚重了。

渡汉江

宋之问

岭外音书断,经冬复历春。
近乡情更怯,不敢问来人。

宋之问,山西汾阳人,初唐时期的著名诗人。

在武则天执政时他一度受到宠幸,武氏去世后,唐中宗将其贬为泷州(今广东罗定)参军。唐时,这里属于极为边远的地区,贬往那里的官员因不适应当地的自然地理条件和生活习俗,往往不能生还。宋之问在这里吃不了那般苦,于神龙二年(706)春,冒险逃回洛阳,在他途经汉江,就是现在襄阳附近的一段水路时,写下了这首诗。

按常理说,一个离开家乡很久的游子,能踏上归途,在离家乡越来越近时,应当是欣喜之情越来越强烈。宋之问却偏说"近乡情更怯,

书法作者白世锦,中国书法家协会会员,陕西省书法家协会理事,延安市书法家协会副主席。

襄阳古城门

不敢问来人"，完全是反常心态。

关于这一点，大多数的解释是这样的：诗人离家太久，怕听到家人有什么不幸的消息。

然而，真实情况可能没有这样简单。

唐上元二年（675），二十岁上下、长得身材魁梧、仪表堂堂的宋之问进士及第，踏上了仕途。这时已是武则天皇后把持朝政，她励精图治，选拔人才，不拘一格，宋之问以才名被重用。在后来的十五年间，宋之问很快由从九品殿中内教跻身五品学士。

这本应是可喜可贺之事，可从各种资料看，宋之问擢升得很不光彩。

他先是极力想充当武则天的面首，无望后又谄媚武则天的面首张易之、张宗昌兄弟。当武则天奄奄一息的时候，张柬之和王同皎逼她退位，并诛杀了张易之兄弟，宋之问因此被贬到泷州。后来，他偷偷逃回洛阳，藏在朋友张仲之家里。当时张仲之和王同皎密谋诛杀宰相武三思，恰好被宋之问听到。他派自己侄儿向武三思告密，靠出卖朋友、出卖良心，获得了荣升。

史料中还记载，宋之问有一个外甥叫刘希夷，与宋之问年龄相仿，中过进士但无心仕途。有一次，刘希夷写了一首题为《代悲白头翁》的诗，宋之问看后赞不绝口，尤其喜爱诗中"年年岁岁花相似，岁岁年年人不同"这两句。宋之问想让外甥将这首

襄阳城外的汉江

诗让给自己，刘希夷实在难以割爱。宋之问竟然用"土布袋"将外甥活活压死，可怜才华横溢的诗人刘希夷去世时才二十九岁。"土布袋"，就是把人捆了，将一个盛了泥沙的布袋，压在这人身上，不消一个时辰，人便死去。

唐玄宗李隆基即位后，宋之问被赐死，结束了他的人生旅程。

所以，有人说，宋之问过汉江时，"不敢问来人"，是他做了太多坏事，愧对家乡亲人。另外，他这次回来是偷偷逃回来的，不敢让人知道。

现在来到襄阳城外，踏上汉江大堤，能见到的是江水在静静向东奔流，早已不见了宋之问的身影。

两岸绿树成荫，树下是嫩绿的小草，小草中零星地点缀着美丽的小黄花，那是蒲公英撑起的小伞。

远处，滑动着几只游船，水中还有人在游泳。

这完全是一幅美妙的山水画啊，如何能与宋之问的所作所为联系到一起？

才华固然可贵，但人品更重要！

回乡偶书二首·其一

贺知章

少小离家老大回，
乡音无改鬓毛衰。
儿童相见不相识，
笑问客从何处来。

贺知章在八十六岁这年，辞去朝廷官职，告老返乡。这时，距他离乡已有五十多个年头。诗人走在故乡熟悉而又陌生的环境中，心情颇不平静，儿童不相识而发问的情景，更让他感慨万千，便写下了这首长期客居异乡、终于回到故里的感怀诗。

梦幻般的鉴湖

贺知章的故乡位于现浙江省绍兴市鉴湖边，古时称镜湖。

贺知章在朝廷为官时文名颇著，德高望重，玄宗李隆基对他非常敬重。八十六岁这年，贺知章得了一场大病，差点去世。病情好转后，他便上奏皇上，请求回乡当道士，并要把自己在京城的家捐赠出来做道观。玄宗准许了他的请求，在贺知章离开京城时，又下诏百官在京城东门为之饯行。这还不算，玄宗还亲自写了两首诗为他送行。在那个时代，一个人看淡红尘、转而入道是一件很平常的事，但像贺知章这样，由皇帝亲自出面召集百官并写诗为之送行的，绝无仅有。

可见贺知章的为官、为人是何等不简单。

循着贺知章的诗句来到他的家乡，镜湖早已成为历史，现在的鉴湖无法与古时的"数百里镜湖"同日而语。

站在湖边，还原当年贺知章回家的情景，是一幅活灵活现的画面。本是写哀情，却借了欢乐场面；虽是写自身，却以儿童问话的形式体现，极富生活情趣。

现在的湖边，高楼林立，宽阔的马路四通八达，车来人往，一片繁忙。

不知当年贺知章回家走的是哪一条小路。

贺知章非常喜欢喝酒，与李白一样是有名的"酒仙"。杜甫的著名诗篇《饮中八仙歌》的八仙，第一个就是贺知章，"知章骑马似乘船，眼花落井水底眠"这句诗，说他喝醉以后骑在马上前俯后仰的，就像坐在船上一样。醉眼昏花地掉到井里头，他干脆就在井底睡着了。

书法作者岑勇，中国书法家协会会员，四川省硬笔书法家协会顾问，四川省摄影家协会会员。

世人皆知贺知章的文采，却很少有人知道贺知章的书法。贺知章的书法代表作是草书《孝经》。窦蒙夸赞："（贺知章）每兴酣命笔，好书大字，或三百言，或五百言，诗笔唯命……与造化相争，非人工所到也。"由此可见，贺知章的书法水平非同一般。

水如明镜的鉴湖

　　这首诗的成功,在于诗人对家乡的情感表达得自然、逼真,发自肺腑,读者在不知不觉中被引入诗的意境。

　　家,永远是心灵栖息的港湾,不管你离开它有多远,不管你离开它有多久。

回乡偶书二首·其二

贺知章

离别家乡岁月多,
近来人事半消磨。
唯有门前镜湖水,
春风不改旧时波。

贺知章回到家乡后,他的目光从人的变化转到了自然景物的变化上。贺知章的新居即在镜湖岸边。虽然阔别镜湖已数十年,周围村庄、小巷的变化很大,而门前镜湖中的水波却一如既往,于是一种物是人非的感触涌上心头,随即写下了这回乡偶书的第二首。

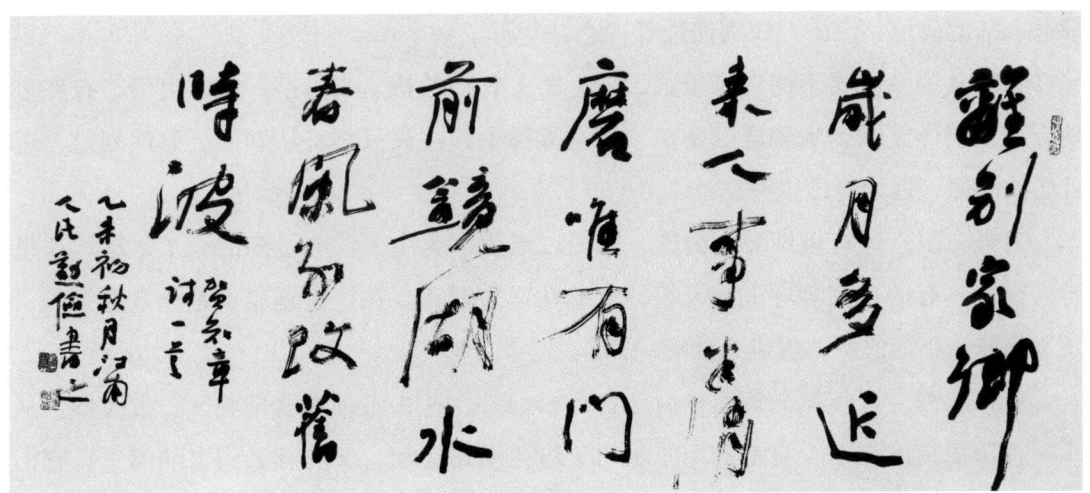

书法作者廖勤俭,中国书法家协会会员,中国书法家协会第四届委员,中国硬笔书法协会理事,陕西省硬笔书法协会副主席。

雾气氤氲的鉴湖风光

　　镜湖，相传黄帝铸镜于此而得名。东汉时期，会稽太守马臻纳山阴、会稽两县三十六源之水为湖，总面积曾达二百多平方公里。唐朝中叶之后，湖面逐渐淤积。北宋时，人们在湖上建筑堤堰，围湖造田，使湖水面积大大减少。到北宋末期，围湖造田取得巨大成果，大片水域成为良田。到元代，仅少数特别低洼处保留湖水，镜湖已名存实亡。现在，绍兴河网交错，零星散布的芝塘湖、百家湖、青甸湖、鉴湖等，都是古时镜湖的残迹。

　　现在徜徉于鉴湖岸边，虽然贺知章当年居住的小屋早已不见踪影，却可以寻到马臻墓、陆游故里、三山、快阁遗址等古迹。

　　鉴湖其中一段属于柯岩风景区，湖心岛上有钓鱼桥、步月亭、古纤道等，有许多地方湖面仍然宽阔，水势浩浩荡荡，淡淡雾霭中，一只只小舟从湖面上悠然划过，近处碧波映照，远处青山重叠。

　　另外，附近还有镜湖湿地公园，园内以原生态为主，没有过多的人工雕琢。这里游人较多，有的在大草坪上放风筝，有的在岸边钓鱼。在这里划船也是非常惬意的，湖水静静，小船悠悠，像进入仙境一样。

　　史料记载，当年贺知章回乡后住在五云门外，这一带现在已是城区。古时候，从八字桥历史街区向东，有都泗门（水门）纵跨浙东运河，又有五云门（陆门）。它们曾是古代绍兴内河通往京杭大运河的咽喉，是绍兴历史上最重要的水陆商埠。来往的客商，很多人在八字桥街区下船，走陆路出五云门外换船。那时的五云门外，是一个

鉴湖岸边的十五孔画桥

较为发达的地方。

  这里现在可以看到画桥的旧迹——十五孔石梁桥，由五个大孔、十个小孔组成，既可满足各种船只航行的需要，又达到排洪的目的。桥间路堤上有凉亭，人立桥上，桥在镜中，湖光山色，尽在眼前，故名画桥。另有一说，桥栏上有画，故名。

  史学家们说，贺知章当年一定在画桥一带徘徊、苦吟过。

  虽然我们现在看到的是清代建筑，不过它仍可为我们提供一个想象的凭据。

登鹳雀楼

王之涣

白日依山尽，黄河入海流。
欲穷千里目，更上一层楼。

鹳雀楼在山西永济市西南的黄河岸边。

唐朝是一个以诗取士的朝代，《登鹳雀楼》问世之际，人们只觉得它意境非凡，并不知道作者是谁。据传，女皇武则天读了此诗大加赞赏，问亲信李峤是谁写的，要好好封赏他。李峤灵机一动，当即回答是自己的好友朱佐日写的。武则天立刻将朱佐日找来，赏给了彩绸百匹，加封御史官衔，以示对天下才子的嘉奖和恩宠。而此诗的真正作者王之涣，却因为无人知晓，一直过得穷困潦倒。

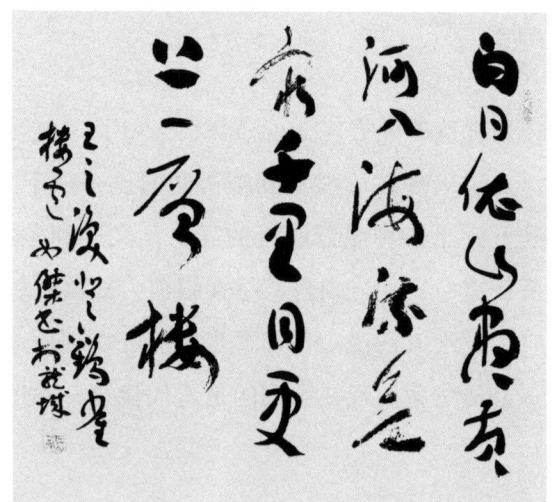

书法作者卢如杰，中国书法家协会会员，中国硬笔书法协会会员，中国硬笔书法协会广西工委会副秘书长，中国画家协会理事，国家一级美术师。

王之涣早年及第，曾任冀州衡水县（今河北衡水）主簿，不久因遭人诬陷而罢官，不到三十岁就过上了访友漫游的生活。

出永济市区向西，行不多远，快到黄河边的时候，你就会看到鹳雀楼突然出现在

鹳雀楼

鹳雀楼上的王之涣铜像

你眼前，它高大、宏伟、飞金流彩，在阳光下熠熠生辉。

鹳雀楼最早由北周大将军宇文护建造，是一座军事戍楼，因常有鹳雀在楼上栖宿而得名。鹳雀楼历唐经宋存世约七百余年，于元朝初年毁于战火。数百年来，无数文人雅士只能站在仅存的遗址上，望着滚滚而去的黄河水感叹。

眼前的鹳雀楼为2002年于其旧址上重建的，让人们得以重新体味古人的登临之感。

一步步登上楼去，直登到最高层，凭栏向西一望，宽宽的黄河横在脚下，黄河水在阳光下浮光跃金，它温和地流淌着，浅浅的样子，好像挽起裤脚就可以走过去。黄河西岸是无尽的原野，在遥远处，一抹灰色的山影镶于天边。

站在这里，你会真切地体会到，欲穷千里之目，确需登楼更高层啊！

写这首诗的时候，王之涣只有三十五岁。在这里，你会体会到诗人当年登高望远时，表现出来的胸襟和抱负，感受到他积极向上的进取精神。

尽管唐代的鹳雀楼上面题有王之涣的千古绝句，但后来的诗人似乎要与王之涣一比高低，在这里写下了一首首美丽诗篇，因此后人称鹳雀楼为赛诗楼。

千年之后，黄河没变，青山没变，变了的，是楼上的人。

在王之涣塑像前，望着西面天空上的太阳，一位青年说："真想一展翅飞进太阳里面去。"

好似他女友的姑娘说："我可不敢，别熔化了。"

一位戴眼镜的中年人说："西面的山峰伸长了脖子，是想亲吻太阳。"

哪怕是处在同一位置，在不同心态的人眼里，看到的是不同的风景。

鹳雀楼上远眺

站在鹳雀楼上看到的"白日依山尽"

凉州词

王之涣

黄河远上白云间，
一片孤城万仞山。
羌笛何须怨杨柳，
春风不度玉门关。

提起玉门关，首先要回顾张骞出使西域的历史。丝绸之路开通后，东西方贸易交流日渐繁荣，为确保丝绸之路的安全与畅通，汉武帝下令修建了玉门关和阳关。玉门关，因西汉时西域和田的美玉，多经此关进入中原而得名。故址在今甘肃敦煌西北小方盘城，是古代通往西域的要道，六朝时关址东移至今安西双塔堡附近。

王之涣这首诗写戍边士兵的怀乡，写得苍凉慷慨，悲而不失其壮，虽极力渲染戍卒不得还乡的怨情，却没有半点颓丧消沉的情调，充分表现出盛唐诗人的广阔胸怀。

据传，清朝末年，慈禧太后让一位书法家题扇，那位书法家就书写了他最喜欢的王之涣这首《凉州

书法作者廖光荣，中国书法家协会会员，宜昌市书法家协会副主席，宜都市书法家协会主席。

通向玉门关的路

词》。谁知，书法家在书写时漏掉了一个"间"字。慈禧太后看后勃然大怒，认为这是书法家在故意戏弄她，要把他斩首示众。书法家急中生智，连忙解释说："老佛爷，我如此写来是有原因的——这是巧借王之涣诗意填的一首词呀！"好在古时写诗文是不用标点符号的，书法家当场提笔断字，吟诵道："黄河远上，白云一片，孤城万仞山，羌笛何须怨？杨柳春风，不度玉门关。"慈禧太后听罢，转怒为喜，赐书法家黄金百两压惊。

玉门关又称小方盘城，耸立在敦煌城西北九十公里处的一个沙石岗上。出敦煌往西，沿沙漠里细细的柏油路向前行，一路上除了黄沙再也看不到别的风景。

路上往往会遭遇风沙，不时地有旋风出现，旋起黄沙，柱子一般顶天立地，空中尽是飞扬的沙尘。

一直走到这条公路的尽头，当玉门关突然出现在你面前时，你一定会大吃一惊。《后汉书·西域传》载：玉门关"驰命走驿，不绝于时月；商胡贩客，日款于塞下"。

也许你原来会想，这里是一个小城，起码也应该是一个小镇。然而你错了，这里连一户人家也没有，在旅游淡季，这里只有一位景区管理人员。

向前望，映入眼帘的是广袤的荒原。虽然早已是春深时节，在这里，却见不到一点春色，真的是"春风不度玉门关"啊！

新建玉门关遗址木门楼

玉门关遗址

一个简易的木门楼上写着：玉门关。门楼后面是古代留下的玉门关遗址。辽远的天空，无尽的荒漠，苍老的岁月。这就是大名鼎鼎的玉门关。

关城呈方形，四周城垣保存完好，为黄胶土夯筑，开西北两门。城墙高达十米，上宽三米，下宽五米，上有女墙，下有马道，人马可直达顶部。登上古关，举目远眺，只见四周沟壑纵横，长城蜿蜒，烽燧兀立，胡杨挺拔。有风的日子，你还会看到漫天的黄沙。

这时，游人往往心驰神往，百感交集，怀古之情，油然而生。

前面再也没有路了，所有来到这里的行人和车辆，都要原路返回。在别处，一般遇不到这样的地方。

当年那样繁华的玉门关为什么会变得如此荒凉呢？许多游客会产生这样的疑问。

有人给出了这样的答案：今天不是昨天。

春晓

孟浩然

春眠不觉晓，处处闻啼鸟。
夜来风雨声，花落知多少。

这首诗是孟浩然隐居鹿门山时所作，诗人抓住春天早晨刚刚醒来时的一瞬间展开联想，描绘雨后春天早晨的景色，表现了春天里诗人内心的喜悦和对大自然的热爱。

鹿门山在湖北襄阳城东南约十五公里处，是中国历史文化名山，因汉末名士庞德公、唐代著名诗人孟浩然、皮日休相继在此隐居而闻名遐迩，后人称之为"圣山"。

鹿门山原名苏岭山，濒临汉江，与环抱四周的狮子、香炉、霸王、李家诸山，共同构成了圣山风景，远远望去，云遮雾绕，忽隐忽现，叫人心驰神往。

当年，汉光武帝刘秀慕名而来，

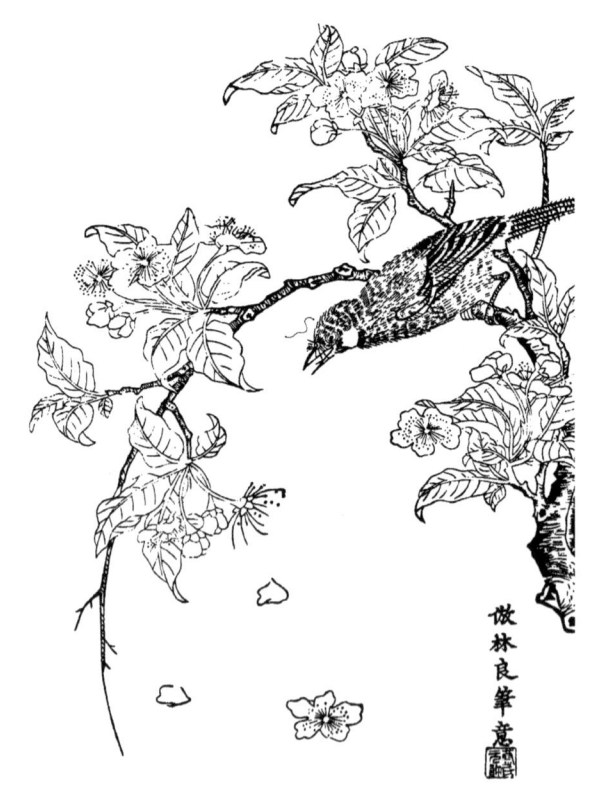

《春晓》意境图

留下了一个传奇故事。据清同治《襄阳县志》记载：汉光武帝刘秀巡游苏岭山，梦见两只梅花鹿在此化为山神，遂命人立祠于山上，刻两只石鹿放于道口，百姓称之为鹿门庙，后来这山就被称为鹿门山。

年轻时的孟浩然一心要到外面的世界施展抱负，却屡试不第。那年在长安落第后，诗人王维曾邀他到自己供职的翰林院见面，谁知唐玄宗忽然大驾光临，孟浩然慌忙躲到了床下。王维不敢欺君，道出实情。唐玄宗没有生气，问他有何新作，孟浩然便吟咏了《岁暮归南山》。当他诵到"不才明主弃"一句时，玄宗不悦道："卿不求仕而朕未尝弃卿，奈何诬我？"于是，孟浩然的仕途画上了句号。

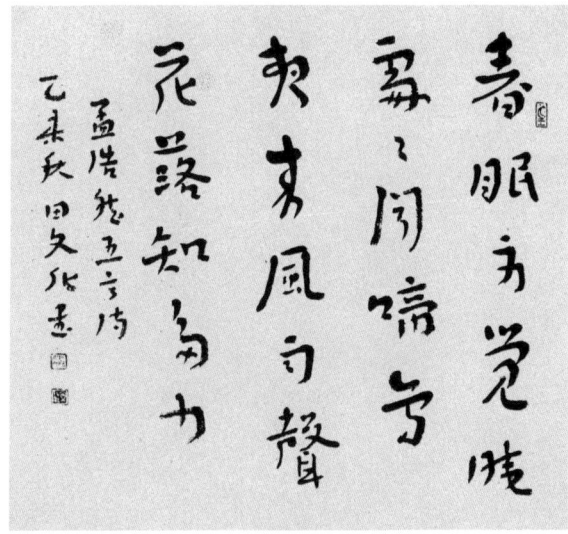

书法作者田文化，中国书法家协会会员，湖北省书法家协会理事，襄阳市书法家协会副主席。

◎ 春晓　孟浩然

鹿门山坊

孟浩然读书处

后来他归隐鹿门山,并在这里写下这首脍炙人口的《春晓》。

踏入鹿门山,修竹丛丛,林木茂密,野花飘香,云雾缭绕,随心漫步,仿佛徜徉于仙境。

当年孟浩然勤奋读书的地方,现在建有还原他当年生活情况的浩然居、孟浩然纪念馆。纪念馆里还有孟浩然生平简介,资料陈列,描绘了孟浩然的一生。

孟浩然在鹿门山留下许多诗作,比较著名的有《登鹿门山怀古》《夜归鹿门歌》等,都是诗中上品。

离浩然居不远处是鹿门寺,寺院初建时规模宏大,秀丽壮观,北宋政和年间最为兴盛,历代名僧常来此主持法事。后几经损毁,1980年才被修复成现在的样子。当年孟浩然在这里与寺僧结下了深厚友谊。

再向前走,上段高坡,这里是庞德公制药洞。汉末名士庞德公婉拒时任荆州刺史刘表的宴请,携家属登鹿门山采药不返,就住在这里。孟浩然归隐鹿门山,也有追随庞德公的内因。当年躬耕于隆中的诸葛亮曾拜庞德公为师,每次来求教,都跪拜在庞德公榻前,其虚心向学之心,令人敬仰。

制药洞前是一块平坦空地,很适合人们深思:唯其勤奋,方能成诗词大家之浩然;唯其虚心,才可做辅世能臣之诸葛。

与诸子登岘山

孟浩然

人事有代谢,往来成古今。
江山留胜迹,我辈复登临。
水落鱼梁浅,天寒梦泽深。
羊公碑尚在,读罢泪沾襟。

《与诸子登岘山》意境图

孟浩然大半生在故乡湖北襄阳度过,居住城南岘山附近的涧南园。诗人求仕不遇,心情苦闷的时候,与几个朋友登上岘山游玩,凭吊羊公碑,想到羊祜当年的心境,与自己的处境正相吻合,由此借古抒怀,写下该诗。

岘山东西横亘十余里,峰峦重叠,林壑间曾经深藏众多古寺和许多摩崖石刻,是著名的风景名胜地。《三国志》载:当年孙坚征荆州,黄祖迎战,被孙坚击破,追渡汉水,遂围襄阳。孙坚单骑到岘山观察城中形势,被黄祖的军士射杀。这是岘山第一次扬名史册。

岘首山是岘山向东延伸出的一个独立小山。它背靠峻岭,俯临汉江。

书法作者王为国，中国书法家协会会员，中国楷书研究院院士，陕西省书法家协会学术委员会副主任，商洛市书法家协会主席。

岘首山在文化史上成名于西晋初期。晋室重臣羊祜到襄阳出任荆州都督，成为督抚一方的封疆大吏。羊祜到襄阳后，发现荆州军粮储备只能用半年，便奏请皇帝特许荆州设立监田督，专门负责屯垦。《晋书》记载，三年后，荆州军粮多得十年用不完。

晋武帝让羊祜出镇襄阳的目的，是为平吴之战做准备。而羊祜在襄阳干的却是一些兴办教育、屯兵垦田等民生事业，但也因此而深得民心。

羊祜镇守襄阳时，常到岘首山游览。有一次，他对同游者喟然叹道："自有宇宙，便有此山，由来贤达胜士，登此远望，如我与卿者多矣，皆湮灭无闻，使人悲伤！"

岘首山

这是他对岁月如梭、人生短暂的感叹。晋书记载的这件轶事，被后人称为"岘山感叹"。

羊祜病逝后，襄阳人莫不罢市号恸，街巷痛哭羊祜之声不绝。

后来，襄阳百姓于羊祜经常憩游之处建碑立庙，每年祭祀，见碑者莫不流泪。杜预继任来襄阳，称之为堕泪碑。

孟浩然来到这里时，面对羊祜碑，那"湮灭无闻，使人悲伤"的记载，正是对他自己遭遇的真实写照，触景生情，悲从中来，禁不住泪湿衣襟。

而今登上岘首山，绿树丛中，无亭亦无碑。在青草杂树中行走，无望地寻找着，山巅的树林里有一堆残砖断瓦，但那一定不是羊祜碑、羊祜庙遗址。

站在高处向前望去，汉江向东远去二三里，当年的江流浩淼处，如今已是人烟稠密的村庄。襄水依然从岘山北麓流来，绕过半个岘首，向南两里与白马泉汇合，一同注入汉水。

岁月，留不下人的躯体，但可以留下人的声名。

宿建德江

孟浩然

移舟泊烟渚,日暮客愁新。
野旷天低树,江清月近人。

诗中所说的建德江,就是浙江富春江上游新安江流经建德的那段。这段新安江,两岸翠岗重叠,郁郁葱葱,千仞石壁,临江卓立,素以"锦峰秀岭,山水之乡"闻名天下。历代诗人为此留下大量诗篇。

孟浩然一生大部分时间在家乡鹿门山隐居,四十多岁时曾往长安、洛阳谋取功名,并在吴、越、湘、闽等地游历,借以排遣仕途失意后的郁闷,《宿建德江》当作于他游历吴越时。

这是一首抒发旅途愁思的诗,尤其是诗中"野旷天低树,江清月近人"两句,非常鲜明地烘托出了诗人孤寂、愁闷的心情,是传诵千古的名句。

孟浩然是唐代山水诗人的代表。据说,有一次他到长安参加文人诗会,即席写出"微云淡河汉,疏雨滴梧桐"的句子,大家看了都十分叹服,有的干脆搁笔不敢继续赋诗了。

当年孟浩然在这里泊舟的建德江现在是什么样子?

——青山迢递,绿水浩淼。

尤其在夏季,当你从闷热的他乡赶来,站立江边就会感觉到,这里是水至清、风至凉的"清凉世界"。此时,你会陡生神清气闲、心旷神怡之感。顺着江水向远处眺望,除了水清风凉之外,浩淼的江面上弥漫着蒙蒙白雾,青山和渔船若隐若现,你本人也被这白雾笼罩,恍若置身仙境,飘飘欲仙。

江水清亮的建德江

云蒸霞蔚的建德江风光

唐诗诞生的地方

◎ 宿建德江　孟浩然

当地权威人士解答了这"清凉世界"形成的谜底：1965年，新安江水电站竣工，库区蓄水形成一个巨大的人工湖，这就是闻名遐迩的千岛湖。该湖最深处达百余米，湖底水温一直保持在摄氏14度左右。湖水从大坝底层流出，低温水流与夏日气温有着近20度的温差，江面上因此出现或浓或淡的白雾，形成了这如梦如幻的"清凉世界"。

新安江丰富的旅游资源，现在已得到充分的开发和利用。如今，这里千岛浮翠、紫金锁澜、白沙奇雾、灵栖洞天、慈岩悬楼、严陵问古、双塔凌云、子胥野渡、七里扬帆和葫芦飞瀑等"新安十景"，把新安江装扮得更加靓丽，更具魅力。

沿着新安江边漫步，那才叫一步一景。

书法作者欧阳兵，中国书法家协会会员，安徽芜湖市青年书法家协会副主席，无为县书法家协会副主席。

次北固山下

王湾

客路青山外，行舟绿水前。
潮平两岸阔，风正一帆悬。
海日生残夜，江春入旧年。
乡书何处达？归雁洛阳边。

《次北固山下》意境图

这首诗是诗人由楚入吴，沿江东行途中泊舟于镇江北固山下时所作。当时正值冬尽春来，旭日初升，诗人面对青山绿水、潮平岸阔的壮丽景象，油然而生时光流逝的思乡情愫。但是，诗中看不到哀伤情绪，表现的是大自然的蓬勃生机。尤其是"海日生残夜，江春入旧年"两句，得到当时宰相张说的赞赏。张说亲自将其书写并悬挂于宰相政事堂上。真想给他改一字——把"入"改"出"，成"江春出旧年"，如此会不会有不同的意境？

北固山北临长江，山壁陡峭，形势险固，故名北固。南朝梁武帝曾题书"天下第一江山"赞其形胜。

现在来到山下看，这山虽不高大，

却仍然巍峨。

从北固山南麓登山，过气象台，沿山脊北行，至清晖亭处有一座铁塔，是唐卫公李德裕所建，故称卫公塔。该塔原为石塔，被毁后，于北宋年间改建成九级铁塔，明代重修改为七级，现在仅存四级塔身。

继续向北，甘露寺雄居山巅。该寺建于东吴甘露年间，相传是刘备招亲之处，京剧《龙凤呈祥》的故事即发生在这里。许多游人来此，都要以刘备招亲的故事为线索，去寻找有关胜迹。

寺内有大殿、老君殿、观音殿和江声阁等建筑，形成了"寺冠山"的特色。据说康熙和乾隆皇帝，都曾在此建过行宫。

甘露寺后面的多景楼，是北固山观景的最佳处。登楼凭栏远眺，湖光山色，奇景多姿，整个镇江市尽收眼底，令人生凌空飞翔之感。脚下江水悠悠，浩浩远去，与天空融为一体。唐宋以来，历代文人名士，都愿在此诗酒唱和，欧阳修、苏轼、米芾、辛弃疾、陆游等，都曾留下许多著名的诗词。当年陈毅元帅登临多景楼后，曾感慨地说："不要看画了，这里就是万里长江画卷！"

这多景楼也被人们附会了刘备招亲的故事。说是刘备借得东吴的荆州后，没有归还之意，周瑜便定下美人计，准备乘刘备过江之机，把他扣为人质，用以索还荆州。可是这一阴谋，被诸葛亮识破并将计就计，使孙刘联姻弄假成真。那一日，孙权的妹妹孙尚香在多景楼布置洞房，梳妆打扮，楼下卫兵持刀列队，做好保卫。刘备见此情景，胆战心惊，孙尚香只好下令撤走卫兵，然后刘备才上楼进入洞房。

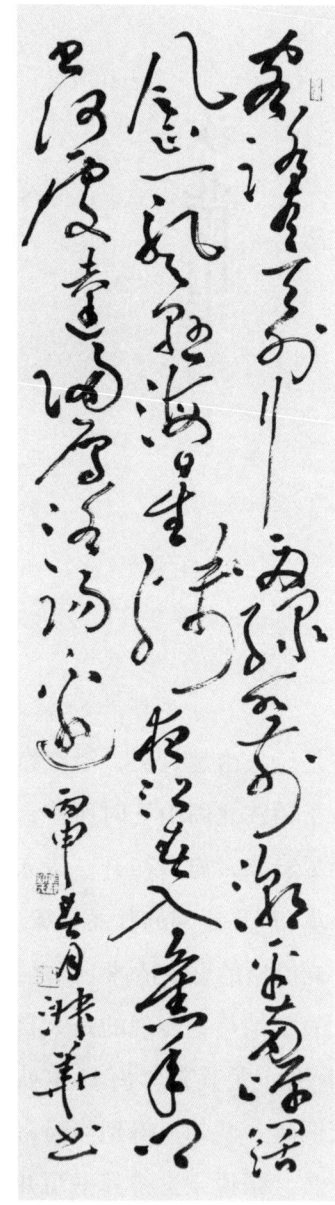

书法作者刘淑华，女，中国书法家协会会员，烟台市书法家协会理事，招远市书法家协会副主席。

其实，那时还没有多景楼呢。

在多景楼上低头看北固山下的江边，那里应该是诗人王湾当年泊舟处。那时诗人看到的是"潮平两岸阔"的景象，现在从多景楼远眺，仍然是这样的感觉，长江浩浩

北固山下的长江

镇江附近繁忙的长江航道

东去,势不可挡。

长江由无数条小溪汇合而成,小溪在途中遇到高山,会巧妙地绕过它,这是智慧;遇到深涧,它会一点一点地去填平它,这是毅力;遇到断崖,它会纵身一跃,把自己化作壮美的瀑布,这是无畏。

如果我们具备了小溪的这些精神,会怎样呢?

题破山寺后禅院

常建

清晨入古寺,初日照高林。
曲径通幽处,禅房花木深。
山光悦鸟性,潭影空人心。
万籁此俱寂,唯闻钟磬音。

这是诗人常建的一首题壁诗。此诗抒写了他清晨游古寺后禅院的观感,以简洁洗练的笔触描写了一处独特、幽静的景观,表达了诗人游览名胜的喜悦,以及对高远境界的强烈追求,是唐代山水诗中独具一格的名篇。

破山寺位于江苏省常熟市北郊虞山山麓,现名兴福寺。

兴福寺是南齐时郴州刺史倪德光施舍宅园改建的,初名大慈寺。至南梁大同年间,拓建寺院时挖到了一块石头,清除表层泥土后,发现此石纹路左看如"兴"字,右看像"福"字,于是,这块"兴福石"便保留下来,而寺名也因此而改成"兴福寺"。

据古籍记载,唐代贞观年间,虞

《题破山寺后禅院》意境图

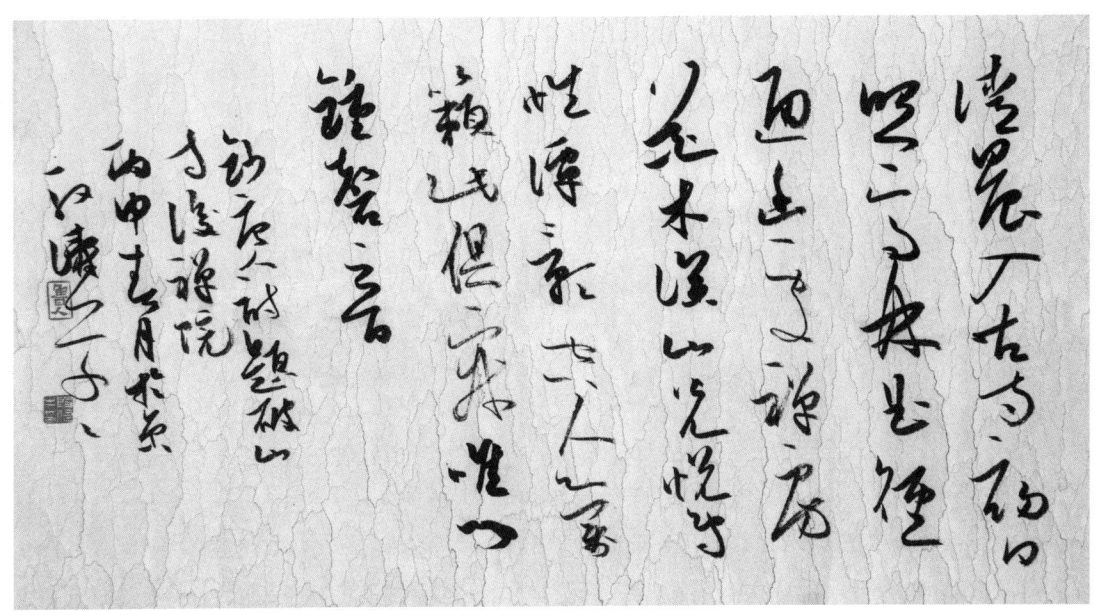

书法作者殷涛,中国书法家协会会员,中国书画协会理事,中国书画篆刻艺术家协会副主席,清华大学美术学院客座教授。

山出现一条白龙,经常变成一位白胡子老翁到兴福寺听高僧讲经。高僧问他从何处来,老翁答:我不是人,是龙。高僧问:可以看看你的本相吗?老翁答:可以,但你别害怕。于是老翁现出原形,果然是一条张牙舞爪的白龙。高僧非常恐惧,急念咒语,招来揭谛神化作一条黑龙直扑白龙,白龙不战而败,冲着山峰而去,寺前山坡被撞得破裂,此山故名"破山"。

破山寺也因此得名,唐咸通九年(868)懿宗赐"破山兴福寺"额。

自从诗人作《题破山寺后禅院》后,该寺名声更盛,历代文人名流在此题咏甚多。常建于开元十五年(727)与王昌龄同榜进士及第,但他官运甚差,天宝末年只做到县尉,大约安史之乱后,他失去官职,寄情山水,过了很长时期的漫游生活。

沧海桑田,兴福寺屡经兴废,"文革"中更是遭遇浩劫。1983年被列为全国重点寺院后,兴福寺得到全面恢复,成为常熟最大、最著名的寺院及游览胜地。

现在的兴福寺,游人颇多。

大殿香案上烛火长明,青烟袅袅,清净佛地,香气弥漫。

大殿后门内地上有一块隆起于地面的岩石,大如伏牛,纹筋纵横,这就是"兴福石"。凡知道此石来历的游客,都会俯身抚摸,希望能沾点福气。

兴福寺的后禅院分为东西两园。西园是从大雄宝殿往西,从一个门洞里走出,右

破山寺——现在的兴福禅寺

僧人在做法事

《题破山寺后禅院》碑亭

侧是陡峭的山坡，树木葱郁，修竹丛丛，环境非常幽静，许多游人在这里小憩和拍照。

从大雄宝殿向东可去东园和破山寺后禅院。这里有米碑亭，亭内竖一块石碑，上面刻着常建这首《题破山寺后禅院》，为宋代书法家米芾手迹，由清乾隆朝名刻手穆大展镌刻。名诗名书名刻，此碑堪称"三绝"，为兴福寺一宝。东园中部有一池，就是因诗句"潭影空人心"而名播四方的"空心潭"。潭上石板曲桥名"景心桥"，潭与泉之间有"空心亭"。

诗人题诗时的兴福寺，风貌肯定与今日不同，但诗中自然环境的特点，如高林、曲径、山光、潭影等，至今仍然可以一一对应，可让人们体味诗中描绘的意境。

当年诗人的处境虽然不顺利，但在这里写出了一个诗意盎然的世界。

有好的心态，哪怕是平凡的日子，也能活出诗的意境。

黄鹤楼

崔颢

昔人已乘黄鹤去,
此地空余黄鹤楼。
黄鹤一去不复返,
白云千载空悠悠。
晴川历历汉阳树,
芳草萋萋鹦鹉洲。
日暮乡关何处是?
烟波江上使人愁。

描绘崔颢《黄鹤楼》意境壁画。傅光中摄。

黄鹤楼矗立于湖北省武汉市长江南岸的武昌蛇山之巅,整个建筑高大威武,具有独特的民族风格,散发出汉族传统文化的气质和神韵,有"天下江山第一楼"之称。

崔颢是唐开元年间进士,只做过几次小官。有一天,他来到黄鹤楼下,有感而发,写下这首诗,被人称为唐朝七律中的首篇。

唐代史料记载:孙权修建夏口故城,"城西临大江,西南角因矶为楼,名黄鹤楼"。三国时期的黄鹤楼,只是夏口城一角瞭望守戍的"军事楼",晋灭东吴,三国归于一统,该楼失去其军事价值。随着江夏城的发展,该楼逐步演变成为观赏楼。

关于黄鹤楼的传说很多,一说古代仙人

子安乘黄鹤过此，一说费文伟登仙驾鹤于此。仙人跨鹤，本属虚无，诗人却以无作有，说它"一去不复返"，唯余天际白云，悠悠千载，正能表现岁月不再、沧桑变化，写出了那个时代登黄鹤楼的人们常有的心态，感情真挚。

传说，多少年后，李白登上黄鹤楼时，被楼上楼下的美景引得诗兴大发。正想题诗留念，忽然抬头看见楼上崔颢的题诗，他大为折服，说："眼前有景道不得，崔颢题诗在上头。"因此搁笔，没有题词写诗，于是现在黄鹤楼旁就有了一座搁笔亭。

由于历代战乱破坏，黄鹤楼屡建屡废，仅

书法作者惟正法师，中国书法家协会会员，枣庄市甘泉寺住持，枣庄市佛教协会副会长。

黄鹤楼上望长江

在明清两代，就被毁七次，重建和维修十次，现在我们看到的黄鹤楼于1985年落成。

黄鹤楼所在的蛇山一带已辟为黄鹤楼公园，种植了许多花草树木，还有一些牌坊、轩、亭、廊等附属建筑。

走进黄鹤楼，第一层大厅的正面墙壁，是一幅表现"白云黄鹤"主题的巨大陶瓷壁画。画上飞来一只仙鹤，驮着一位吹长笛的老神仙。四周空间，陈列着历代有关黄鹤楼的重要文献、著名诗词的影印本，以及历代黄鹤楼绘画的复制品。

登上顶层，举目四望：波涛滚滚的长江横在黄鹤楼前，江面上轮船缓缓驶过，不时传来呜呜的汽笛声。长江大桥像一条巨龙横亘江水之上，桥面上行驶的汽车来来往往，川流不息。长江对岸是龟山，山顶上的电视塔高耸入云。

黄鹤楼驾鹤飞升的传说流传千余年，没有人站出来说这是荒诞不经的迷信。

新建黄鹤楼。傅光中摄。

长干行·其一

崔颢

君家何处住,
妾住在横塘。
停船暂借问,
或恐是同乡。

这首诗,先闻其声,后见其人,想象大胆,声情并茂。它抓住了生活片断中富有戏剧性的一幕:一个家住横塘的姑娘,在横塘泛舟时听到邻船一男子说话口音"似曾相识",于是天真地问他:你是不是和我同乡呀?横塘与长干里毗邻。就是这样一个简单的情节,诗人用白描的手法,寥寥几笔,就使人物、场景跃然纸上,具有高超的艺术表现力。

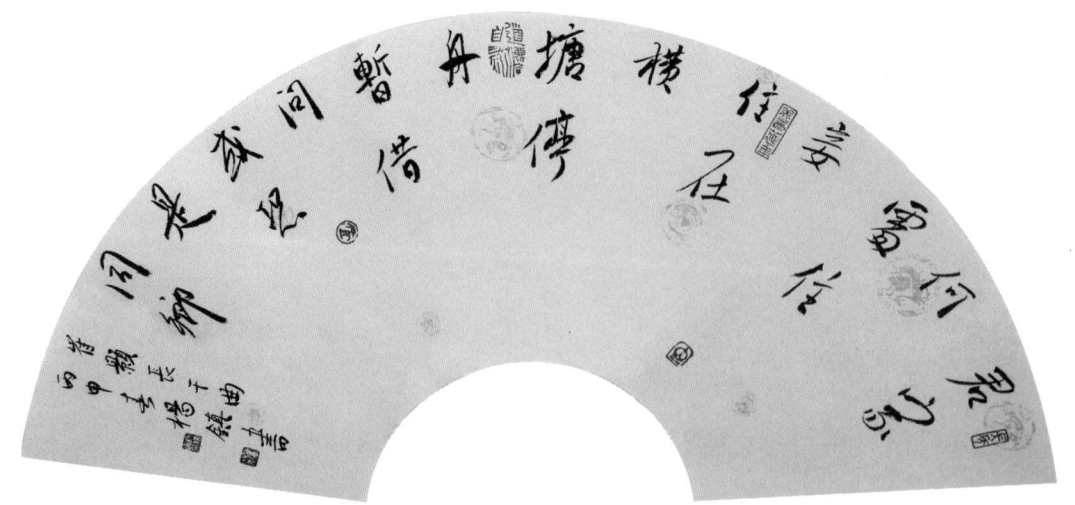

书法作者杨镇,中国书法家协会会员,镇江市书法家协会副秘书长,润州区书法家协会副主席。

长干里是南京古代著名的地方，早在春秋战国时期，长干里一带已是南京人口最密集的经济命脉之所在。

史料记载，南京南五里有山冈，其间平地，庶民杂居。这里有大长干、小长干、东长干之分。人们经常提到并为唐代大诗人多次歌咏的"长干里"，主要是指孙权建立大市时的小长干里，遗址在今雨花路和中华门城堡的西侧。

古时候，长江是从今南京市区西侧流过的，江流经长干里、赛虹桥，从石头城脚下绕过，曲折而下。因为这里是古代南京的"经济中心"，长干里的人家大多为船户，驾驶船只来往于长江和秦淮河之上转运货物。李白也写过《长干行》，诗中有"郎骑竹马来，绕床弄青梅；同居长干里，两小无嫌猜"之句，描写长干里童年男女两小无猜、天真无邪、亲昵嬉戏的情景，"青梅竹马，两小无猜"的典故即源于此。

"干"是古代的一种地理名词，表示山陵之间不甚宽敞的长条形平地，而"里"则指居民区，此称谓出现得很早，汉代的基层组织就叫"里"或"坊"。

现在，长江早已改道在南京城外，秦淮河也失去了通航作用，长干里繁华不再，中华门城堡下的那条小街被称为西干长巷，街边还矗立着"长干茶社"的招牌。城堡

中华东门外

近景为长干桥,远景为正在兴建的大报恩寺佛塔。

下那座横卧秦淮河上的水泥大桥被命名为"长干桥",似乎在提醒人们这里曾有过不平凡的历史。

站在长干桥上,看着秦淮河水悄悄地流过,完全感受不到唐代长干里的繁华,相对南京其他地段,这里略显老旧与寂寥。

河对岸矗立着一座佛塔,那是重建中的大报恩寺。明朝初年,登上帝位的成祖朱棣为纪念生母,征集天下役夫工匠十万余人,历时十九年,在此建造了规模宏大、堪比皇宫的大报恩寺。寺中有座九层琉璃宝塔,高近八十米,有长明塔灯一百四十盏,彻夜通明,数十里外可望见,堪称奇观。可惜,太平天国时期该寺毁于战火。

现在,复建中的大报恩寺已初具规模。

时过境迁,唐代长干里建筑已不复存在,而这地名却延续下来,给人们提供想象的依据。诗人的这首小诗像一幅照片,记录并定格了当年那个精彩的瞬间。

春泛若耶溪

綦毋潜

幽意无断绝,此去随所偶。
晚风吹行舟,花路入溪口。
际夜转西壑,隔山望南斗。
潭烟飞溶溶,林月低向后。
生事且弥漫,愿为持竿叟。

《春泛若耶溪》意境图

相传,道教有三十六洞天,七十二福地,皆仙人居住之所。世人认为那是通天之境,祥瑞多福,历代均有道侣栖止于此,香客游人络绎不绝,故洞天福地已成为中华锦绣河山之胜境。若耶溪,就是其第十七福地。

《水经注》记载:"若耶溪水,上承嶕岘麻溪,溪之下孤潭周数亩,麻潭下注若耶溪。水至清,照众山倒影,窥之如画。"

若耶溪,今名平水江,是浙江省绍兴市区一条著名的溪流。自古以来,这里就是文人雅士流连之所。南朝时期的王籍、谢灵运,唐代李白、杜甫、孟浩然、元稹、刘长卿,宋代苏东坡、王安石、陆游,明代王守仁、徐渭、

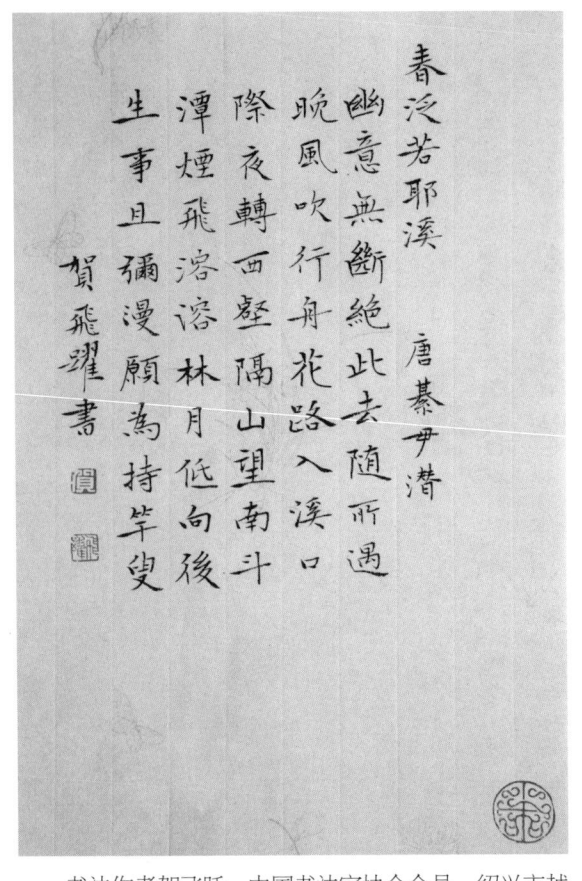

书法作者贺飞跃，中国书法家协会会员，绍兴市越城区书法家协会秘书长。

王思任等，都曾泛舟若耶，留下无数诗篇。

綦毋潜的《春泛若耶溪》堪称好诗佳作。綦毋潜是今江西南康人，开元十四年（726）进士及第，安史之乱后归隐，游江淮一带，后不知所终。他的这首春夜泛舟诗，大约是归隐后的作品。

诗人在一个清风徐来、月明星稀的春夜，泛舟溪上，悄然滋生出无限的诗情画意。此诗在描述春夜泛舟若耶溪所领略的幽美景色中，寄托了诗人闲适隐逸的情怀。诗中着力描绘所见优美景物，有着鲜明的动感。全诗幽意无限，景物清新，极富画意，是綦毋潜田园山水诗的代表作。

时光流逝千年，若耶溪容颜依旧，只是它的名字变成了平水江。

若耶溪风光

出绍兴市区向东南不远，就来到平水江边。逆水而行，江边风景如画，青山隐隐，绿水悠悠，清风徐徐，薄雾蒙蒙。漫步于江边，犹如徜徉于山水画中。

体会《春泛若耶溪》诗句的意境：潭底升起一缕缕烟雾，林中月亮仿佛低落于行舟背后。世事何等的纷繁复杂，不如做一名隐居逍遥的钓鱼人。

飘飘然。

许多时候，触景往往容易生情，生情易发感叹：美的事物具有极强的生命力，恰如这若耶溪，它从唐代灿然怒放，一直鲜艳到今天，而且还要继续鲜艳下去。

芙蓉楼送辛渐

王昌龄

寒雨连江夜入吴，
平明送客楚山孤。
洛阳亲友如相问，
一片冰心在玉壶。

芙蓉楼，最早为东晋刺史王恭所建，原址在江苏省镇江市三山（日精山、月华山、寿丘山）中的月华山，唐代犹存，后被毁。1992年，镇江市将这座历史名楼重建，现在它矗立于金山下塔影湖滨，总体建筑由芙蓉楼、冰心榭、掬月亭及湖中三座石塔组成，风景秀丽。

这里过去是镇江市区有名的人工湖，从湖西侧远眺金山，是绝佳的视角，可以看到整个金山倒映在湖水之中，所以后来改名为塔影湖。

登上芙蓉楼，视野顿时开阔，金山古刹，近在咫尺，钟鼓余韵，随风悠悠。站在芙蓉楼上，可俯瞰公园里游人的身影，湖面飘荡的小船。来到

《芙蓉楼送辛渐》意境图

新建芙蓉楼

○ 芙蓉楼送辛渐 王昌龄

寒雨连江夜入吴，平明送客楚山孤。洛阳亲友如相问，一片冰心在玉壶。

书法作者吴宏昀，中国书法家协会会员，镇江市书法家协会副秘书长，丹徒区书法家协会副主席。

湖边，这里荷塘碧绿，几株含苞欲放的新荷亭亭玉立，清新可爱。

金山寺依山而建，远观近视只见金碧辉煌的寺塔及殿宇楼阁，而不见山体，故有"金山寺裹山"之说。这里流传的白娘子水漫金山寺、梁红玉击鼓战金山、岳飞详梦、苏东坡打赌输玉带等民间故事传说，更使金山寺妇孺皆知，家喻户晓。

王昌龄当年在芙蓉楼送客时，金山还在长江里，而现在，长江向北远远地退去，金山早已与陆地连在一起。

虽然现在我们所登的不是王昌龄当年送客的芙蓉楼，但毕竟是它的后代，仍能借此体会当年王昌龄送客的心情。

王昌龄早年贫贱，少年时农耕，大约二十岁，王昌龄离开家乡，开始了一段学道的经历。不久，他便到长安谋求发展，没见什么成效，于是投笔从戎，西出长安，踏上出塞之路，写下许多著名出塞诗篇。

到不惑之年，王昌龄才考中进士，但在仕途上一直不如意，后被贬江宁，做了江宁丞这样一个小官。从长安赴江宁任所，他故意迟迟不去报到，在洛阳一住就是半年，

塔影湖

每天借酒消愁。

《芙蓉楼送辛渐二首》作于王昌龄赴任江宁丞之时，这时他正遭谤议，送别挚友时的凄凉心情可想而知。对洛阳好友，他唯有玉壶冰心可表。

安史之乱爆发后，五十九岁的王昌龄辗转回老家，途中经亳州，被亳州刺史闾丘晓杀害。

唐至德二年（757），张镐奉命平定安史之乱。这年秋天，他令闾丘晓率兵救援宋州（今河南商丘一带）。闾丘晓按兵不动，贻误战机，致使宋州陷落。为此，张镐处死了闾丘晓。行刑时，闾丘晓乞求张镐放他一条生路，说家有老母需要赡养。张镐道："王昌龄之亲，欲与谁养？"人们说，是张镐替王昌龄报了仇。

因为王昌龄的这首诗，芙蓉楼名扬天下。

九月九日忆山东兄弟

王维

独在异乡为异客，
每逢佳节倍思亲。
遥知兄弟登高处，
遍插茱萸少一人。

《九月九日忆山东兄弟》意境图

这是唐代诗人王维因身在异乡、重阳节思念家乡的亲人而写下的一首七言绝句。王维家居山西永济，在华山之东，所以题称"忆山东兄弟"。本诗的写作地点，是今河南省焦作市修武县境内的云台山。

那一年，王维才十七岁，在长安求职，往来于长安与洛阳之间。重阳节这天，他登上了云台山，遥想家乡亲人按风俗也在这天登高，吟咏成"每逢佳节倍思亲"一句。千百年来，这首诗打动了无数游子的思乡之心。

云台山因山势险峻、峰壑之间常年云锁雾绕而得名，如今已是集世界地质公园、国家地质公园、国家森林公园、国家水利风景区、国家级猕猴

书法作者于云浮，中国书法家协会会员，天津市静海区书法家协会理事。

自然保护区于一体的著名风景名胜区。

云台山以山称奇，以水叫绝，一年四季风景如画。这里可游览的景点众多，大多数游客第一站会选择红石峡。

穿过栈道，进入红石峡，三步一泉，五步一瀑，十步一潭，步移景换，一幅自然山水美丽画卷。整个山谷都是红彤彤的山石，导游介绍说，这是因为石头中含铁量高，氧化后变成的红色。十二亿年前，这里是一望无际的海洋，后来地壳慢慢上升，这里就变成了云台山。

顺着山谷前行，伴随着景色变化，不知不觉就到了泉瀑峡：只见瀑布飞泻，声如万马奔腾，形如珠帘悬挂半空。这就是三百一十四米高的亚洲第一高瀑——云台天瀑。

红石峡景区出口处是子房湖，湖上有快艇在壮阔的青山碧水间驰骋，划出一道道水痕。据传说，汉代张良帮助刘邦成就大业后隐居于此，这就是"子

云雾缥缈的云台山

茱萸峰

房湖"名字的由来。

古代的云台山称"覆釜山"，因为云台山的主峰——茱萸峰，如同一口大锅倒扣在群峰之上。后来，因该山峰遍生芳香植物茱萸而改名茱萸峰。

茱萸峰下有王维塑像：他站在一高台上，手持书卷，目视远方，似在思念家乡的亲人。

站在这里向茱萸峰眺望，云雾蒸腾，那忽聚忽散的云雾，把山峰衬托得更加高峻雄伟。

向茱萸峰攀登，山腰处有药王洞，相传是唐代药王孙思邈采药炼丹的地方。药王洞口有古红豆杉一株，树干粗壮，枝繁叶茂，树龄在千年左右，是国内罕见的名木。

登石阶、上云梯、过天桥，登上峰顶，这里有玄武宫，香火鼎盛，许多登顶的人在此挂同心锁，写祈愿牌，祈求神明帮助实现自己的心愿。

山顶气候多变，倏忽间风起云生，白雾从山间涌出，山峰被云雾紧锁。眼前所见，白茫茫一片。

等待良久，不见云雾消散，许多人在惋惜、感叹中失望而归。

忽然，一阵强风吹过，云雾像羊群似的向天边散去。俯视脚下，群峰似海浪奔涌；极目远眺，黄河如银带飘逸在天边。

真真切切的人间仙境。

有时候，那些你已经舍弃的东西，在某一瞬间，老天会如数还给你。

茱萸峰下的王维塑像

送元二使安西

王维

渭城朝雨浥轻尘,
客舍青青柳色新。
劝君更尽一杯酒,
西出阳关无故人。

此诗是王维送朋友去西北边疆时所作,诗题又名"赠别"。安西,是唐朝政府为统辖西域地区而设的安西都护府所在地,治所在龟兹城(今新疆库车)。这位姓元的友人,是奉朝廷使命前往安西的。唐代从长安西行,多在渭城送别。渭城即秦都咸阳故城,在长安西北,渭水北岸。王维到渭城送别友人,正赶上细雨霏霏,柳枝摇曳。因此,他格外凄伤,有感而发,写下了这首感人至深的诗篇,写成不久便被广泛传诵。有人用它做了一首琴曲,

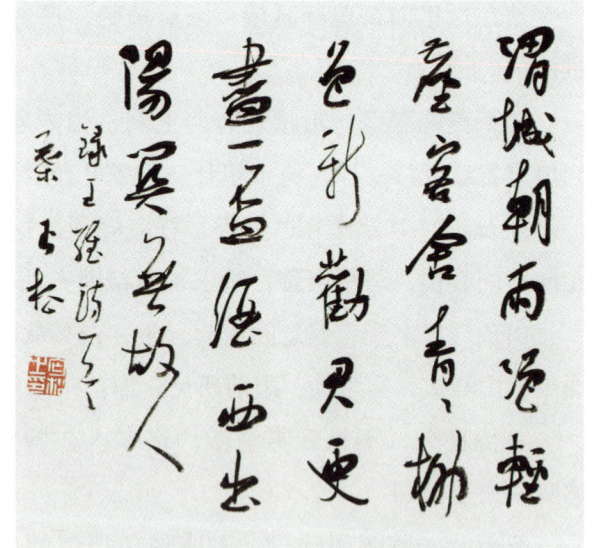

书法作者叶丐松,中国书法家协会会员,浙江省永嘉县人。

由此诞生了历史上有名的《阳关曲》。因该曲分三段,原诗反复三次,故又称《阳关三叠》。

阳关位于今甘肃省敦煌市西南七十公里南湖乡"古董滩"上,为汉朝防御西北游

阳关古道

牧民族入侵的重要关隘，也是丝绸之路上中原通往西域及中亚的重要门户。因其坐落在玉门关之南，故取名阳关。宋元之前，这里是兵家必争的战略要地；宋元以后，随着丝绸之路的衰落，阳关也被逐渐废弃。

现在来到这里，你会发现昔日的阳关城早已荡然无存，仅剩一座被称为阳关耳目的汉代烽燧遗址，耸立在墩墩山上，让后人凭吊。在山南面，有一片一望无际的沙滩，这里沙丘纵横，有一道道沙梁，沙梁之间为砾石平地，当地人称其为"古董滩"。过去，古董滩沙丘之间的砾石平地上，散布着许多古代的钱币、兵器、装饰品、陶片等先人遗物，俯拾即是。

登墩墩山西望，流沙茫茫，一道道错落起伏的沙丘从东到西排列，呈现给你的是无边无际的荒凉。从这里

渭城的清渭楼

照片近景古董滩，远处山顶为汉代烽燧遗址。

向西荒无人烟，自然是再无故人了。

　　站在阳关，你能切身体验到王维的送别之情，友人临行之际，"劝君更尽一杯酒"，不仅有依依惜别的情意，而且包含着对远行者的祝福。

　　那时，元二不管是步行还是骑马，当他历尽长途跋涉、备尝艰辛寂寞走到这里时，是否会想起王维的送行？是否会回首望一眼千重云山之外的渭城？

　　如果，我们真的看到元二深情的回眸，是不是该挥一挥手，对他说："去吧，莫愁前路无知己，天下谁人不识君。"

使至塞上

王维

单车欲问边,属国过居延。
征蓬出汉塞,归雁入胡天。
大漠孤烟直,长河落日圆。
萧关逢候骑,都护在燕然。

书法作者沈爱良,中国书法家协会会员,执教于上海师范大学。

这是诗人王维奉命赴边疆慰问将士途中所作的一首纪行诗,记述出塞上的旅程以及沿途所见的塞外风光。

唐开元二十四年(736),吐蕃发兵攻打唐朝"属国"小勃律(今克什米尔北),第二年春,唐军大破吐蕃。唐玄宗命王维以监察御史身份出使凉州慰问出征将士,然后担任河西节度使判官。这首诗即作于他此次出塞途中,其中"大漠孤烟直,长河落日圆"成为千古绝句。从诗句看,作者途经了萧关,但也有人认为,当年诗人并未经过萧关,诗中萧关泛指塞外。

不过,萧关确实存在。它地处宁夏固原东南,在六盘山上依险而立。

萧关是关中西北方向的重要关口,屏护着关中西北的安全。关中西北方向的威胁

萧关亭雪景。祁学斌摄。

主要来自陇西、河西及青藏高原上的游牧民族。秦汉时期主要是匈奴,隋唐时期主要是突厥、吐蕃,北宋时期主要是西夏党项。汉文帝时,匈奴曾入萧关,致使关中震动。汉武帝时,国力增强,他曾两次出萧关,巡视西北边境,陈兵塞上,威慑匈奴。唐武则天时,曾任命魏元忠为萧关大总管,统重兵镇守萧关,以备突厥进犯。

这里,曾发生过大大小小的无数次战争,有的将士常年守关,黑发变白发,发出"今来部曲尽,白首过萧关"的感叹。这里,有成千上万的将士命丧黄泉,尸骨遍野,蒿草满目。多少忧国忧民的文人墨客,曾亲身经历了萧关道路之险要、环境之恶劣、战争之残暴,用手中的笔记下了他们的所见所感。

近景为萧关遗址大门,远处山顶为秦长城。

过去的萧关古道,如今铁龙飞驰。祁学斌摄。

比如王昌龄的《塞上曲》:"蝉鸣空桑林,八月萧关道。出塞入塞寒,处处黄芦草……"描写了萧关肃杀的秋景,对戍边征人寄予深切同情。比如王驾的《古意》:"夫戍萧关妾在吴,西风吹妾妾忧夫。一行书寄千行泪,寒到君边衣到无?"表达了一位妻子对戍边丈夫的思念,同时也表达了对战局的担忧,及乱世中挣扎的家庭、骨肉分离的凄楚。

很多人找不到萧关的具体位置,但一说它处于六盘山脉就清楚了——它离六盘山红军长征纪念馆很近。

1935年,毛泽东带领工农红军翻越这座山时,写下了著名的《清平乐·六盘山》:"天高云淡,望断南飞雁。不到长城非好汉,屈指行程二万。 六盘山上高峰,红旗漫卷西风。今日长缨在手,何时缚住苍龙?"这首词让六盘山名扬天下。

现在来到萧关,山头仍有古代战时报信用的烽燧,秦长城的痕迹依稀可见。蒿草被生态林草覆盖,古丝绸之路被四通八达的交通网络替代——中宝铁路、银武高速公路、312国道横贯萧关南北,六盘山上还有六盘山隧道,使昔日万夫莫开的关隘变成通途。

原来,从一座山的这边,到达这座山的另一边,是不止一个途径的。

唐诗诞生的地方

◎ 使至塞上 王维

汉江临泛

王维

楚塞三湘接，荆门九派通。
江流天地外，山色有无中。
郡邑浮前浦，波澜动远空。
襄阳好风日，留醉与山翁。

唐开元二十八年（740），时任殿中侍御史的王维，因公出差去南方，途经襄阳，见这一带的汉江风光秀丽怡人，忍不住心中激动，写下这首诗。这首诗给我们展现了一幅色彩素雅、格调清新、意境优美的山水画，融情于景，给人以美的享受。

诗中"留醉与山翁"的山翁，有人说是诗人自比，但通常的说法是指曾经镇守襄阳的山简。

山简是"竹林七贤"之一山涛之子，曾任征南大将军，都督荆、湘、交、广四州军事，驻守襄阳，爱惜军士，保护百姓。虽然当时襄阳一带兵连祸结，但山简却生活得十分闲适，经常出门游览，喜欢到当地大族习氏那里陈设酒宴，而且常常是一醉方休。现在的襄阳，仍有习家池地名。

那时，天下大乱，民不聊生，大量灾民流落到南阳谋生，朝廷下令把流民遣返回乡。可是，灾民因为关中地区荒芜残败，

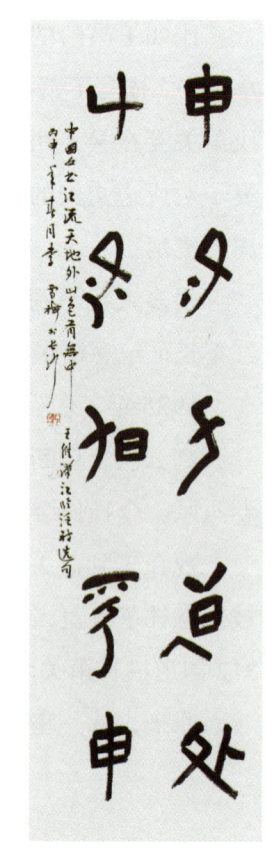

书法作者李雪梅，女，中国书法家协会会员，中国青年书法家协会理事，湖南省画院名家女书画馆馆长，中国女书艺术创作第一人。

襄阳古城墙

◎ 汉江临泛 王维

不愿意回乡。山简与南中郎将杜蕤就分别派兵遣送，催促他们限期出发。于是，京兆人王如暗地联系精壮勇士，趁夜袭击山简、杜蕤的军队。很短时间，王如的队伍发展到四五万人。

没过多久，王如进逼襄阳，山简只能依靠城墙进行防守，但终未抵挡住王如的进攻，从襄阳迁徙到夏口。山简在夏口时，招纳逃亡流落在此的人员，长江、汉水的百姓都前往这里归附于他。因此，他在百姓中有较好的口碑。

在诗中，王维表达了他愿意留在襄阳与山简同醉的愿望，也流露出对襄阳风物的热爱。

如果你来到襄阳，就会发现，这里确实是个好地方——汉江南岸，群山起伏，景色迷人。厚重的古城墙，见证了襄阳两千八百年悠久的文化和历史。放眼北岸，高楼林立，车水马龙，一座现代化的繁华都市卓然而立。

登上被修整得非常亮丽、垂柳依依的汉江大堤，你会发现，穿越千年岁月，美丽的汉江浩浩然流淌于天地之间，她没有长江的拍岸惊涛，没有黄河的翻天浊浪，只有一江碧水荡起万顷粼波缓缓东行。江面上，有游船，有渔舟。岸边有游客，有垂钓翁。真是一幅"江流天地外，山色有无中"的图画。

汉江，它作为现代唯一一条未被污染的河流，作为中国南水北调的主水源，如今

汉江

依然浇灌着万顷良田,哺育着数亿华夏子民。

美丽的汉江水,古老的襄阳城,古老与现代,繁华与宁静,在这里和谐统一,构成了一幅绝美画卷。

在岸边站得久了,想起一句话:人生如同大江大河,有奔腾汹涌的阶段,也有平静无波的时候!

竹里馆

王维

独坐幽篁里,弹琴复长啸。
深林人不知,明月来相照。

《竹里馆》意境图

这是一首写隐者闲适生活情趣的诗,作于王维晚年隐居蓝田辋川时期。王维早年信奉佛教,思想超脱,加之仕途坎坷,四十岁以后就过着半官半隐的生活,常常独自坐在幽深的竹林里,弹着古琴,抒发寂寞的情怀。正如他自己所说:"晚年唯好静,万事不关心。"这首诗描绘了诗人月下独坐、弹琴长啸的悠闲生活,妙在以自然平淡的笔调,描绘出月夜山林的意境,以弹琴长啸反衬月夜竹林的幽静;以明月的光影,反衬山林的昏暗,蕴含着一种特殊的艺术魅力,使其成为千古佳作。

竹里馆,在王维所居辋川别墅,因房屋周围有竹林,故名。

唐诗诞生的地方

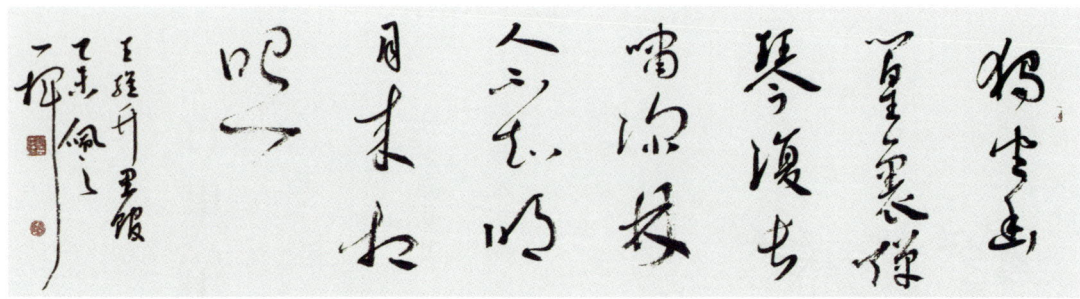

书法作者裴志强,中国书法家协会会员,中国硬笔书法协会会员,河南省美术家协会会员。

辋川,在陕西省蓝田县城西南约五公里的尧山间,这里青山逶迤、层峦叠嶂,奇花野藤遍布幽谷,瀑布溪流随处可见,是秦岭北麓一条风光秀丽的川道。古时候,川内有一个欹湖,两岸山间有数条小河流向欹湖,从高山上俯瞰,它好像车轮的形状。"辋"指的是车轮外周同辐条相连的圆圈,因此这个地方被叫作"辋川"。历史上的辋川,不仅为"秦楚之要冲,三辅之屏障",而且是达官贵人、文士骚客心醉神驰的风景胜地。

诗人王维选择这个地方隐居,在这里写出好多优美的诗篇,后汇编为《辋川集》。

我们从西安来到蓝田县城,再从蓝田县城到达辋川镇。小镇不大,看上去也不显

在建中的"大唐王维苑"

新建"竹里馆"——竹林阁

古老、灰扑扑的临街老屋，多为砖石结构的两层小楼。街上行人稀少，显得很是安静。寻问一位老汉，道是王维故居就在前面。

再行二三里，隔河望过去，静静的高山下，一"大唐王维苑"的巨幅牌子矗立着，王维当年隐居处到了。

我们走过去，发现王维故居还在重建中，虽然屋舍已不是当年的实物，不过从那古老的银杏树身上，仍能感受到王维存在的气息。标示牌子上写着，树为王维手植。

刚完工的部分屋舍焕然一新，屋舍旁有丛丛修竹，似在告诉人们，这里就是当年的竹里馆。

想象当年王维隐居此处的心境，揣摩该诗的意境，修竹丛中，似飘来阵阵天籁，又像是王维在竹里馆"弹琴复长啸"。

心灵上的相通，可以让人跨越千年时空。

山居秋暝

王维

空山新雨后，天气晚来秋。
明月松间照，清泉石上流。
竹喧归浣女，莲动下渔舟。
随意春芳歇，王孙自可留。

这首诗是王维山水田园诗的代表作之一，诗中描绘了秋雨初晴后傍晚时分，山间的旖旎风光和山居村民的淳朴风尚。王维的诗总能出奇制胜，本来觉得很平常的事，经他描写，就有了新意，表现了诗人寄情山水田园、对隐居生活怡然自得的心情，同时又表现了诗人的高洁情怀。

站在王维故居的树林间，闭上眼睛，用心体会，似回到当年的那个晚上，与王维站在一起。天色已暗，夜幕降临，山林显得更加空寂，皎洁的明月静静地照在松间，清清的泉水在山石上汩汩地流淌。这一切，都是那么幽静清明，美丽宜人。

一会儿，透过竹林，从那边传来

《山居秋暝》意境图

此处山林曾经被唐代明月照，不过现在的山间林木却少有唐代遗存。

如今的辋川山间小溪，让人联想到当年王维所说的"清泉石上流"。

◎ 山居秋暝　王维

唐诗诞生的地方

书法作者杨小琪,中国书法家协会会员,陕西省青年书法家协会副主席,陕西省书法家协会教育委员会委员,西安市书法家协会常务理事。

一群天真活泼的姑娘的嬉笑声,又见一只渔舟拨开亭亭玉立的荷叶,缓缓驶来。山间有了生气,有了热情,有了生命,有了欢乐。

真是一幅绝美的图画。

传说,在唐代王维故居前曾有一条宽宽的河流,出门要坐船,在十几里外才有一个小码头,所以该诗有"莲动下渔舟",所以在王维的山水画《辋川图》中,才有别墅外面的船只。

现在的辋川,青山依旧,但那条小河常年干渴,瘦弱不堪,无法与行船的景象联系到一起。

王维从年轻时就非常有才气,民间还流传着他赶考路上对对联的故事:

有一年,他进京赶考,傍晚走到一处荒野,这里只有一座小茅屋。王维过去敲门,过了半天,一位年轻的姑娘出来开门。姑娘知道他想投宿后,微微一笑道:"我爹爹说了,来的客人如果对上了对联,就可以留宿;如果对不上,恕不接待。"

姑娘出了这样的上联:"空空寂寞宅,寡寓安宜寄宾宿?"

王维一听,这个上联所有的字都是宝盖头,觉得有点难。但他毕竟才华过人,想一想刚才一路的辛苦,随口对出了下联:"迢迢逶迤道,适逢邂逅遇迷途。"

姑娘听了王维的对联,连连称妙,把他迎进家中,盛情款待。

王维的一生是深爱辋川的,他的母亲去世后,就葬在这里;他去世后,就葬在母亲旁边。他永远与这里的山水融为一体。

鹿柴

王维

空山不见人,但闻人语响。
返景入深林,复照青苔上。

《鹿柴》意境图

这首诗描绘的是鹿柴附近的空山深林,在傍晚时分的幽静景色。

诗人先写山中见不到人迹,接着笔锋一转,听到山中有人说话的声音。空谷传音,更见其空;人语过后,更添寂静。下面又写夕阳余晖照进树林,更增添了幽静的感觉。这首诗,创造了一种幽深而光明的象征性境界,表现了作者修禅过程中的豁然开朗。

王维的田园诗,总有那空旷高远、行云流水的意境,读之如身临其境,心旷神怡。这首诗体现了他的一贯风格,其绝妙处在于以动衬静,清新灵巧,自然天成。

现在,这里的山上依然是林木茂盛,郁郁葱葱。

空山不见人,
但闻人语响。
返景入深林,
复照青苔上。

唐王维诗鹿柴
壬辰夏林王冰书

书法作者王冰,中国书法家协会会员,陕西省书法家协会理事,陕西省青年书法家协会副主席。

山坡有些陡峭,没有路可走,我们手扯着茂盛的青草,小心翼翼地走进空山丛林之中。

我们的感受是,不但"空山不见人",而且不闻人语响。找一平坦处,将心情平静下来,模仿着王维的样子,体味那空谷传音的感受:整个山谷真的静悄悄,偶尔能感受到微风从树枝间经过的气息。

有许多风景,不一定要用眼睛去看,只要用心去体会就行。用心体会所得,有时比眼睛看到的更加深刻。

身临其境,才能真正体会到王维这首小诗的无限魅力。

王维晚年隐居辋川时,还作过一幅山水画《辋川图》。画面上群山环抱,树林掩映,亭台楼榭,古朴端庄。别墅外,溪水潺潺,舟楫过往,呈现出悠然绝俗的意境。

与苏轼同时代的著名词人秦观,在《书辋川图后》中说了这么一则神奇经历:那一

现在"王维旧居"前的"空山不见人"

辋川图

年,秦观在汝南郡当学官,肠炎发作,卧病于官邸,虽然一直用药,却一直无法治愈。有一次,好友高符仲携带王维的《辋川图》来探望秦观。秦观大喜,命人将《辋川图》在床下展开,他趴在床上观赏,同时又禁不住吟诵了王维的《鹿柴》等诗篇,过了几天,秦观的病就不治而愈。

由此足见王维作品所具有的非同寻常的艺术感染力。

如此神奇的作品,就诞生于我们的脚下。

透过摇曳的枝叶望过去,对面的山坡上洒满了夕阳余辉,茂密的林木涂上了一层金黄。而我们身处密林,却感受不到夕阳的壮美。

有时候,欣赏美是需要一定距离的。

辋川闲居赠裴秀才迪

王维

寒山转苍翠，秋水日潺湲。
倚杖柴门外，临风听暮蝉。
渡头余落日，墟里上孤烟。
复值接舆醉，狂歌五柳前。

王维有一位非常要好的朋友叫裴迪，是盛唐著名的山水田园诗人，晚年居辋川、终南山，两人来往频繁，所以王维有许多诗是与他的唱和应酬之作。受王维的影响，裴迪的诗大多为五绝，描写的也多是幽寂的景色，大抵和王维的山水诗相近。这首号称"诗中有画"的诗篇，就是闲居辋川时王维答赠裴迪的。

唐岱绘《辋川图》

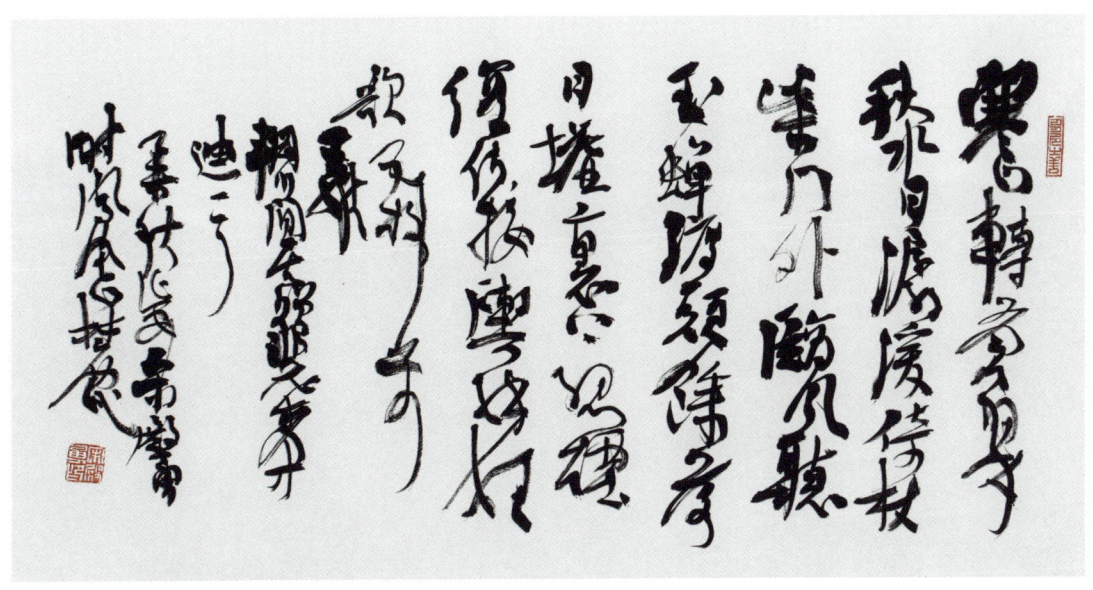

书法作者宋殿勇,中国书法家协会会员,陕西省书法家协会理事,延安市书法家协会副主席、秘书长。

人们称这是一首诗、画、音乐完美结合的五律:苍翠的寒山,缓缓的秋水,渡口的夕阳,墟里的炊烟,有声有色,动静结合,勾勒出一幅和谐幽静而富有生机的田园山水画。

现在裴迪存诗二十八首,几乎都是同王维的赠答、同咏之作。而王维集中同裴迪的赠答、同咏之作,则达三十余篇,其数量超过他与其他任何一位朋友的同类作品。由此可见,两人交往十分密切。

安史之乱期间的某一日,安禄山在凝碧池上设宴,逼迫梨园乐工演奏音乐,乐工相对泪下。著名乐工雷海青摔碎乐器拒演,被叛军肢解于试马殿。那时,王维被叛军拘留于一座寺中,裴迪冒着被杀头的危险到寺中探望,并告诉王维雷海青被残害的消息。王维听罢,悲愤交加,随口吟成《凝碧池》:"万户伤心生野烟,百官何日再朝天?秋槐叶落空宫里,凝碧池头奏管弦。"

后王维被迫在叛军中做了伪官。等乱平后,许多做了伪官的人受到严惩,而王维因在这首诗中表达了强烈的爱国之情,只是受到降职处分。

裴迪在那样危险的情况下,敢于冒死去看望王维,证明了他们互相关心、患难与共的关系,用王维自己的话说,就是"携手本同心"(《赠裴迪》)。

现在,我们来到王维故居,站在高山下、小河边,虽无柴门可依,却仍能听到暮

王维旧居一带的山势地貌

蝉鸣叫；虽然早已没有了渡头，看不到墟上的孤烟，山中却落日正圆。

接舆，是春秋时期楚国人，假装疯狂，不出去做官。王维在这里以接舆比裴迪。五柳，当然是"五柳先生"陶渊明了，诗人在这里自比。他的意思是说，又碰到狂放的裴迪喝醉了酒，在我面前唱歌。

不过，在王维故居一带，还真有一排排绿柳，让人似乎看到当年王维与裴迪就是坐在这些柳树前，一边饮酒，一边放歌。

延伸一步想，当年王维在叛军营中，如果没有裴迪的看望，就没有王维的《凝碧池》，那后来王维难免受到唐朝廷的严惩。这样说来，是裴迪无意中救了王维一把。

真正的朋友，是你处于寒雪之中，给你送炭的那个人；是你立于绝壁之前，前来给你送梯子的那个人。

人生得一知己，足矣！

望 岳

杜甫

岱宗夫如何？齐鲁青未了。
造化钟神秀，阴阳割昏晓。
荡胸生层云，决眦入归鸟。
会当凌绝顶，一览众山小。

杜甫二十四岁那年，到洛阳考进士，结果没考中，心中很是失落，于是他漫游河南、河北、山东一带。这首诗，就是他在漫游途中登泰山所作。这是现存杜诗中年代最早的一首，字里行间表露出不凡的气势和意境，洋溢着青年杜甫蓬勃向上的朝气。

泰山的名气太大，文化内涵极深，历代文人墨客多慕名游览，留下了数不清的诗词歌赋。但是，现在一提起泰山，大家首先想到的，往往就是这篇《望岳》。如今，泰山上的《望岳》石刻有四处，由此可见此诗的知名度。

提起泰山，不管是历史记载，还是人们平时谈论，往往会用"五岳独尊"这个词，这其中有其得天独厚的地理位置和深远的社会历史背景。

先秦时期，泰山就已成为中国最有名的山。秦始皇虽然

书法作者吴毅，中国书法家协会会员，鞍山市书法家协会理事，海城市书法家协会副主席。

岱顶霞光。范宏亮摄。

是有历史记载以来最早登封泰山的君王，可正式创立五岳制的却是汉武帝。他按"五行说"，用不同方位的五座名山代表江山社稷。

在中国古文化中，东方处处占有优势，成了生命之源、万物之本。泰山地处中国东方，自身又有拔地通天、雄风盖世、"镇坤维而不摇"之威仪，是一座离天最近、沐浴阳光最早的山峰，很自然便成为人们心目中希望和吉祥的象征。在这种情况下，泰山被尊为五岳之首，也就顺理成章了。

据《史记·封禅书》记载，在秦始皇之前，就已有七十二位君王到泰山举行了封禅大典，有史料可查的就有十二位。也许是一种巧合，自秦始皇封禅泰山并载入史册后，到泰山举行封禅大典的君王恰好也是十二位。

在封禅过程中，唐玄宗加封泰山神为"天齐王"，宋真宗加封泰山神为"天齐仁圣帝"，泰山神地位之高令人瞠目。一座自然形成的山岳，不断地接受历代最高统治者的封禅和祭祀，并且时间长达数千年，这在中外历史上是绝无仅有的。

有人统计过，从一天门经中天门至玉皇山顶，共有6290级石阶，虽然现在有车直通中天门，中天门到南天门还有索道，但仍然有许多人喜欢一直从山下登山，这才叫登山。

现在在泰山仍然能看到挑夫，他们挑着物品一步步走在登山石阶上，洒下一串串

泰山云海。范宏亮摄。

汗滴,让人产生很多联想。

　　登泰山的路上,景点众多,有摩崖石刻,有亭台小桥,美不胜收。回头向远处眺望,但见山峦绵延起伏,云雾缭绕,令人心旷神怡。

　　登临最高峰,居高临下看世界,玉皇庙香烟袅袅,天街上人来人往,云雾飘游于脚下,仿佛置身于天庭一般。放眼远处,辽阔无垠的天空下,群山如波浪起伏,一望无际。

　　与泰山相比,它们真的显得很渺小了。

　　登山一定要登顶,只有登顶,才会有"一览众山小"的视野啊!

唐诗诞生的地方

◎望　岳　杜甫

饮中八仙歌（节选）

杜 甫

李白一斗诗百篇，
长安市上酒家眠。
天子呼来不上船，
自称臣是酒中仙。

  《饮中八仙歌》是一首别具一格、富有特色的"肖像诗"。这八个酒仙是贺知章、李适之、李琎、崔宗之、苏晋、李白、张旭、焦遂，他们是同代人，又都在长安生活过，在嗜酒、豪放、旷达这些方面彼此相似。诗人以洗练的语言，人物速写的笔法，将他们写进一首诗里，构成一幅栩栩如生的群像图。

  此处所选，只是杜诗中描写李白的四句。

  李白善饮，众所周知。他自己就说过，"百年三万六千日，一日须倾三百杯"。杜甫描写李白的这几句诗，更是浮雕般地突出了李白的嗜好和诗才。李白酒醉，更加豪气勃发，狂放

《饮中八仙歌》意境图

不羁，即使天子召见，也不是那么毕恭毕敬、诚惶诚恐，而以"臣是酒中仙"自居，强烈地表现出李白狂放不羁、不畏权贵的性格。

据说李白任供奉翰林时，经常醉卧在酒店里。天子召他进宫作诗，李白醉醺醺地来到宫中，叫杨国忠磨墨，高力士脱靴，还骂过安禄山。

盛唐时期的长安城，设有东市、西市两大市场。东市是国内市场，西市是国际市场（又称"金市"），是当时规模宏大、辐射面最广的世界贸易中心、时尚娱乐中心和文化交流中心。

李白《少年行二首》就写到，在长安金市之东，五陵的贵公子骑着银鞍白马游春赏花之后，常常进入有胡姬服侍的酒肆中饮酒寻乐。其实，这里也是李白经常光顾的场所。

现在，处于西安市劳动南路和东桃园村之间的大唐西市，就是在唐长安西市遗址上所建，一处门壁上还刻着杜甫这首诗。这似乎在提醒人们，"长安市上酒家眠"的李白，就曾睡过这里。大唐西市的馆舍建筑造型独特、气势恢宏，周边环境优美高雅，还建有大唐西市丝绸之路风情街。

走进这里的大唐西市博物馆，里面分为基本陈列、专题展览、临时展览、特别展览、艺术空间五个部分，集历史、艺术、民俗、藏友收藏等内容为一体，馆藏文物两万余件，以西市遗址出土文物为主。徜徉于此，让人跨越时空，领略了丝路起点唐代西市的风采。

与"天子呼来不上船"关联的是兴庆宫，是兴庆宫里的沉香亭。人们说，天宝初年的一个春天，唐玄宗带着杨贵妃在梨园弟子的侍奉下，来到沉香亭前的龙池赏花，召李白写配乐的诗。当时，李白在西市喝醉不肯上船，并说自己是酒中仙，谁召见都不去，后来是高力士扶着他上船见了玄宗。

不过，李白毕竟是诗仙，在醉态下仍能写出好诗："云想衣裳花想容，春风拂槛

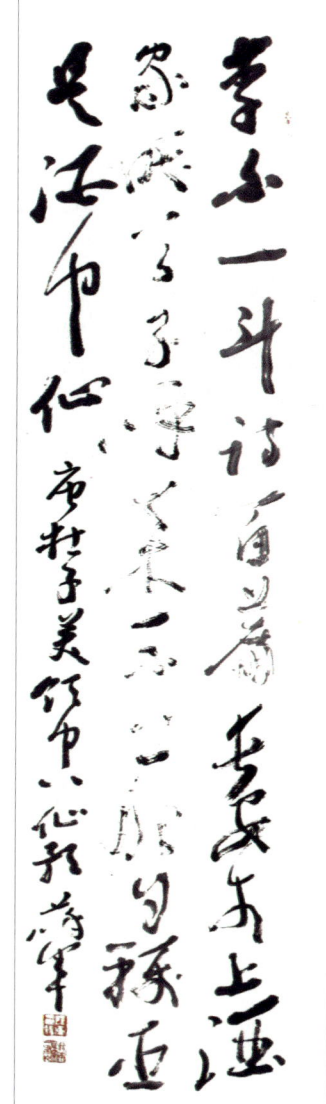

书法作者薛军，中国书法家协会会员，陕西省书法家协会理事，西安市书法家协会理论委员会主任。

◎ 饮中八仙歌（节选） 杜甫

唐长安西市遗址区内的新建筑

露华浓。若非群玉山头见，会向瑶台月下逢。"

现在，兴庆宫仍在，沉香亭仍在，龙池仍在，不过它们已不是皇家权贵专用，而是平民百姓的乐园了。

月夜

杜甫

今夜鄜州月,闺中只独看。
遥怜小儿女,未解忆长安。
香雾云鬟湿,清辉玉臂寒。
何时倚虚幌,双照泪痕干。

《月夜》意境图

杜甫年轻时入长安求职,一直都不顺利,直到他四十四岁时,才勉强得到一个看管兵甲器仗的小官。不久,安史之乱爆发,杜甫携家室避难到鄜州羌村,即现在的陕西省富县岔口乡大申号村。同年七月,太子李亨在宁夏灵武即位,是为肃宗。杜甫在羌村听到这个消息后,决定奔赴灵武,投奔肃宗。前往灵武途中,他不幸被叛军俘获并押送长安。这首诗,就是杜甫被关押期间所写。

这首诗借看月而抒离情,不但抒发了夫妇离别之情,字里行间,还表现出时代的特征,将离乱的痛苦、内心的担忧熔于一炉。

后来,郭子仪率兵进至长安附

近，这时杜甫才摆脱叛军的监视，逃出长安投奔肃宗。但他并没有得到肃宗的重视，仅被授予一个八品小官——左拾遗。同年八月，杜甫因上疏谏劝肃宗罢免宰相房琯一事，差点被砍头。幸得宰相张镐力救，才免一死，被放还鄜州羌村。

杜甫回羌村前，已有十多个月没与家里通信了。由于兵荒马乱，情况不明，杜甫当时的心情十分焦虑。离乱中，诗人历尽艰险，终于与家人相聚，令他感慨万千，于是写下了著名的组诗《羌村三首》："峥嵘赤云西，日脚下平地。柴门鸟雀噪，归客千里至。妻孥怪我在，惊定还拭泪……"

许多人在中学语文课本上读到《羌村三首》，就对羌村产生了深切的向往。只是羌村早在清代就改名为"大申号村"，究其原因，竟是因为当时村里有一家酒坊曰"大申号"。

出富县城区，下309国道，进入山区。一千多年过去了，山川地貌没有变化，沟壑纵横，是

书法作者孔祥珠，女，中国书法家协会会员，桂林市女子书法家协会主席，桂林市女子书画研究会副会长。

羌村即今富县岔口乡大申号村一角

少陵旧游石刻

杜甫的羌村（富县岔口乡大申号村）故居

典型的黄土高原风貌。

　　离羌村不远处，路边出现一块石碑，刻着"富县重点文物保护单位"和"少陵旧游石刻"两行字。路旁低洼处，隐藏着一面一丈多高的石壁，上刻"少陵旧游"四个大字，其余的小字已不可辨认。另一石碑上说明，明代曾任山东巡抚的鄜州士人王邦俊晚年归隐此地，距离羌村很近，故而书石。

　　羌村坐落在一个山坡上，有一处小屋破旧不堪，从门缝朝里看，依稀可见堆放的杂物。屋前有一大块空地，稀稀落落地长着几棵树，旁边还躺着一台废弃的石磨，三两只鸡正在树下的泥土中刨食。村人说这就是杜甫旧居，并且说《羌村三首》就是在这里写的。

　　绕到屋后，发现它其实是座窑洞，因为两侧和后方并无墙壁，而是一个土坡，土坡上面长满荒草。

　　站在小屋前，穿越到一千多年前，仿佛看到风尘仆仆的杜甫进院与家人相拥而泣的情景。杜甫夫人何其不易，一个女人带着几个孩子，既要艰难度日，又担心夫君的安危。

　　夕阳西下，树影横在屋前，很长很长。

　　虽然，这两间小屋不可能真是杜甫的故居。但羌村肯定就在这里，这是杜甫写出《羌村三首》的地方，是他在《月夜》中张望的地方。

　　这个黄土高原上的小村落再平凡不过，平凡得实在找不出它有任何特别之处。但是，因为杜甫，羌村这个小村落就是永远的名胜之地，是多少人永远向往的精神家园。

　　江山也要伟人扶！

月夜忆舍弟

杜 甫

戍鼓断人行,边秋一雁声。
露从今夜白,月是故乡明。
有弟皆分散,无家问死生。
寄书长不达,况乃未休兵。

  "安史之乱"发生后的第五年,国家更加危难,百姓流离失所。杜甫因房琯罢相一事被贬谪华州(现在的陕西华县)。这对他来说,是一个不小的打击。华州也不安宁,于是,他将痛楚的目光投向关外,相比而言,那里也许更安静一些,可找到一块较为理想的栖息之地。这年七月,杜甫辞去华州司功参军的职务,携家室翻山越岭,来到甘肃秦州(今天水)。这一年,他四十八岁。

  杜甫在天水的生活仍然不顺利,兄弟因战乱而离散,杳无音讯,当然非常思念,特别是在入秋后的白露时节。在戍楼上的鼓声和失群孤雁的哀鸣声中,这种思念越发显得深沉,于是有了这首诗。

  书法作者杨凤存,中国书法家协会会员,中国书法艺术研究院研究员,济南书画研究院名誉院长。

为了一家老小的温饱，他不得不起早贪黑地采药、晾药、卖药，有时也靠亲友的接济。但这一切，都没有妨碍杜甫在诗歌艺术上的执著追求，在不到四个月的时间里，他写下了脍炙人口的《秦州杂诗二十首》，以及其他一些纪行、怀亲、咏物、遣兴等诗共计一百零一首。如果以平均数来算，几乎每天一首。

然而，当时杜甫在天水的生活仍没有保障，甚至没有一间可以挡风遮雨的草屋。这年十月，一个严霜铺地的早晨，杜甫带着家人，迈着沉重的步子，一步一步离开了天水，没有人为他送行，只有凄厉的寒风为他怒号。

他就这样悄悄地去了，有如他悄悄地来。

杜甫当年曾在天水居住了三个多月，这里的山山水水都留下了他的足迹。

在天水南郭寺，杜甫留下的踪迹较为确凿。正是春深似海的季节，古香古色的南郭寺花团锦簇。寺东院观音殿前，现有一被玉石栏杆围起的水井，旁边有字"北流泉"。杜甫在诗中提到它："山头南郭寺，水号北流泉。老树空庭得，清渠一邑传……"

这口古井是秦州十景之一，水井里的水清澈见底，水味甘美，一年四季不见枯竭。

北流泉南面是一长长的碑廊，上面刻有杜甫在天水写下的多首诗篇，许多游客在碑廊前细心阅读。

南郭寺

北流泉　　　　　　　　　　　碑廊

不远处还有一座杜甫雕像，他坐在一块大石上，目视远方，身后是青松、翠竹。

一个人在有能力的时候，是容易展现君子胸怀的，那么在不得志时，能够拥有君子胸怀么？

杜甫有诗为证，除《八月茅屋被秋风所破歌》外，还有，杜甫流浪在外，把家里的一棵枣树托朋友看管，西邻有一位老妇经常来扑打枣子，朋友写信问他怎么办，杜甫为此回了这样一首《又呈吴郎》："堂前扑枣任西邻，无食无儿一妇人。不为困穷宁有此，只缘恐惧转须亲……"

最能感染人的，是坦荡的君子胸怀。

客至

杜甫

舍南舍北皆春水，
但见群鸥日日来。
花径不曾缘客扫，
蓬门今始为君开。
盘飧市远无兼味，
樽酒家贫只旧醅。
肯与邻翁相对饮？
隔篱呼取尽余杯。

成都杜甫草堂公园里，有一条小溪叫浣花溪，关于它有一段动听的故事。相传，唐代这条溪边住着一名姓任的漂亮姑娘，心地善良。一天，她正在溪畔洗衣，走来一位满身疥疮的僧人，别人都远远地躲开，唯有她仍在洗衣。那僧人走到姑娘眼前，脱下沾满脓血的袈裟求她洗，姑娘欣然接受。哪里想到，袈裟一进水，刹那间，姑娘的

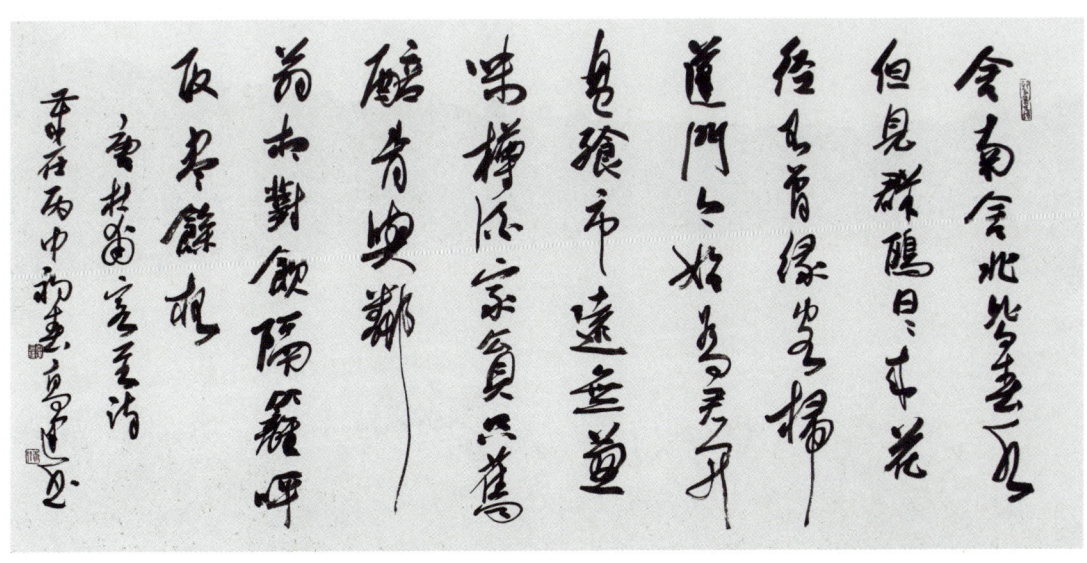

书法作者高建，中国书法家协会会员，中国书法教育委员会会员，泰安市书法家协会理事。

杜甫草堂碑亭。赵晓博摄影。

洗衣盆变成了金盆,溪水上出现朵朵莲花,再找那僧人,早已不见了踪影。人们十分惊奇,就把这条溪水称为浣花溪。

这首诗就是杜甫作于浣花溪旁的草堂。

经历了一段颠沛流离之后,杜甫来到成都,在西郊浣花溪头盖了一座草堂,暂时定居下来。不久,有客人来访,杜甫一高兴,写了这首诗。

诗中,杜甫先是描写了这里的景色,有春水围绕,有鸥鸟相伴;后面,写有客来访的欣喜以及诚恳相待、呼唤邻居老者对饮的场景,表现出诗人纯朴好客的性格。杜甫一生流离不定,对他而言,在草堂居住的这段时光非常难得,诗中流露出这种恬淡闲适的情怀。

诗中,作者有自注"喜崔明府相过",所以诗题中的"客",即指崔明府。关于

杜甫草堂浣花溪。赵晓博摄影。

过去的杜甫草堂大门

崔明府的具体情况,现不得而知。"明府",是唐人对县令的尊称;杜甫的母亲姓崔,有人推测,这位客人有可能是他母姓那边的亲戚。

一生穷困潦倒的杜甫,也许做梦也没有想到,在他活着的时候,连吃饭都成问题,而在他去世后,人们却给了他用之不尽的财富——如今的杜甫草堂,竟然是一座宏阔雅致的公园。

走进公园,来到一小径入口,看到墙上有"草堂"两个浑厚大字时,那前面就是杜甫当年居住过的地方。脚下的小径就是诗中"花径不曾缘客扫,蓬门今始为君开"中提到的花径。

再往前走,转头张望,就可以看到舍南舍北的春水,如今仍然一片清澈。只是不见群鸥,只有不绝的游人。

春水的旁边,就是杜甫草堂,就是当年被八月秋风吹破了的茅屋,就是他当年热情招待客人的地方。

其实,所有人心知肚明,眼前的草堂早已不是当年杜甫居住的草堂。可是,所有人都心甘情愿地相信,当年杜甫就是在这座小屋里吃饭、睡觉、招待客人。

人们来这里感受的,是杜甫那爱国、忧民的情怀。

茅屋虽小,它庇护的是一颗伟大的心啊!

绝句

杜甫

两个黄鹂鸣翠柳，
一行白鹭上青天。
窗含西岭千秋雪，
门泊东吴万里船。

肃宗乾元二年（759）冬天，杜甫为避"安史之乱"，携家带口由甘肃省南部进入四川，后辗转来到成都。第二年春天，在朋友的帮助下，于成都西郊风景如画的浣花溪畔修建了一座茅屋，算是有了安身的地方。加之这一时期杜甫的好友严武在成都为官，在各方面给他帮助，他的心情很好，情不自禁，写下这一首即景小诗。

杜甫在这里居住了近四年，因曾被授"检校工部员外郎"官衔，而又被人称作"杜工部"。肃宗永泰元年（765），严武病逝，失去依靠的杜甫，只得携家带口告别成都，两三年后经三峡流落荆湘等地。

杜甫离开成都后，草堂无人管理，逐渐废弃。是晚唐诗人韦庄在这里寻得草堂遗址，重结茅屋，使其得以存续。后来杜

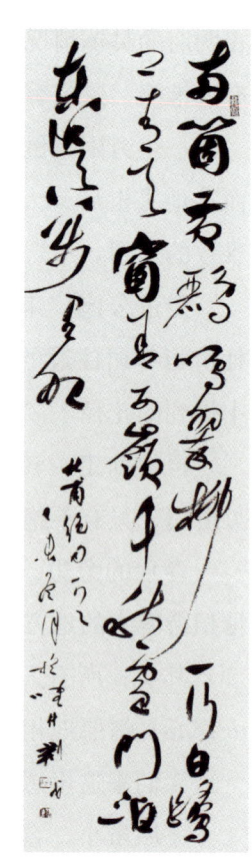

书法作者荆戈，中国书法家协会会员，中国硬笔书法协会会员，中国教育学会书法专业委员会委员，喀什市书法家协会主席。

唐诗诞生的地方

◎ 绝　句　杜甫

杜甫草堂。赵晓博摄影。

甫草堂经宋、元、明、清多次修葺，演变成一处集纪念祠堂格局和诗人旧居风貌为一体的博物馆。

　　进了杜甫草堂公园的大门，就有一种超凡脱俗的感觉，好像这里的阳光、绿树、青草，都比外面的清新。

　　没想到今日的草堂，古朴典雅，规模宏伟。园内有蔽日遮天的香楠林、傲霜迎春的梅苑、清香四溢的兰园、茂密如云的翠竹苍松。整座祠宇既有诗情，又富画意，成为人文景观和自然景观结合的园林。

　　草堂博物馆内珍藏有各类资料

山水图。山峦—溪水—茅舍—林木。[明]董其昌绘。

143

三万余册，文物两千余件，是有关杜甫生平创作馆藏最丰富、保存最完好的地方。

工部祠东侧是"少陵草堂"碑亭，象征着杜甫的茅屋，已成为杜甫草堂的标志性景点。

游览草堂，一定要亲眼看看《茅屋为秋风所破歌》中那座名扬天下的茅屋。1997年，在杜甫草堂博物馆内，依照杜甫诗中的描述，重建了一个"茅屋景区"。茅屋的正中为堂屋，左右为卧室，东头为厨房，展现了杜甫当年的生活场景。

草堂的那个小窗，仍含着"西岭千秋雪"；草堂的那个小门，曾泊过"东吴万里船"。

伫立茅屋前，不能不让人感慨万千。那一年秋天，一阵大风把杜甫简陋的茅屋吹破，他想到的不是自己，而是"安得广厦千万间，大庇天下寒士俱欢颜"，并且"何时眼前突兀见此屋，吾庐独破受冻死亦足"。这种胸怀，不能不使人动容。

为什么一千多年来杜甫那样受人尊重？就是因为，虽然他自身贫困，但心里总是装着别人。

蜀 相

杜 甫

丞相祠堂何处寻,
锦官城外柏森森。
映阶碧草自春色,
隔叶黄鹂空好音。
三顾频烦天下计,
两朝开济老臣心。
出师未捷身先死,
长使英雄泪满襟。

南阳庐写意图

成都是当年蜀汉建都的地方,城中有武侯祠。当年杜甫初来成都不久,便探访了这里,写下了这首感人肺腑的千古绝唱。此诗借游览古迹,表达了诗人对蜀汉丞相诸葛亮雄才大略、辅佐两朝、忠心报国的称颂,同时对他"出师未捷身先死"的命运深表惋惜。

刘备在成都称帝,任命诸葛亮为丞相,"蜀相"意思即蜀汉国丞相,写的就是诸葛亮。杜甫虽怀有"致君尧舜"的政治理想,但他仕途坎坷,无法施展抱负,因此对开创基业、挽救时局的诸葛亮非常敬仰。

如今在成都寻找武侯祠,按照人们的指点来到大门口,你会惊奇地发现，门匾上写着的是"汉昭烈庙"四个大字。许多人会问，为什么门匾上写的不是"武侯祠"？

原来，汉昭烈庙是为纪念三国时期蜀汉皇帝刘备而建的庙宇，里面有刘备殿，又名昭烈庙，并有刘备的陵墓。武侯祠，仅是刘备殿后纪念诸葛亮的一座祠堂而已。然而，人们敬仰和崇拜诸葛亮，以至于言必称武侯祠，而少有人知这里是昭烈庙。

走进昭烈庙大门，道路两旁的浓荫中，矗立着六通石碑，两侧各有一碑廊，其中最大的一通石碑在东侧碑廊内，是唐代"蜀汉丞相诸葛武侯祠堂碑"。唐朝著名宰相裴度撰碑文，书法家柳公绰（柳公权之兄）书写，名匠鲁建刻字，均为名家，因此被后世称为"三绝碑"。碑文对诸葛亮的一生作了褒奖，赞颂了诸葛亮的高风亮节、文治武功。

二门之后是气势恢宏的刘备殿，又称昭烈庙。正中有刘备贴金塑像，仪容丰满庄重，耳大垂肩。左侧是他的孙子北地王刘谌像。在蜀汉后主刘禅降魏时，其子刘谌到刘备墓前哭拜，杀掉家人后自杀身亡。所以，这里看不到后

书法作者李光文，中国书法家协会会员，聊城市书法家协会理事，东阿县书法家协会副主席兼秘书长。

汉昭烈庙入口处

主刘禅像。原来，这里是有刘禅塑像的，只因他昏庸无能，丧权辱国，宋真宗时该塑像被四川地方官撤除，后来就没有再立。

刘备殿的后面才是武侯祠。诸葛亮生前受封"武乡侯"，死后谥号"忠武"，故纪念他的祠堂称"武侯祠"。殿内正中，有诸葛亮头戴纶巾、手执羽扇的贴金塑像，像前的三面铜鼓相传是诸葛亮带兵南征时制作，人称"诸葛鼓"，是珍贵的历史文物。大殿顶梁由乌木制成，上书诸葛亮写给儿子诸葛瞻的《诫子书》中的"非淡泊无以明志，非宁静无以致远"。可惜，诸葛瞻及儿子诸葛尚在绵竹抗击魏将邓艾的作战中不幸身亡。

三义庙

大殿内供奉着诸葛亮祖孙三代的塑像。

许多游客虔诚地为诸葛亮上香。他们说，之所以敬仰诸葛亮，是因为他有着高尚的思想和情操，不利用职权谋私利。

在人们心目中，这里才是"汉昭烈庙"的中心、精髓。

武侯祠

旅夜书怀

杜甫

细草微风岸,危樯独夜舟。
星垂平野阔,月涌大江流。
名岂文章著,官应老病休。
飘飘何所似?天地一沙鸥。

在成都做官的严武去世,杜甫失去依靠,便于肃宗永泰元年(765)携家人由成都乘舟东下。这首诗就作于重庆至忠县的江上,是杜甫诗歌中的经典之作,历来为人称道。诗人用阔大的夜景衬托出他深沉的孤独感,让人感觉到他生命的激情,正如他笔下奔涌的江流一样澎湃难平。在这静夜孤舟的境界中,自己恰如天地间无所依靠的一只沙鸥,活脱脱表达了作者内心孤单无助的感伤。

现在,从重庆出发,沿着长江边向东北行,长江两岸依然青山巍然峙立,江水依然不舍昼夜滚滚东流。

当年,杜甫就曾孤独地漂流在这江面上。夜里,微风吹拂着江岸上的

"旅夜书怀"写意图

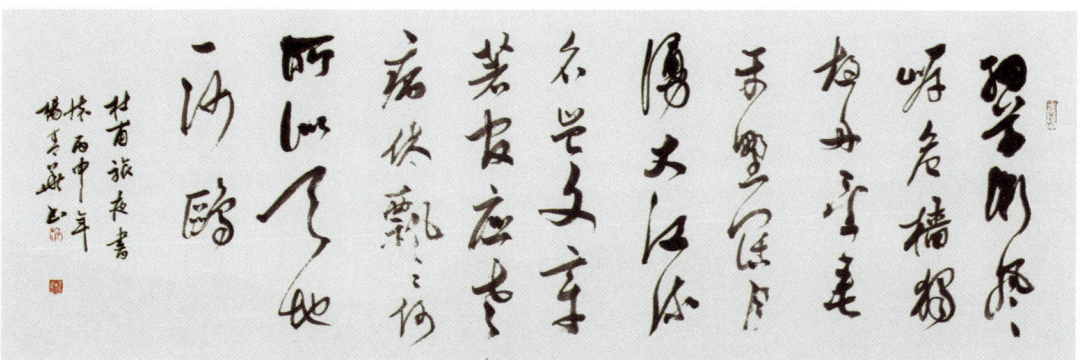

书法作者杨清华，中国书法家协会会员，安徽省太和县书法家协会理事。

细草，月夜中竖着高高桅杆的小船显得孤独无助。而他已是年老多病，不管是在政治上还是生活上，都看不到任何希望。他就顺着这江水，漂流到夔州，漂流到岳阳，一直漂流到生命的尽头。

这首诗就是他月夜中的哀叹。

一般认为，这首诗是杜甫作于忠县这一带的长江上。

站在高处，放眼望去，眼前是群山起伏，除了浩浩长江外，还有其他河流纵横交错。当地人说，在忠县，属于长江水系的河流有二十八条，可见此地水资源十分丰富。

来到江边的山坡上，已看不到杜甫那个时代的小舟，江中来往穿梭的都是机动轮船，两岸最引人注目的是一片片柑橘林。

由于特殊的地形，这里的许多土地不适合种粮食，当地人便发展了柑橘产业。柑橘产业的发展，不仅提高了农民的收入，让农民走上致富道路，同时也为忠县的生态

忠县一带的长江

江边青山

环境和环保事业做出了巨大贡献。专业人士讲,由于柑橘产业的快速发展,长江两岸森林覆盖率已达 70%。空气中的浮尘、二氧化硫、一氧化碳等污染物明显降低,有效改善了空气质量。

每年的四月中旬,这里都是观花品果的最佳地点,绿叶簇拥着黄果,黄果点缀着白花,人们进入橘园就有心旷神怡的感觉。由此,当地人们开启了"中国柑橘城乡村一日游"和"忠县三峡橘海花果同树乡村一日游"。

这里,现在已很难与杜甫当年的哀怨联系到一起,有的人竟然不知道杜甫曾经路过此地。

不管过去多么辉煌,不管过去多么凄凉,都很难在这个世界上留下印痕:时间可以冲淡甚至抹平一切。

登 高

杜 甫

风急天高猿啸哀,
渚清沙白鸟飞回。
无边落木萧萧下,
不尽长江滚滚来。
万里悲秋常作客,
百年多病独登台。
艰难苦恨繁霜鬓,
潦倒新停浊酒杯。

这首诗作于长江瞿塘峡入口处白帝城旁的夔州古城,时间是唐代宗大历二年(767)秋天。

杜甫在成都的好友严武病逝后,被迫离开成都草堂,买舟南下。经过夔州时,在这里待了两三年时间。这时,他已经病魔缠身,是当地都督给予他许多照顾,才得以勉强生活下去。那年秋季的一天,他独自登上夔州白帝城外的高台,放眼远眺,秋江的景色一片萧瑟。看着满天飘零的落叶,引发了他身世飘零的感慨,于是这首《登高》诞生了。

杜甫在夔州安身,先是在山坡上盖起简陋的房屋,按照夔州人的习惯,用竹筒把水从山泉引到他居住的地方。然后,他便着手经营那里的一片柑橘园,后又租得东屯的一些公田。听说乌鸡能医治风痹,他便养了许多乌鸡,并在墙东编立鸡栅栏。

书法作者黄景春,中国书法家协会会员,中国散文诗词协会理事,驻马店市书法家协会刻字委员会委员,西平县书法家协会副主席。

瞿塘峡

　　这一时期，杜甫已患多种疾病，疟疾、肺病、风痹、糖尿病都在缠绕着他，最后牙齿落了一半，耳朵也聋了，几乎成了一个残废的老人。这种情形下，两三年内他竟然写了四百三十余首诗。

　　杜甫不管走到哪里，都关心底层人民的疾苦。他看见夔州因为缺乏男丁，许多女子四五十岁还没有结婚，她们每天到山上砍柴出卖，供养一家人的生活，有时还冒着

夔州古城城楼

古城雕塑

危险贩卖私盐。人们不深究原因,只嫌她们面貌丑陋,所以找不到丈夫。杜甫却在诗里反问:"若道巫山女粗丑,何得此有昭君村?"看见峡中的男子,少数富有的驾着大船经商,大多数贫穷的终生充当劳苦的船夫,人们说,这里的人器量狭窄,只图眼前利益,杜甫反问道:"若道士无英俊才,何得山有屈原宅?"

夔州古城位于梅溪河与长江交汇的西侧,是奉节县城所在地。由于奉节古称夔州,人们也把奉节老城称作夔州古城。

三峡大坝建成后,夔州古城被淹江底。前几年,人们在白帝城旁的高坡上,象征性地建了夔州古城遗址,有城楼,有雕塑,与白帝城隔水相望。

杜甫的这首诗当年作于白帝城旁的高台,也许恰好就是夔州古城遗址这里。登上城楼,放眼远眺,眼前早已不是"无边落木萧萧下"的悲凉——三峡大坝将水位抬高,这里的江面异常开阔,船来船往,一片繁忙。

前面就是著名的瞿塘峡,一艘艘巨轮缓缓驶入峡中,迎着朝阳而去,一直去向遥远的地方。

登岳阳楼

杜 甫

昔闻洞庭水,今上岳阳楼。
吴楚东南坼,乾坤日夜浮。
亲朋无一字,老病有孤舟。
戎马关山北,凭轩涕泗流。

岳阳楼,屹立于湖南省岳阳市城西的洞庭湖边。

三国时,东吴大将鲁肃奉命镇守巴丘,操练水军,在洞庭湖接长江的险要地段建筑了巴丘古城。东汉建安二十年(215),鲁肃又修筑了用以训练和检阅水军的阅军楼。阅军楼高数丈,临岸而立,登临可观望洞庭全景,湖中一帆一波尽收眼底,气势非凡。这座阅军楼,就是岳阳楼的前身。

阅军楼在两晋南北朝称巴陵城楼,至唐开元四年(716),中书令张说谪守岳州,扩建阅军楼,取名南楼,后改为岳阳楼。

唐大历三年(768),杜甫由夔州出峡,因兵乱漂流在江陵、公安等地,这年冬天来到岳阳,泊

书法作者周红军,中国书法家协会会员,河南省书法家协会楷书专业委员会委员。

仿建的宋代岳阳楼　　　　　　　今日岳阳楼

舟岳阳楼下。当时诗人处境艰难，凄苦不堪，年老体衰，患肺病及风痹症，靠药物维持生命。登上神往已久的岳阳楼，凭轩远眺，面对烟波浩渺、壮阔无垠的洞庭湖，想到自己晚年漂泊无定，国家多灾多难，感慨万千，于是写下了《登岳阳楼》。

杜甫对洞庭湖向往已久，如今真的来到这里，登上了岳阳楼，却又高兴不起来。在诗里，他既写了洞庭湖的不凡气势，也写了自己的凄凉孤寂，反映出诗人对时局的忧虑。

现在，这里已成为著名的岳阳楼景区。除岳阳楼外，新增景点为南城门、城墙、岳州府衙、双公祠、五楼观奇、雕塑、碑廊、传统风貌街等，非常壮观。

岳阳楼在岳阳楼公园里，坐西朝东，构造古朴独特。岳阳楼台基，以花岗岩围砌而成，楼身为木制、三层、四柱、飞檐、斗拱、盔顶。岳阳楼整座建筑没用一钉一铆，全靠木制构件的彼此勾连。

岳阳楼的楼顶，为层叠相衬的"如意斗拱"。这种拱而复翘的古代将军头盔式结构，在古代汉族建筑史上独一无二。据考证，岳阳楼是中国仅存的盔顶结构的古建筑。

园中还有怀甫亭，亭中竖有石碑一方，正面刻杜甫画像和《登岳阳楼》诗，背面刻他的生平事迹。由此可见岳阳人民对杜甫的敬仰与怀念。

真正使岳阳楼名满天下的，当属范仲淹的《岳阳楼记》。

民国时期的岳阳楼及其周边建筑

宋庆历四年（1044），滕子京被贬岳阳，当时的岳阳楼已坍塌，滕子京于庆历五年重建了岳阳楼。楼台落成，滕子京写下求记书，又让人画了一幅《洞庭晚秋图》，一并寄给当时的大文学家范仲淹，请他为楼作记。当时，范仲淹被贬河南邓州戍边，见书信后，奋笔写下了名传千古的《岳阳楼记》。文中"先天下之忧而忧，后天下之乐而乐"等句，为人们广为传诵。从此《岳阳楼记》流传千古，岳阳楼闻名遐迩，名满天下。

登上岳阳楼，俯瞰洞庭，远眺君山，烟波浩渺，横无际涯，可真正体会"洞庭天下水，岳阳天下楼"之妙。

登高心自阔，望远天地宽啊！

春行即兴

李华

宜阳城下草萋萋,
涧水东流复向西。
芳树无人花自落,
春山一路鸟空啼。

《春行即兴》意境图

唐时的宜阳城,位于现河南省宜阳县韩城镇福昌村附近。

宜阳县在历史上曾被称作福昌县、寿安县、福庆县等。

诗人李华曾官至监察御使,安禄山攻陷长安,被迫任凤阁舍人,接受伪职。"安史之乱"平定后,他被贬为杭州司户参军。

"安史之乱"前,宜阳是一座天然大花园,每年都吸引着皇室、贵族、文人墨客前来观赏。一场战争过后,这里变得一片狼藉。

这年春天,诗人经过宜阳,站立城头放眼远望,只见大片土地荒芜,处处长满了茂盛的野草。太平时期,登上那武后、玄宗曾走过的"玉真

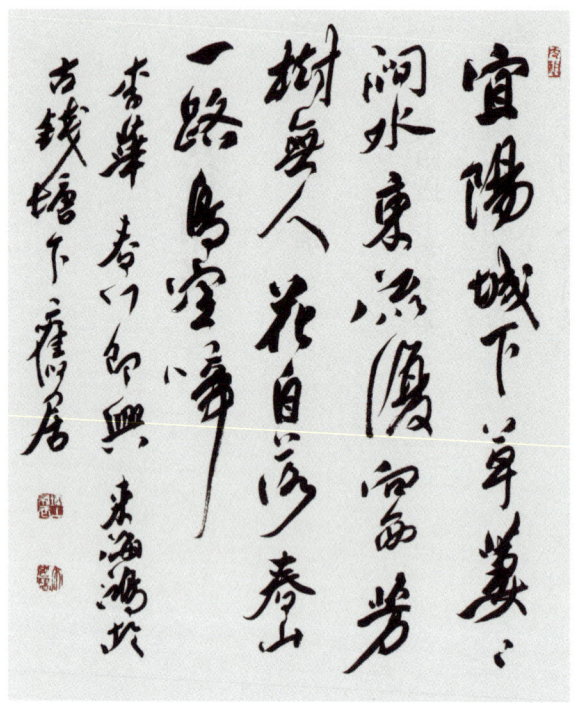

书法作者来海鸿，中国书法家协会会员，浙江省书法家协会创作委员会委员，杭州市书法家协会理事，萧山区美术家、书法家协会副主席。

路"，不仅可观看"鸣流走响韵，含笑树头花"的美景，而且可看到农民利用涧水灌溉的万顷良田。但此时，这里清冷冷的山泉却无人用于灌溉，而是任其"东流复向西"了。昔日，这里的香竹、古柳、怪柏、苍松，无不吸引着众多游客；而今，无人来此观赏烂漫的山花，花儿只好自开自落；林中虽有鸟语婉转，但也是自鸣自听。一切都是那么的寂静荒凉。

看着眼前景物，想想自身的遭遇，诗人即兴抒发了"国破山河在""花落鸟空啼"的悲情。

现在来到福昌村附近，已看不到诗人当年登临的古城。经查阅资料和找人指点，才在村后山坡的田野里找到一点古城墙的影子。在一处庄稼地边，横着一个长长的土堆，上面长满树木

福昌阁

宜阳城外的田野

和杂草。如果不是有人指点，你永远也不会将它与古城墙联系到一起。

能证明这里是古宜阳遗址的，应该是福昌阁。进了村，转过一处房屋，眼前猛然一亮。福昌阁那一层层错落叠加的飞阁殿宇，一重重高挑翘檐的铜铃兽脊，以威凛的姿态高耸在我们面前。

据县志记载，隋朝就有福昌宫，眼前的建筑始于明代，清代进行了全面修葺。阁顶覆盖黄绿琉璃瓦，阁前筑有一百二十余级石阶，气势雄伟。拾级而上，感觉那青石台阶异常陡峭。福昌阁是一处道观，阁下三面台壁上有神龛洞窟三十余个，供奉着吕祖、华佗、老君、鲁班、药王、西佛等儒释道众多神祇。当地人说，每月的初一、十五，这里香火缭绕，诵经声不断。

站在福昌阁的高处，放眼远眺，绿树已把村庄淹没大半，隐隐可听到人们的笑声、歌声。远处那翠绿的田野上，庄稼茂盛，透出勃勃生机。福，百事皆顺之意；昌，百事兴盛之意。在漫长的岁月中，福昌阁不断被人们保护与维修，并且他们不分流派，将儒释道众神一并供奉，表达了人们对美好生活的向往。

各路神仙，只要真心为百姓造福，百姓心中总有其位置，而且历经千年不变。

逢入京使

岑 参

故园东望路漫漫,
双袖龙钟泪不干。
马上相逢无纸笔,
凭君传语报平安。

写这首诗的时候,诗人岑参已三十四岁。功名不如意,无奈之下,出塞任职,到安西节度使高仙芝幕府任书记。他告别了在长安的妻子,跃马踏上漫漫征途,西出阳关,奔赴安西。那时安西节度使常驻安西府城龟兹,即现在的新疆库车。

也不知走了多少天,就在通往西域的大路上,岑参忽然迎面遇见一位老相识。他与之立马而谈,知道对方要返京述职,情不自禁地回头望望京城的方向,心中有些感伤,同时想到,要请他给家人捎个口信,报个平安。此诗就描写了这一情景。

当时西北边疆一带,战事频繁,岑参怀着到塞外建功立业的志向,两度出塞,前后在边疆军队中生活了六年,因而对边疆的征战生活和苦寒的塞外风光有深入的观察与体会。他充满激情地歌颂了边防将士的勇敢精神,如《轮台歌奉送封大夫出师西征》,写了将士们勇往直前、转战沙场的壮烈场面;《走马川行奉送出

书法作者王建军,中国书法家协会会员,山东省青州市书法家协会主席。

甘肃瓜州一带村落和农田

甘肃瓜州戈壁滩

师西征》中，描绘风雪中将士们紧张的战前行军。

岑参也对边疆景色给以生动夸张的艺术描绘，如《白雪歌送武判官归京》的"忽如一夜春风来，千树万树梨花开"，写的是边塞风雪，却给人以春意无边的感觉。

那时的岑参是一位意气风发、胸怀壮志的青年，他迎着边塞的风雪，驰骋在大漠边关，往来于天山、轮台、交河等地。由于这一时期岑参融入了边塞，他的诗作成为边塞诗的代表。

161

前几年，在新疆吐鲁番市以东的阿斯塔那——哈拉和卓古墓群的考古发掘中，意外发现了盛唐时期岑参留下的一纸账单。

在阿斯塔那古墓中，很多死者都罩着一个纸糊的没有底的棺材，还有纸糊的衣帽、鞋子等随葬品。可能是古代纸张稀少的原因，用过的纸不会随便扔掉，而是被再做他用。这些随葬品所用的纸，多是当时使用过的文件、档案、书信、账本等。

天宝十二年至十四年（753—755），西州等驿站的马料出入账上记着："岑判官马柒匹共食青麦三豆（斗）伍胜（升）付健儿陈金。"史学家认定，天宝末年，这一带的判官只有岑参姓岑。这笔账说明，岑参等人的七匹马在驿站用了马料，把马料钱付给了驿卒陈金。这张账页被人糊在了一个纸棺上，一千多年后，奇迹般地被考古工作者发现。

当年岑参究竟是走到哪里遇到了相识的朋友？现已很难确定，但人们认为他一定是走的唐代故道，经过武威从阳关或玉门关入新疆，到达库车。因此，他们相逢的地方，也许是这里的荒山野岭，也许是无边无际的戈壁荒漠。

有人根据他出发的时间及行走速度，推测两人的相遇应该在荒漠的边沿。在那"西出阳关无故人"的地方，遇到返京的友人，心有所感，难怪会"双袖龙钟泪不干"。

不管心中有怎样的感慨，人还是要继续前行，毕竟，前方有别样的风景。

山房春事

岑参

梁园日暮乱飞鸦,
极目萧条三两家。
庭树不知人去尽,
春来还发旧时花。

西汉初年,汉文帝封他的儿子梁孝王刘武于都城睢阳。梁孝王刘武在睢阳东南"平台"一带大兴土木,建造了规模宏大、富丽堂皇的梁园。园内建造了许多亭台楼阁,以及百灵山、落猿岩、栖龙岫、雁池、鹤洲、凫渚等景观,种植了松柏、梧桐、青竹等。建成后的梁园,周围三百多里,宫观相连,奇果佳树错杂其间,珍禽异兽出没其中,使这里成了景色秀丽的人间天堂,是当时的游览胜地。

这就是诗中说的梁园,地点在河南省商丘市梁园区。

书法作者肖庆党,中国书法家协会会员,郑州铁路局书法家协会副主席,洛阳市书法家协会篆刻刻字委员会副会长。

梁园遗址

平台镇沈楼村梁园遗址的银杏树

现在,这里供人游览的遗址还有:睢阳城旧址、清凉寺、三陵台、平台等。

唐代的梁园范围太大,无法确定某一个点是梁园,只能说这几个点都属于梁园。

资料记载,梁园是在睢阳东南"平台"兴建的,现在梁园区的平台镇,在古时"七台八景"中属七台之一,当年李白游览"平台",曾写下"天长水阔厌远涉,访古始及平台间"的诗句。

那我们就选"平台"为观察点吧。

平台镇这里一马平川,区位优势独特,交通条件优越,贯穿我国东西的陇海铁路和跨越南北的京九铁路在此交汇,商亳高速公路纵穿全镇南北,形成"黄金枢纽"。

平台镇最能代表梁园遗风的是沈楼村古银杏树。

春山图。[北宋]燕肃绘。

尚未进村，远远地就看见那高大的银杏树冠。来到树下，发现这里竟是一个小广场，遮天蔽日的巨大树冠下，人们在享受着难得的清凉，打麻将、下棋、哄孩子，像个小集市一样热闹。

树的旁边有一石碑，上面刻着：据考证，该树为西汉梁园遗存之树，已有两千多年历史。相传，这里也曾是明代"天下三大贤"之一沈阁老——沈鲤的后花园。

这棵古老的银杏树虽经历了两千年风霜雪雨，却依然粗壮、高大、威武，龟裂的黄褐色表皮就像铠甲。

当地村民把这棵古树视为神树，北面还建有一个小庙，叫白银寺，寺里供有"白果爷爷"和"白果奶奶"塑像。一位村民说，每到初一、十五，善男信女云集，在这里焚香祈福。

站在树下四处望去，除了普通的民房，就是成片的田野，再也见不到古代梁园的痕迹，倒有点像诗人岑参当年游梁园的景象——亭台颓废，物是人非，引得诗人用含蓄的语言表达了沉痛的情感。

其实，诗人又何必悲哀呢？年年秋草黄，季季春草绿。如今，这里没有了高墙深院，却有了铁路如虹；没有了亭台楼阁，却有了万顷良田。

无论何时，都不要为已经失去的昨日惆怅，而要为即将到来的明天高歌。

枫桥夜泊

张继

月落乌啼霜满天,
江枫渔火对愁眠。
姑苏城外寒山寺,
夜半钟声到客船。

张继于天宝十二年(753)考取进士,天宝十四年一月就爆发了安史之乱;天宝十五年六月,唐玄宗仓皇逃亡四川。因为当时江南政局比较安定,所以不少文士纷纷逃到今江苏、浙江一带避乱,其中包括张继。

在一个秋天的夜晚,张继行至苏州,泊舟于城外寒山寺旁的枫桥。江南水乡秋夜幽美的景色,使他领略到一种情味隽永的诗意美,勾起了他满怀的愁绪,遂写下这首意境清远的小诗。

传说唐武宗酷爱张继的这首诗,在他去世前的一个月,命京城第一石匠吕天方精心刻制了一块《枫桥夜泊》诗碑,在自己升天之日,将此石碑一同带走。唐武宗驾崩后,此碑被殉葬于武宗地宫,置于棺床旁。

书法作者张子健,中国书法家协会会员,文化部中国艺术科研所研究员,山东省青年书法家协会理事。

枫桥老照片

枫桥夜泊处

张继的《枫桥夜泊》，在日本也家喻户晓，还被选入日本小学课本。1929年，日本在青梅山仿照寒山寺建了一座寺庙，也叫寒山寺，在其附近的溪流之上也架起一座"枫桥"。

在很多人的脑海里，寒山寺就是一幅活动的图画：宽宽的江面上渔火点点，乌篷船缓缓行驶，孤独的寒山寺被隔在对面的江边，夜半时分，诗人因思念家乡而难以入眠，

唐诗诞生的地方

◎ 枫桥夜泊　张继

寒山寺

手扶江边栏杆倾听寺里传出的钟声。

　　寒山寺建于梁代天监（502—519）年间，当时叫妙利普明塔院，唐朝时才叫寒山寺。寒山寺并非因山得名，而是因人得名。唐代，寒山、拾得两位高僧到此，后人为纪念他们，改寺名为寒山寺。

　　寺外有铁岭关，又称枫桥敌楼。据方志记载，嘉靖三十三年（1554），倭寇火烧阊门、枫桥一带，一年后倭寇又自浒墅关窜犯枫桥，经苏州军民英勇奋战，终于将其全歼。为了加强这一带的防卫，枫桥敌楼拔地而起，平时可以登高望远，巡视戒备，战时可以举烟报警，藏军固守，与关前的河道、桥梁构成一道扼守苏州城西的重要军事屏障。

　　铁铃关是古驿道和古运河进入苏州城的水陆交通要塞。桥关相连，是江南古关隘的典型，至今已很少见。登关远眺，古镇风貌尽现眼前，粉墙黛瓦，错落有致。客船渔火，舟楫往来。

　　铁铃关是苏州唯一保存较为完好的抗倭关楼遗迹。

　　枫桥，就在铁岭关下，犹如一弯新月横跨河上。踏上枫桥石阶，一步一步走到这座拱桥顶端，桥下是静静流动的河水，水面上是一排排游船。游人可乘坐画舫穿行桥洞，在水上饱览古桥、古关、古镇、古刹的清幽景色，领略《枫桥夜泊》的意境。

　　这里的风景优美，古桥、古寺、亭台、回廊和诗文碑刻，能勾起人们对遥远历史的无边遐想。

　　河湾处，刻有"枫桥夜泊处"五个大字。

　　这里就是张继当年夜宿的地方了。

　　旁边是张继的塑像，他伸出一个手指，恰似当年蘸着河水在船舷上题诗的样子。

阊门即事

张继

耕夫召募逐楼船,
春草青青万顷田。
试上吴门窥郡郭,
清明几处有新烟。

阊门是春秋时期吴王阖闾营建苏州城所建的八座城门之一,位于城西北。"阊"是通天之意,表示吴国将得到天神保佑。

唐朝"安史之乱"爆发后,诗人张继从西北流落江南,在苏杭一带待过,在苏州留下了著名的《枫桥夜泊》。这一年的清明,他登上阊门。清明本是农忙时节,可诗人登上城楼眺望,见当地农民都被召去当兵,万顷农田无人耕作,长满了荒草,只有

书法作者宋忠义,中国书法家协会会员,北京中国书画研究社副社长兼秘书长,中国书画艺术发展协会副主席。

阊门

阊门内街景

远处寥寥几户人家飘起炊烟，加深了眼前的凄凉景象。

循着历史的痕迹，找到苏州，找到阊门，你会惊奇地发现，诗人当年登上的阊门，至今仍然健在，而且浴火重生，焕发出新的生机。

想当年，吴王阖闾率大军由此门出城远征楚国，为了表示打败楚国的决心，特意把阊门称为"破楚门"。到战国时，吴属楚，便恢复旧称叫阊门。那时的阊门楼阁，高大巍峨，十分壮观。

关于阊门，还有一个小故事。孔子与颜子登泰山，孔子望见吴国阊门外拴着一匹白马，便问颜子是否看到了吴国阊门，颜子说："看到了，我还看见那儿有一匹白绢。"孔子说："你错了，那是一匹白马。"

孔子与颜子望见的就是这座阊门。

南宋末年，蒙古人逐鹿中原，铁蹄所到之处都被其变作牧场。元军占领苏州后，为了削弱这里的防御能力，下令拆毁所有的城墙，并永远不准修复。这样，一旦当地汉人发生暴动，他们就可立即入城镇压。由此，在几十年的时间里，苏州没有城墙。

后来，张士诚在苏州称王，不但深挖城壕，修建城墙，还在各城门瓮城内增设月城，用来藏兵守卫。张士诚占领苏州为王时期，先后实施了减少田赋、奖励蚕桑、兴修水利等措施，使百姓生活有所改善，受到百姓拥护。后来，朱元璋打过来，大兵围在城下，苏州城依然坚持了十个月，即得益于全城百姓的支持。

但是，固若金汤的阊门，终究还是被攻破。

阊门后来再建。

阊门外小景

苏州地区水网密布，河道纵横，外连京杭运河，水运条件得天独厚。阊门位于水陆交通要冲，城河沿岸运输码头众多，明清时期，这里成了当时苏州最大的货物集散地和商贸中心，异常繁荣。

清代乾隆年间的名画《姑苏繁华图》《盛世滋生图》，表现了当时阊门至枫桥十里长街万商云集的盛况，当时各行各业应有尽有，各省会馆散布其间。

《红楼梦》开篇就说，"阊门最是红尘中一二等富贵风流之地"。

1860年5月，太平天国忠王李秀成攻打苏州。江苏巡抚徐有壬和总兵马德昭，接连颁布三道命令，烧毁城外商业区，以巩固城防。于是曾经繁华盖世的阊门商业区，直到枫桥寒山寺，转眼之间化为灰烬，数十万苏州市民逃往上海租界。

阊门后来又重建。

1958年"大炼钢铁"时，城门又被拆除，钢筋被取走，城砖用于砌小高炉。"文化大革命"期间，城墙基本被拆毁。

现在我们看到的阊门，是前几年才修建的，它保持了古时风貌，留住了苏州人的一段历史。

走进阊门，里面是仿古的街道，两旁是林立的店铺，一片繁华。登上阊门，放眼远望，早已不见田野的影子，目光所及，是一个现代化都市。

送灵澈上人

刘长卿

苍苍竹林寺，杳杳钟声晚。
荷笠带斜阳，青山独归远。

唐肃宗上元二年（761），刘长卿从被贬谪的广东茂名归来，暂住江苏镇江等待官缺，心情郁闷。而灵澈此时还没有成名，云游江南，心情也不如意，镇江逗留后将返回浙江。他们在这里邂逅。一个宦途失意客，一个方外归山僧，在出世入世的问题上，可以殊途同归。这首小诗表现的，就是他们离别时的境界。

竹林寺位于镇江南山公园中，招隐山之后。踏入山下小径，远远看见竹林掩映中的竹林寺，它没有我们想象的那样雄伟高大，只是孤零零的几间房屋。

立刻，我们眼前仿佛出现当年诗人送别灵澈禅师的情景：浑厚的晚钟声从竹林寺

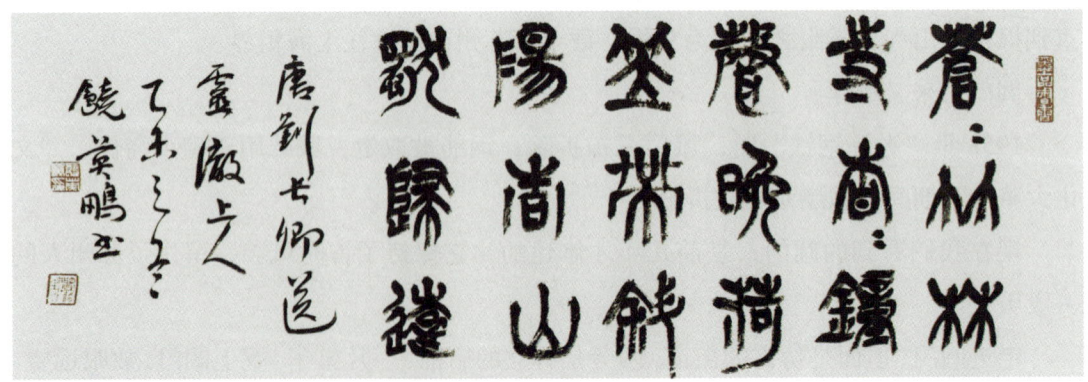

书法作者饶英鹏，中国书法家协会会员，江西省广丰县书法家协会副主席，广丰县书画院院长。

竹林禅寺

竹林禅寺内景

竹林禅寺中的竹林

唐诗诞生的地方

◎ 送灵澈上人　刘长卿

悠然传来，是灵澈禅师返回寺院的时候了。禅师歪戴斗笠，披一身夕照，拖着长长的身影踏上了归程。他孤单的背影，在诗人惜别的目光中，渐渐消失在苍茫的竹林中，融入了竹林中的竹林寺。

竹林寺本名夹山禅院，东晋法安禅师创建。因寺庙处于幽深的竹林中，远远望去，只见竹林不见寺，后改为此名。

清雍正年间，竹林寺计有殿宇二百五十九间，规模宏大。咸丰年间，它两次毁于战火，同治三年重新修建，规模已远不如从前。

一步步走上前去，这里仍然是修竹万竿，同时还有松、栎、柏、银杏等老树杂错其间，使竹林寺更显幽深韶秀。

近前看，竹林寺已近荒废，紧闭的大门上方石额为"竹林禅寺"。

从旁门进入，发现竹林寺为依山而建，一组石阶上面就连着一层平台，上下共五层，层层登高。第三平台，地面较为宽广，过去两旁还建有东西客堂。只可惜，现在这里已是人去屋空。

这里没有游人，没有刺耳的喧嚣，反倒容易回归诗人送别灵澈禅师时的现场。不遇则闲适，失意则淡泊。

有如两位老人悠然对弈，赢又如何，输又如何？

许多事情，不需要结果。

送李判官之润州行营

刘长卿

万里辞家事鼓鼙，
金陵驿路楚云西。
江春不肯留归客，
草色青青送马蹄。

书法作者张宁，中国书法家协会会员，镇江市书法家协会理事，句容市书法家协会副主席。

唐代润州即现江苏镇江，因其距金陵很近，唐人也称润州为金陵。诗人送一位做判官的朋友从军，朋友将奔赴的"楚云西"，在今安徽淮南一带，古属楚地。送别的情意，随着这无尽的青青草色展开，难舍难别的友情，被比作青草对马蹄的依恋。

刘长卿是现在河北人，年轻时曾在嵩山读书，好不容易才登进士第，但是还没有揭榜，便爆发了安史之乱。唐肃宗即位后，刘长卿被任命到苏州下属的长洲县当县尉。不久，他被诬入狱，多亏遇到大赦才获释。肃宗上元二年（761）秋天，他又奉命回苏州。这时期，江南刚经历过刘展之乱，本来繁华富庶的吴郡一带，变得破败萧条。代宗大历五年（770）

以后，任转运使判官。因为性格刚强，得罪了上司鄂州观察使吴仲儒（名将郭子仪的女婿），被诬贪赃二十万贯，再次被贬。

好在他运气不算太差，后又被任命为随州（今湖北随县）刺史，因此他又被称作"刘随州"。

刘长卿长于五言，被誉为"五言长城"，著名的作品有《逢雪宿芙蓉山主人》："日暮苍山远，天寒白屋贫。柴门闻犬吠，风雪夜归人。"这是一首诗，更像一幅画，全诗寥寥二十个字，便勾勒出一个严冬寒夜的"风雪夜归人"景象。

我们循着《送李判官之润州行营》这首诗到镇江，现在当然已寻不到当年的"行

焦山附近的江边

镇江焦山公园

北固山上望镇江

营"。不过,镇江地理位置独特,自古就是军事要地,看点实在不少。

三国时期,孙权就把江东的政权由苏州迁到镇江,在北固山的前峰鼓楼岗一带建筑城池,排兵布将,做迎战曹操的准备。

唐代,高宗死后,太子李显即位,武则天废李显,改立豫王李旦,次年徐敬业、骆宾王等人在扬州拥兵起义。徐敬业自称"匡复府大将军"发兵讨武,占领镇江,后兵败,在镇江被属下所杀。

安史之乱爆发后,宋州(今商丘)刺史刘展叛乱,聚守镇江天险,隔江与唐军对峙。唐军将领田军率军三千人,部将范知新率军四千人,在镇江上游渡江,对刘展部展开围攻,混战中刘展中箭身亡,有两万余人参与的这场叛乱就此平息。

如今登上北固山,回望脚下的镇江城,一片繁荣景象,哪里是诗人当年送别友人的行营?

一千多年前,临时的行营设在哪里都是可能的——只要在镇江。

故址固然重要,但我们更重视的,是寻找一种意境、一份情怀。

寒食

韩翃

春城无处不飞花，
寒食东风御柳斜。
日暮汉宫传蜡烛，
轻烟散入五侯家。

此诗前两句描写了整个长安柳絮飞舞、落红无数的迷人春景，后两句勾画了一幅夜晚走马传烛图，使人如见蜡烛之光，如闻轻烟之味。从表面上看，它似乎只是描绘了一幅寒食节长安城内富于浓郁生活气息的风俗画，实际则是对当时权势显赫、作威作福的宦官进行了讽刺。

关于寒食节的来历，有这样的传说：晋文公流亡期间，有一次饿昏，介子推割自己身上的肉为他充饥。晋文公做了国君，分封群臣时却忘记了介子推。介子推不愿夸功争宠，携老母隐居绵山。后来晋文公亲自到绵山恭请介子推出山，介子推不愿为官，躲藏山里。晋文公手下放火焚山，本意是想逼介子推出山，结果介子推抱着母亲被烧死在一棵大树下。为了纪念这位

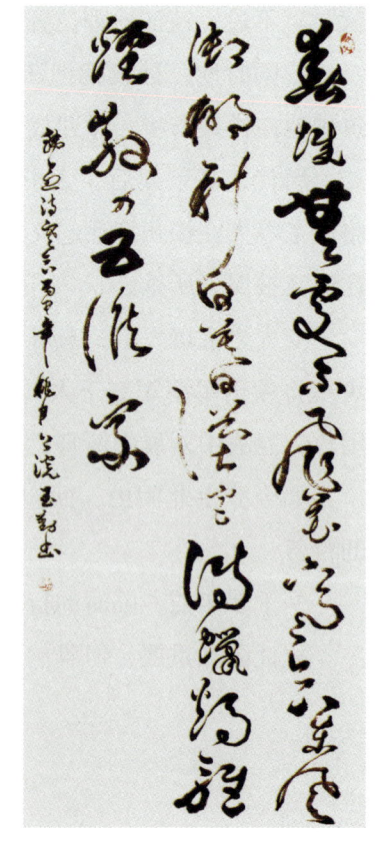

书法作者许玉勤，中国书法家协会会员，浙江湖州人。

西安钟楼

忠臣义士，晋文公下令：介子推死难之日，不准生火做饭，要吃冷食，每年的这一天定为寒食节。是为寒食节的由来。

然而，唐代的寒食节这天，皇帝却宣旨取榆柳之火赏赐近臣，使他们享有特权。诗中所说的五侯，来源于汉成帝，他封王皇后的五个兄弟王谭、王商、王立、王根、王逢时为侯，享受特别的恩宠。这里的"五侯"，泛指皇帝近臣。

韩翃曾在淄青节度使侯希逸幕府中任从事，后随侯希逸回朝，闲居长安十年，一直不得志。

一天半夜，韩翃的一位好友急急地来敲门，韩翃出来见他，他祝贺说："你升任驾部郎中了，让你主持起草皇帝所下文告和诏书。"韩翃哪里能信："不可能有这种事，一定是你弄错了。"好友说，皇帝的文告诏书，缺少起草的人，中书省两次提名，皇帝没批；又请示，德宗批示"用韩翃"。当时还有一个同名同姓的人，任江淮刺史，于是中书省又把两人上报皇帝，皇帝批示说，就用写"春城无处不飞花"的韩翃。

天亮后，韩翃果然接到圣旨，从此做上了朝廷命官，后被提拔为中书舍人，为五品官员。

如今，寒食的习俗早已不被人们遵守，但早春时节西安城中的鲜花仍旧盛放，尤其是那姹紫嫣红的樱花，一簇簇、一朵朵、一片片，美丽烂漫，让人流连忘返，营造了一个"春城无处不飞花"的世界！

兰溪棹歌

戴叔伦

凉月如眉挂柳湾,
越中山色镜中看。
兰溪三日桃花雨,
半夜鲤鱼来上滩。

诗人戴叔伦曾在浙江省东阳县任县令,兰溪与东阳都属金华,相距不远,一般认为,这首诗是诗人在东阳任职期间创作的。这是一首富于民歌风味的诗,以清新灵动的笔触写出了兰溪的山水之美,以及别具一格的渔乡情趣。

兰溪就是现在的兰江,是富春江上游的一条支流。旧时兰阴山下有溪,崖岸盛开兰花,故称兰溪,县又因此而得名。

来到兰溪市,站在兰江边,顺着江水望过去,江面如镜,水光接天,有"越中山色镜中看"的意境。江中有一江心小洲,现已辟为中洲公园,远远望去,恰

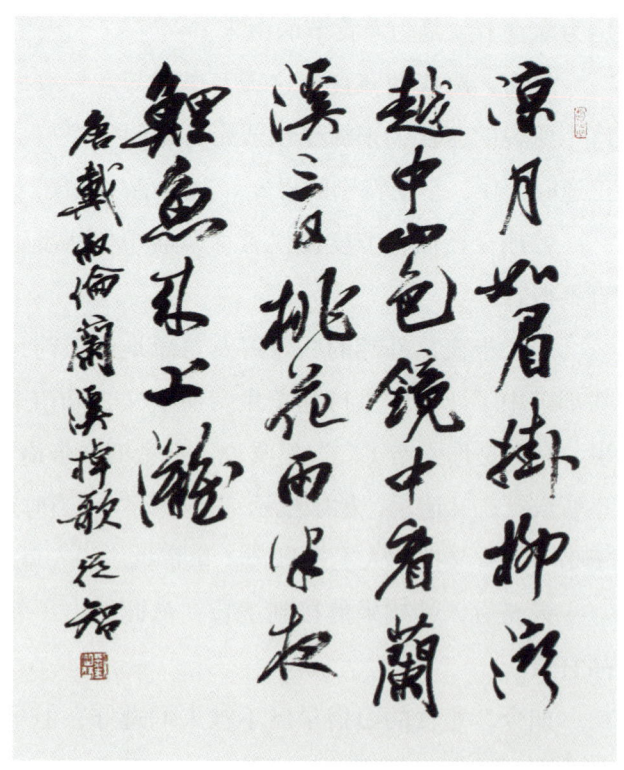

书法作者刘从智,中国书法家协会会员,烟台市书法家协会理事,山东海阳市书法家协会常务副主席兼秘书长。

古兰溪西门

中洲公园大门

如明镜中的一块翡翠。

在兰江大桥上,有一"中洲公园"入口,可以从那里直接入园。

园内建有亭阁、花圃、假山、鱼池、曲桥、游廊及兰花少女塑像等,漫步在这里,有曲径通幽之感。环顾四周,水光潋滟,烟柳迷离,景致十分雅致。随着夜幕降临,中洲小岛披上薄薄的雾纱,垂柳婀娜,灯火点点,天上明月皎洁,月下江水奔流,让人完全沉醉于大自然的神奇魅力之中。

兰溪——现在的兰江

兰江上还有一座浮桥直通中洲公园，入园处矗立着一座牌坊，上书"中洲公园"四个大字。站在这里，望过江面，可看到对岸的兰溪古城墙、古城楼。

中洲岛上的"中洲渔火"，过去为兰溪八景之一。以往，渔火就是船家用来照明的青油灯和煤油灯发散出的亮光。它悬在船上，随船儿在水中摇曳，随水流在江面移动，显得神秘和委婉。

现在，不管是岛上的亭阁，还是江中的游船，不管是江上的大桥，还是远处的高楼，全部都被五彩灯光映照，色彩缤纷。

漫步到小岛的南端，这里有一处小沙滩，特别能体现"半夜鲤鱼来上滩"的感觉。有一位当地老者介绍，前些年，兰江水质有些污染，鱼类减少。近几年，兰江边的砂石场没有了，江水一天比一天变清了，江里的鱼也多起来，还有了大批对水质要求非常高的针鱼，用不了几年，"半夜鲤鱼来上滩"的场景就要再现了。

他的目光里充满自信。

塞上曲

戎昱

胡风略地烧连山，
碎叶孤城未下关。
山头烽子声声叫，
知是将军夜猎还。

这首《塞上曲》的大意是：塞外大风将烧山的烈火吹得熊熊燃烧，边塞上的碎叶孤城还没闩上城门；听到守卫烽火台的士兵阵阵欢呼，知道是夜间打猎的将军回来了。

碎叶，古城名，在今吉尔吉斯斯坦托克莫克市附近。

从吉尔吉斯斯坦的托克莫克市出发，穿过街道，驶上公路，再经过大片的田野，就能到达一个叫阿克贝西姆的地方。经专家考证，这里就是诗中描述的碎叶城遗址。

这里本是东突厥的辖地，高祖武德九年（626），东突厥百万大军向大唐发起猛攻，要求大唐向它称臣，太宗亲征，战胜。后来用了

书法作者金秉坤，中国书法家协会会员，青岛市青年书法家协会学术委员会副主任，平度市书法家协会副主席。

碎叶古城外的田野和群山

两年的时间,唐朝打败东突厥。高宗调露元年(679),唐军攻占了碎叶城,成为唐代设在安西的四个重镇之一,与龟兹、疏勒、于田并称唐代"安西四镇",管辖着西至波斯帝国的大唐疆土。

当年玄奘去印度取经曾经过这里,也是现在人们探访丝绸之路的重要一站。经过一千多年风吹雨淋,这座唐代中国城已风化瓦解成为一座巨大的土堆。

碎叶古城遗址

现在来到这里,爬上这座荒草丛生的古城遗址,可以清晰地看到当年唐朝军队修建的周长达26公里的城墙断壁,以及古塔、古墓。考古学家们在此城的寺庙废墟内拣到唐代钱币,上面有"开元通宝"和"大历通宝"字样。可见,碎叶在唐代是座经贸重镇。

《辞海》载明,李白的先人在隋朝末年流落碎叶,李白即在此地出生。经考证,李白在碎叶一直长到五岁,后来

碎叶古塔以及远处的雪山

随父亲迁居四川江油的青莲乡，因此有"青莲居士"的雅号。

真想不到，李白的故乡竟会如此遥远。

登上古塔顶，放眼望去，附近是长着绿油油庄稼的田野，远处是连绵的群山，山顶是皑皑白雪。

眺望着远处山岭，不仅发出疑问：当年的将军在哪道山岭夜猎？守卫烽火台的士兵们又在哪里欢叫？

有人认为，戎昱在诗里对将军夜间打猎、不闩城门的做法，进行了强烈的讥讽。但是，你可否换一个角度想，也许正是因为大唐军威赫赫，边关安宁，守关的将军才有闲情逸致在晚上狩猎，而且夜里才敢不闩城门。

历史的烟云把这一切都轻轻湮没了，湮没得无踪无影、无声无息。

明天，又会有一抹烟云将我们今日的身影轻轻湮没，湮没得无踪无影、无声无息。

秋夜寄邱员外[1]

韦应物

怀君属秋夜,散步咏凉天。
空山松子落,幽人应未眠。

这是一首怀念朋友的诗。诗中的邱员外叫邱丹,诗人在苏州时与他过往甚密。邱丹隐居临平山学道时,诗人写此诗以寄怀。隐士常以松子为食,因此在松子脱落季节,想起对方。

诗中提到的空山,是指杭州市余杭区的临平山。

唐代的临平山下有临平湖,临平山因湖而得名。到了北宋,每当春夏季节,临平湖上就有莲花盛开,就像现在杭州的西湖一样。那时候,临平湖与钱塘江、运河相连,是到杭州的必经要道。明代末期,临平湖已离山脚五里,有人留下"十里湖心依旧在,野莲无主向谁红"的诗句。清朝以后,江流改道,泥土

《秋夜寄邱员外》意境图

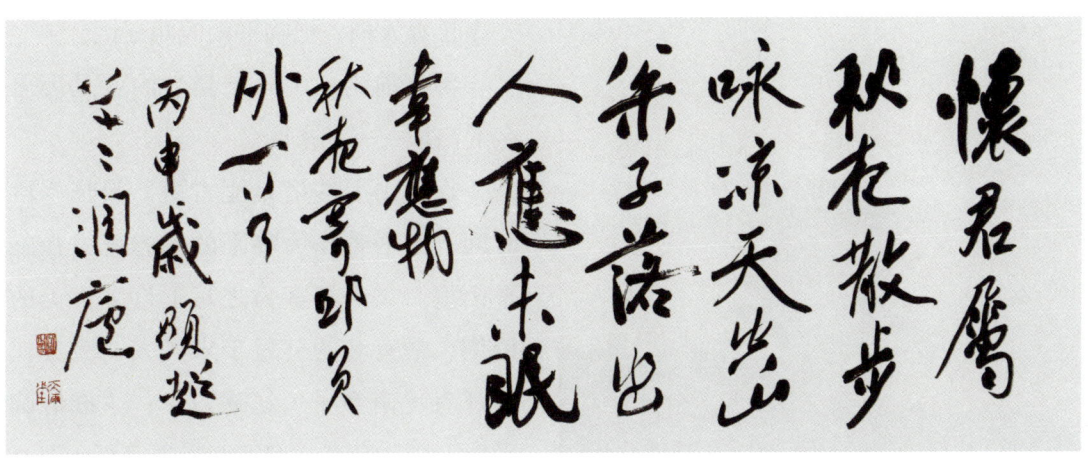

书法作者刘显超,中国书法家协会会员,中国职工书法家协会理事,烟台市书法家协会副主席。

淤塞,临平湖终于消失。

临平山现在也叫临平公园,被城市紧紧包围着,成为临平重要的游览胜地。公园有南、东、北三道大门,其中南门最热闹。从南门进去,可以看到游乐园、动物园,还有小池塘、茶楼,亭子、雕像等。

山坡上是茂密的林木,松树居多,不由得使人想起"空山松子落"的情景。山中有许多便道,道两旁还有成排的健身器材,不少游客带着孩子在这里游玩。

快到山顶时,这里有一处篮球场大小的平坦处,当中有一座雕塑:一位老人骑在牛背上,扭头望向远方。旁边的石头上刻着:"丘山仙隐。"

这就是诗中所说邱员外邱丹羽化成仙的地方。邱丹在唐德宗年间曾任户部员外郎,因不满当时的现实,非常失意,后在临平山上搭起一座草庐,隐居于此炼丹学道。闲时,他喜欢骑一头小黄牛到处转悠,也到诗人韦应物那里喝茶聊天。

传说他后来在临平山羽化成仙,道家就把他当作先辈名人,尊称他为丘(有时人们用"丘")真人,还在山下为他辟出

临平山上丘山仙隐

临平山及其山顶的东来阁

一座丘真人祠，把临平山改叫丘山。

再往前走，山顶上矗立的就是那著名的高塔——东来阁。

临平山上的塔是座古塔。很长一段时间，该塔曾作为临平的标志屹立在临平山巅。文人墨客为之写下许多优美的诗词，最有名的莫过于宋代大文豪苏轼的那首《南乡子·送述古》："谁似临平山上塔，亭亭。迎客西来送客行。"

眼前的东来阁是前几年新建的，其建筑风格、建筑材料都有别于别的塔。东来阁檐口层层叠叠水平延伸，既巧妙又美观。该塔另外一个特点是对钛金属板的运用。钛是一种新金属，抗拉强度大，耐腐蚀，用钛金属板作为屋面材料，在天空的映衬下，银灰色的钛板和精密的钢斗拱，显得空灵剔透。

登上东来阁，环视四周，高楼林立的余杭区就在脚下，街道上人来车往，生机勃勃。

临平山不算高大，但景点不少，西面山坡上的白龙洞就有白龙诞生的故事。从塔上望过去，那里游人不少。

一同登塔的一位游客说，天气晴朗时站在这里可望见苏州。

那么，当年在苏州城里的诗人韦应物，是否能一眼望到临平山呢？在那个年代，他会觉得这里很遥远吗？

其实，只要心心相印，彼此的空间距离就不再遥远。

---

〔1〕根据陈尚君先生考证，本诗题目中邱员外的"邱"当作"丘"，"邱"为雍正所改字；诗句"空山松子落"应为"山空松子落"。但学界以本文所采观点为主，故此处仍采旧说。——编者注

滁州西涧

韦应物

独怜幽草涧边生,
上有黄鹂深树鸣。
春潮带雨晚来急,
野渡无人舟自横。

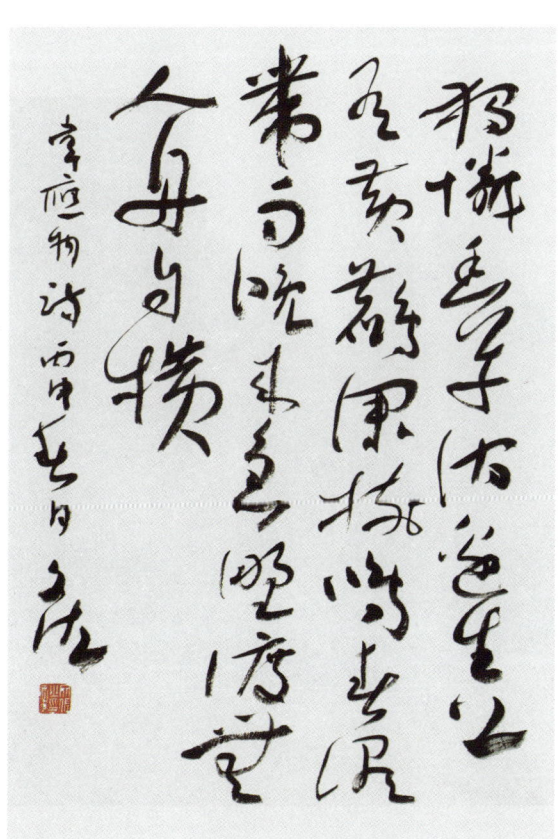

滁州,就是现在安徽省滁县。西涧,在滁州城西,俗名上马河。

此诗作于韦应物出任滁州刺史期间。韦应物品性高洁,爱幽静,好诗文,笃信佛教,时常独步郊外,滁州西涧便是他经常光顾的地方。作者最喜爱西涧清幽的景色,一天傍晚游览这里遇雨,写下了这首成为其代表作的诗。

宋代以后,滁州人依据《滁州西涧》的诗意,在涧边建有野渡庵、野渡桥、幽草亭。清代乾隆年间,著名诗人王士禛曾赋诗《西涧》:"西涧萧萧数骑过,韦公诗句奈愁何?黄鹂

书法作者文佐,中国书法家协会会员,长沙市书法家协会篆刻委员会主任。

滁州西涧成了现在的西涧湖

唤客且须住,野渡庵前风雨多。"民国时期,野渡桥、幽草亭已经坍塌,仅存的野渡庵也毁于侵华日军的炮火。

1958年修建的城西水库,将西涧大部分淹没。2009年,滁州城西水库更名为西涧湖,西起城西水库、东至清流河的穿城河被命名为西涧河。

西涧湖大坝巍然屹立,坝长一千多米,大坝上有不少游客。站在坝上极目西望,湖面宛如平镜一般。微风吹过,湖面荡起阵阵涟漪,远处的山脉犹如剪影。湖面上不时有手摇船、机动船驶过。

韦应物少年从军,曾担任过唐玄宗的侍卫,同时借读于太学。据韦应物自己回忆,这一时期,他颇为顽皮,仗势干了不少坏事。安史之乱后,他告别军营,开始安心读书,

这里曾是韦应物办公的地方

文名渐显后又进入官场。

夫人元苹于大历十一年（776）去世后，韦应物终身未娶。他亲笔撰写的元苹墓志铭，证实他们夫妇情深意笃。

任职滁州、江州、苏州期间，他一直孤身一人，每当夜深人静，他倍感孤独。

韦应物任职滁州，或与远方友人诗文唱和，或寄情山水抒发情怀，引得不少名人雅士慕名而来。

韦应物长期担任地方大员，但是，"家贫"二字不断出现在他的诗中。苏州是当时中国最富庶的地方，而在卸任苏州刺史后，他竟无钱回京城定居，不得不寓居苏州的寺院，一家人靠租田自耕为生。

"野渡无人舟自横"写意图。吴锯汀 1947 年绘。

约三年后，被免去滁州刺史职务后，他又不得不暂栖身一小寺庙。被任命为江州刺史后，才又有了栖身之所。

有人认为《滁州西涧》写于韦应物被免滁州刺史后，滞留于滁州这段时间。他首先以幽草自喻，又写带雨春潮之猛和水急舟横的景象，蕴含着一种不在其位不得其用的无可奈何的忧伤。

每个人都会遇到不如意，重要的是能否用平常的心态，坦然接受生活中无能为力的现实。

登科后

孟 郊

昔日龌龊不足夸,
今朝放荡思无涯。
春风得意马蹄疾,
一日看尽长安花。

孟郊曾两次落第,四十六岁那年进士及第。按唐朝制度,进士考试在秋季举行,发榜则在下一年春天。这个时候的长安,春风轻拂,百花盛开。城东南的曲江、杏园一带春意更浓,新进士们聚集在这里自然是喜不自禁。过去一直默默无闻,今日高中进士的孟郊,自以为从此可以青云直上了,满心是按捺不住的欣喜,于是写下了这首别具一格的小诗。

试想,在车水马龙、游人如织的长安大道上,不可能容得他策马疾驰;偌大一个

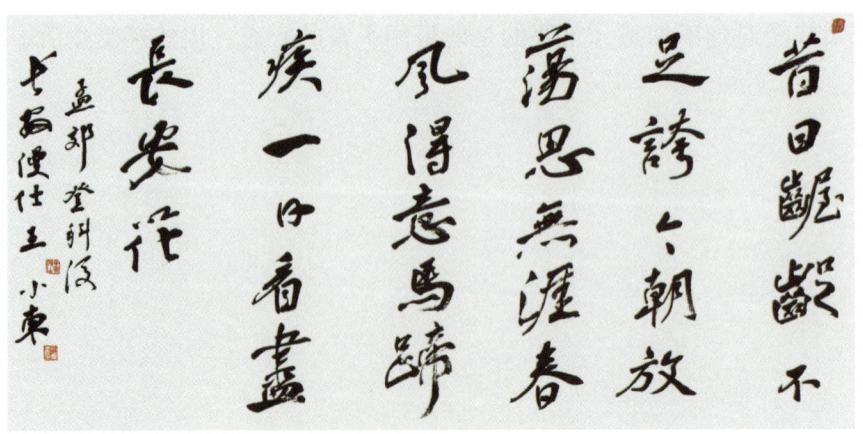

书法作者王小东,中国书法家协会会员,陕西省青年书法家协会理事。

西安街头的花

长安城,春花无数,一日之间如何看尽?然而这一天诗人得意扬扬,心花怒放,尽可认为他的马蹄格外轻快,尽可在一日之内就将长安的鲜花看遍。因为诗句表达了诗人的真情实感,所以让人读后觉得并不荒唐。

西安的花,从古到今都是有名的。春天,先是樱花、风信子烂漫了整个城市,接着是郁金香、牡丹、芍药展露身姿。

然而,西安的市花却是石榴花。据说,西安临潼区石榴产量、面积和质量均居中国之首。骊山之麓遍布榴园,初春嫩叶吐绿,婀娜多姿;仲夏繁花似锦,灿若红霞;深秋硕果累累,凝重华贵。

孟郊的《登科后》后来派生出两个成语,"春风得意"与"走马观花",这是其他诗篇难以企及的。

"春风得意"从古到今意思没变,而"走马观花"就不一样了:本来是形容事情如意,心境愉快,而现在则演变为"粗略地观看个大概"的意思。

更有甚者,后者还衍生出这样一个民间故事:有一个媒人,给一个瘸腿男子和一个兔唇姑娘说媒。相亲这天,他让男子骑马从那个女孩面前走过,让女孩手持一朵鲜花假装在闻花香,彼此都没有看到对方的残疾。直到成婚,他们才发现彼此都上当受骗。

这与诗的原意相去甚远。

游子吟

孟郊

慈母手中线，游子身上衣。
临行密密缝，意恐迟迟归。
谁言寸草心，报得三春晖。

孟郊非常孝顺，早年游学漂泊，直到五十岁时才得到一个溧阳县尉的职位，结束了长年的流离生活。此后，他将母亲接来一起居住。诗人仕途失意，饱尝了世态炎凉，去迎接母亲时，心中百感交集，愈发觉得亲情之可贵，于是写出这首发自肺腑、感人至深的颂母诗。

全诗语言淳朴平实，情真意切，千百年来拨动了无数游子的思亲心弦。

在溧阳市内104国道旁边的一个小公园里，矗立着一座游子吟雕塑。它运用了雕塑的语言，抓住母亲用手中线缝衣的细节，深入刻画了母亲对儿子的关爱。

雕塑的背后详细介绍了孟郊的生平故事。

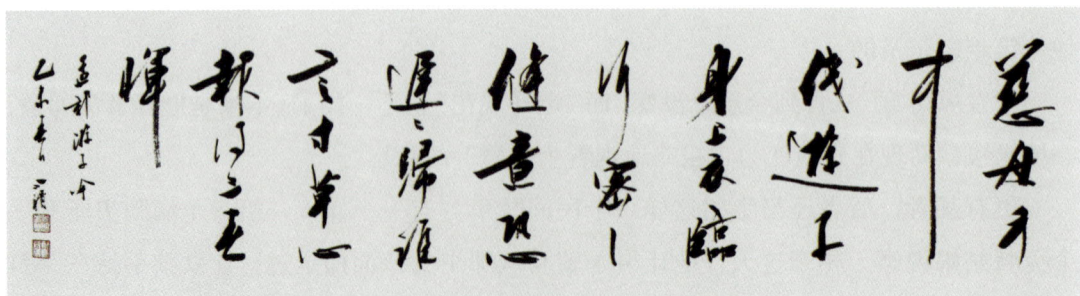

书法作者刘小晴，中国书法家协会会员，中国书法家协会学术委员会委员，上海书法家协会常务理事，原上海市书法家协会副主席。曾应邀为来访的美国总统克林顿表演书法艺术。

雕塑前有水塘，有绿草野花，给人以平和温馨的感觉，让人好像一下就融入浓浓的母爱之中。

不过，当年孟郊并不是生活在现在的溧阳市区，那时的溧阳县治在现在的溧阳市南渡镇，那里至今还流传着孟郊"射鸭堂"的故事。

孟郊是位一生不得志的诗人，他四十五岁时才考中进士，当时高兴得"一日看尽长安花"，可是，没想到直到五年后，吏部才给他递补了一个溧阳县尉的小官。

县尉是个缉捕盗贼的武官，而孟郊是位吟诗作文的文人，他哪有心思做好这个从九品的小官？于

游子吟雕塑

是，他一有空就跑到城外找一个僻静的地方读书吟诗。后来，他发现这里野鸭成群，于是用竹子做弓，射鸭取乐，后来索性在这塘边盖了一座"射鸭堂"，至于那烦琐无聊的公务，早已被他忘到脑后。

县令对他的行为非常不满，一纸小报告打上去，俸禄薪水被减去一半。

即便这样，孟郊仍用他有限的俸禄尽心地供养母亲，一直到母亲去世。

虽然母亲去世了，但他因母亲而写下的著名诗篇《游子吟》却一直为后人传颂。

在这个世界上，无论你远行到哪里，离你最近的，永远是母亲。

南渡镇

早春呈水部张十八员外

韩 愈

天街小雨润如酥,
草色遥看近却无。
最是一年春好处,
绝胜烟柳满皇都。

这首诗是作者写给当时任水部员外郎的诗人张籍的。张籍在兄弟辈中排行十八,故称"张十八"。韩愈约张籍春游,张籍说自己事忙,又加上年老,不想外出,于是韩愈就作了这首诗寄给他,希望借此触发张籍的游兴。该诗通过细致入微的观察,描写了长安初春小雨的优美景色,表达了诗人对早春的热爱和赞美之情。

韩愈写这首诗时已经五十六岁,任吏部侍郎。此前不久,河北正定一带藩镇叛乱,韩愈奉命前往宣抚,说服叛军,平息了一场叛乱。穆宗非常高兴,把他从兵部侍郎任上调为吏部侍郎。加之他在文学方面卓有建树,早已声名大振,因此,虽然年近花甲,却不因岁月流逝而悲伤,而是兴味盎然地迎接春天的

书法作者王江,中国书法家协会会员,陕西省书法家协会理事、办公室主任,陕西省青年书法家协会副主席,西安市书法家协会副主席。

小雨后的西安城楼

小雨后的西安"天街"

唐诗诞生的地方

◎ 早春呈水部张十八员外　韩愈

到来。

诗中的天街,指京城里的街道,有人说专指朱雀大街一带。想象一下,空中春雨纷纷,细密地滋润着京城大道,远望草色依稀连成一片,近看时却显得稀疏零星。何等迷蒙,何等优美。

今天,踏在这里的街道上,心里吟诵这首诗,体会到了当年诗人的感觉。

虽然现在大街两边的建筑有了变化,但诗人描述的地点确确实实就是这里。这里有历代帝王留下的脚印,有无数文人骚客留下的诗句。

漫步在唐朝京城的街道上,可以领略许多有特色的地方。

朱雀大街,唐朝皇帝城南祭天所走的街道,唐朝称为天门街,简称天街。史料记载,盛唐时的朱雀大街宽约一百五十米,长五千多米。唐长安城以朱雀大街为界,分为东西两部分,大街从城南正中的明德门延伸出去,一条笔直的大路直达终南山的石砭峪。

行走在今天的朱雀大街上,两旁古槐掩映,街上车辆川流不息,唐代遗物依然无声地诉说着昔日故事。

西大街的建设突出了唐代建筑的风格,形成了富有西安特色的历史街区。街上有时代百盛店、中港城、银泰、五环等大型购物商场,又兼有上海城、唐人街、数码港、中环广场、丽人行及美伦家居生活馆等购物场所。

骡马市街,名字虽不文雅,却已成为综合性的商业步行街,被人们称为西安"王府井"。这里有各种百货商店及特色城,传统集贸街,有秦腔剧院、书廊茶艺馆,还有众多街景和休息点。

古城西安,现在已是一座现代化大都市,但依然散发着大唐风韵。

左迁至蓝关示侄孙湘

韩愈

一封朝奏九重天,
夕贬潮州路八千。
欲为圣明除弊事,
肯将衰朽惜残年!
云横秦岭家何在?
雪拥蓝关马不前。
知汝远来应有意,
好收吾骨瘴江边。

唐宪宗元和十四年(819)正月,听说凤翔府法门寺里供奉着佛祖释迦牟尼留下来的一节指骨舍利,只要人们虔诚地瞻仰礼拜,就能够求得风调雨顺、平安吉祥,于是,唐宪宗特地派了数十人的队伍,到法门寺把佛骨舍利隆重地迎接到长安,先入宫廷供奉,又送往城内各个寺庙,要官民敬香礼拜。时任刑部侍郎的韩愈反对这种崇佛行为,写了一篇《谏迎佛骨表》,劝谏唐宪宗不要崇佛,说佛是不可信的,并说历史上凡是崇佛的皇帝,寿命都不长。结果,唐宪宗大怒,要杀

书法作者舒杰,中国书法家协会会员,中国职工书法家协会副秘书长。

古蓝关关隘

韩愈,经大臣们求情,韩愈被贬为广东潮州刺史。韩愈只身一人,仓促上路,走到蓝田关口时,大雪弥漫,家属也没有跟上来,只有侄子韩湘赶到,对此他百感交集,写下这首诗。

隋唐时期的蓝关古道,在今西安市南部秦岭的蓝桥镇,这里山势险峻,是穿越秦岭、沟通南北的一条大动脉,也是防卫来自东南威胁的最后一道关隘。秦始皇统一中国后,五次出巡,有两次经过这里。

1958年,为适应大炼钢铁的需要,曾在蓝关古道上修建一条可通汽车的简易公路至蓝桥,为此很多古文物遭到破坏,立于古道边的著名古碑"蓝关碑"被炸毁,所有石刻不知去向。现在这里已是宽阔平坦的柏油公路,结束了"雪拥蓝关马不前"的历史,残存的古道作为历史遗迹供后人凭吊。

这里现在有了新修的蓝桥,公路两旁矗立着仿古的门坊,路边一块圆石上刻着"古蓝关",周围是巍峨的青山。当地人说,明代王天友曾在这里建造了一座横跨蓝河的铁制链桥,当时两端桥头牌楼各有石匾,上书"三秦扼塞"和"秦楚要冲"。

站在古蓝关,遥想当年韩愈,一个戴罪远谪的诗人,迎着刺骨的寒风,顶着漫天的飞雪,行至这里时,不管是向后看还是向前望,千峰万仞的秦岭被皑皑白雪覆盖,马不能前行,心境是何等绝望。

重修的古蓝桥

而就在这时，他的侄子韩湘赶了过来。韩湘幼年便学道出走，家人、亲戚都不知道他的踪迹，民间传说，八仙中的韩湘子便是他，谁知今日他突然出现在蓝关道上。在这里，韩湘力劝韩愈弃官，和他一起皈依道教，因为韩愈既反对佛教，也反对道教，所以他坚定地拒绝了侄子的请求。

韩愈到了广东潮州，还有这样一个小故事。老百姓反映，城东鳄溪里有许多鳄鱼，经常上岸来伤害牲畜，祸害百姓。韩愈便写了一篇《祭鳄鱼文》，亲自到江边去读这篇祭文给鳄鱼听，又叫人杀了一头猪和一头羊，丢到江里去喂鳄鱼。在那篇祭文里，他限令鳄鱼在七天之内迁到大海里去，否则就用强弓毒箭，把鳄鱼全部射杀。

事有凑巧，据说打那以后，溪里的鳄鱼真的不见了，从此百姓生活安宁了。后来，人们就把鳄溪称为"韩江"。直到现在，潮州市韩江堤上仍有祭鳄台。

一年后，韩愈又回到长安，此时唐宪宗竟真的如韩愈所说的那样短寿，而且已经驾崩。这次路过蓝关，不知韩愈是怎样的心情。

城东早春

杨巨源

诗家清景在新春,
绿柳才黄半未匀。
若待上林花似锦,
出门俱是看花人。

诗人曾在长安任职多年,历任太常博士、礼部员外郎等职。此诗是他在京任职期间所作,抒写作者对早春的热爱之情。此诗虽只有第二句实写春色,而描写春色又只以柳芽一处。由柳芽之姿而表现早春之景,显示了诗人的慧眼,可谓独辟蹊径,令人称绝。

诗的三四句说,若是到了上林苑花开之际,满城都是赏花之人。上林苑在哪里?有人说,上林苑简直就是一个长安城,准确地说,要比长安城还要大。

有资料说,上林苑的范围,以现今的区域度量,应是地跨蓝田、长安、户县、周至、兴平五个县(市)和西

上林苑写意图

安、咸阳两个市区。东起蓝田焦岱镇，西到周至东南19公里的五柞宫遗址，直线长约100公里；南起五柞宫，北到兴平境内的黄山宫，直线长约25公里；总面积约2500平方公里。减去汉长安城40平方公里，上林苑的实际面积约为2460平方公里。如此宏大的规模，实在让人难以想象。唐代西域的许多小国，面积也没有这样大！

上林苑始建于秦朝，汉武帝时加以扩建；既有优美的自然景物，又有华美的宫殿建筑群，是秦汉时期汉族宫苑建筑的典型。有三十六苑、十二宫、三十五观。三十六苑中，有宜春苑、御宿苑、思贤苑、博望苑，还有大型宫城建章宫及一些各有用途的宫观建筑。如演奏音乐和唱曲的宣曲宫，观看赛狗的走狗观，观看赛马的走马观，观赏鱼鸟的鱼鸟观，以及饲养和观赏大象的观象观，饲养和观赏白鹿的白鹿观等。

西汉末年，王莽拆毁上林苑中的十余处宫馆，取其砖瓦，营造了九处宗庙。后来，王莽政权与赤眉军争夺都城的战火，

> 书法作者马新芽，中国书法家协会会员，陕西省书法家协会创作委员会委员，周至县书法家协会主席。

◎ 城东早春　杨巨源

处于唐代上林苑地界的秦岭野生动物园

秦岭野生动物园门外的石柱

使上林苑遭受严重破坏。

听一位专家说,在西安的秦岭野生动物园,依稀可见上林苑的影子。

秦岭野生动物园,是一个集野生动物保护、科普教育、旅游观光、休闲度假等功能于一体的综合性园林。这里不但有亭台楼阁,还有种类齐全的动物,其动物种群的数量居西北之冠。

我们来到这里,一边欣赏美景,一边想象着古时的上林苑。眼前的建筑虽不是唐代原物,但这里的土地属于上林苑地盘。

窥一斑而知全豹,是有一定道理的。

金陵五题·石头城

刘禹锡

山围故国周遭在，
潮打空城寂寞回。
淮水东边旧时月，
夜深还过女墙来。

　　唐敬宗宝历初年（825—826），刘禹锡由安徽省和州刺史任上返回洛阳，途经南京，见昔日繁华胜地，已变得满目荒凉，感慨万分，于是写下了这一组咏怀古迹的诗篇，总名《金陵五题》。在本诗中，诗人信手拈来山、城、水、月等常见意象，探究了城与人之间的奥秘。

　　石头城位于南京的清凉山，沿秦淮河旁边的石头城路过去，可以看到依山而建的石头城，现在称石头城公园。

　　原来，石头城的城基就坐落在自然山岩上，崖壁高耸，地势险峻。不过，现在这里已成为供人们游玩的风景区，有人在城墙下漫步，有人在秦淮河里划船。因常年风吹雨打，北部崖壁上被大自然刻画出一块凸起的"鬼脸"，其耳目口鼻有模有样，所

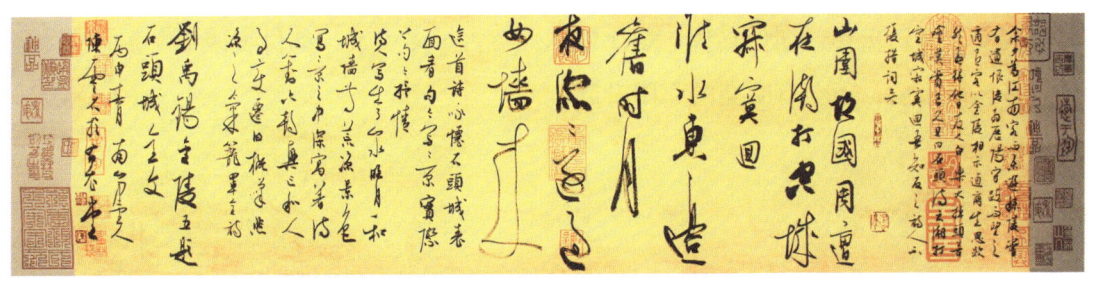

书法作者陈云石，中国书法家协会会员，江苏省镇江市人。

石头城

石头城上烽火台

以石头城又叫鬼脸城。

相传，东汉末年，诸葛亮在赤壁之战前夕出使东吴，与孙权共商破曹大计。在经过秣陵（南京）时，他顺便观察了一下这里的山川形势。他看到以钟山为首的群山，像苍龙盘踞于东南，而以石头山为终点的西部诸山，又像猛虎雄踞大江之滨，于是发出了"钟阜龙盘，石头虎踞，真乃帝王之宅"的赞叹，并向孙权建议迁都秣陵。赤壁之战后，孙权真的迁都秣陵，将秣陵改称建业，并在清凉山上修建了著名的石头城。当时长江就从石头城下流过，孙吴将这里作为主要水军基地。城西最高处有烽火台，据说一旦发现敌情，烽火台燃起的烽火，很快就可传遍长江沿线。

登上石头城，沿着逶迤的城墙向前，发现有新建的烽火台。站在烽火台上，俯瞰石头城公园和秦淮河，远眺南京城，一派繁荣兴旺的景象。

想当年，孙权站在石头城上，定是威风八面吧？而今石头城依然，但其旧日繁华已无，只有那当年的秦淮明月仍旧升起。

其实，斗转星移，朝代兴替，规律使然，"古今多少事，都付笑谈中"。

月亮落下后，还会有明亮的太阳升起。

再游玄都观

刘禹锡

百亩庭中半是苔,
桃花净尽菜花开。
种桃道士归何处,
前度刘郎今又来。

梅竹图

刘禹锡写过两首游玄都观的诗,都很有名,都很有故事。这里选的是第二首。

第一首是《元和十年自朗州承召至京戏赠看花诸君子》:"紫陌红尘拂面来,无人不道看花回。玄都观里桃千树,尽是刘郎去后栽。"

它的起因是这样的:刘禹锡参加王叔文政治革新失败后,被贬为连州刺史,半途又被贬为朗州司马。十年后,朝廷有人想起用他,以及与他同时被贬的柳宗元等人,于是把他从朗州召回长安。在长安,他游览了玄都观,写下第一首游玄都观的诗。

从表面上看,此诗前两句是写看花的盛况,它不写桃花的美丽,而写

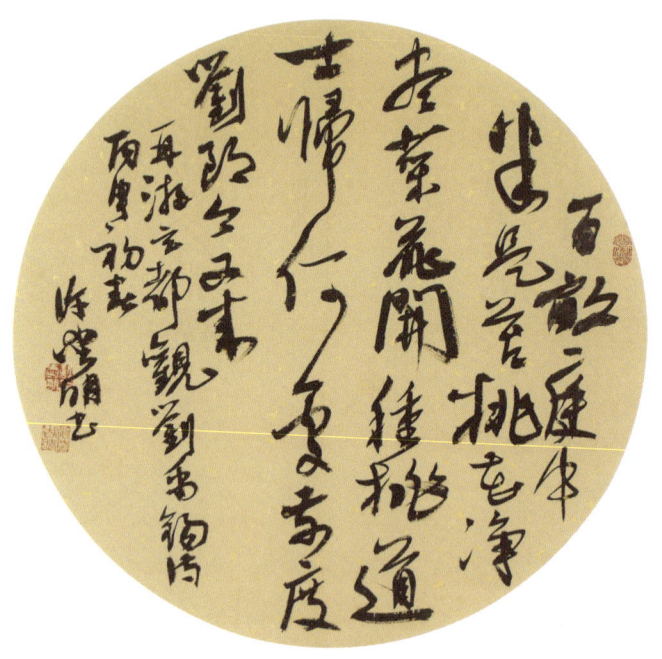

书法作者许爱明，中国书法家协会会员，扬州市书法家协会理事，宝应县书法家协会副主席兼秘书长。

看花人为花所动，巧妙又简练。后两句由物及人，联系到自己的境遇，玄都观里这些桃树，自己十年前在长安的时候，根本还没有呢。从诗中隐含的意思来看，千树桃花，是指十年以来由于投机取巧而在政治上愈来愈得意的新贵，而看花的人则是那些趋炎附势、攀附权贵的小人。

此诗一出，刘禹锡的政敌们感到难受，立即对诗人及其好友实施打击报复。不久，他与好友柳宗元又被贬

西安崇业路附近的马路

出长安。这一贬，柳宗元魂断广西柳州，而他则在外漂泊了十四年之后才重回长安。

回来后，他再游玄都观，写了这首诗。

在他离开长安的这十四年中，皇帝由宪宗、穆宗、敬宗而文宗，人事变动很大，政治斗争仍在继续。和前一首诗一样，从表面上看，它只是写玄都观中桃花之盛衰存亡，百亩庭中一半长满了青苔，当年灿然的桃花变成了菜花，连种桃的道士也不知所终。也就是说，在这二十多年里，那些新贵有的去世，有的失势，而我这个被排挤的，上次因看花题诗被贬的刘郎，现在又回来了。

玄都观始建于后周时期的长安故城，名为通道观。隋文帝时改名为玄都观，迁建于大兴城崇业坊内，隔朱雀大街与兴善寺相对，成为一座壮观的皇家道观，并以满园桃花而闻名。

唐代长安城的崇业坊，就在西安朱雀南大街西侧的崇业路一带，现在已完全找不到玄都观的影子了。

双脚踏在崇业路上，街的两边有高楼住宅，有各种营业厅，街上是川流不息的车辆和人群。

难道这里就是曾经桃花满园的玄都观，刘禹锡多次游览并留下名诗的玄都观？

呵，岁月可以改变一切。

乌衣巷

刘禹锡

朱雀桥边野草花,
乌衣巷口夕阳斜。
旧时王谢堂前燕,
飞入寻常百姓家。

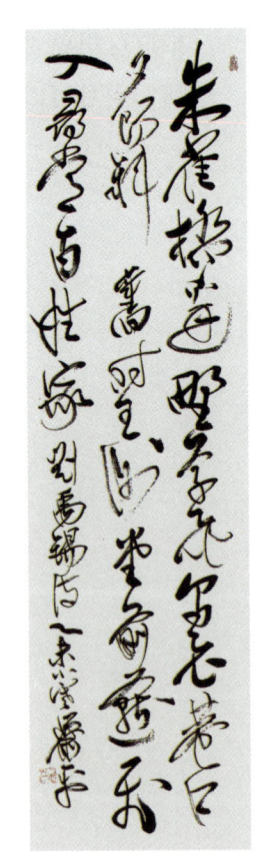

乌衣巷位于南京夫子庙南,在秦淮河文德桥南岸,三国时期是吴国戍守石头城的部队营房所在地,由于当时军人身着黑色军服,所以此地俗称乌衣巷。

现在走进乌衣巷,只见两旁的建筑一律漆成白色的墙壁,配以古色古香的青瓦屋顶,颇有古巷的味道。进了巷口一转弯,白墙上"王谢古居"四个大字很是醒目。无疑,这就是那传说中的王谢堂府了。

走进王谢古居,里面分为来燕堂、听筝堂和鉴晋楼。不难理解,"来燕"取自当年谢安以燕传信的故事,"听筝堂"是当年晋孝武帝临幸谢宅听谢安弹古筝之地。"鉴晋"则有"以史为鉴可以知兴替"的意思。

展室里面有东晋的雕刻展,东晋市民生活起居室,淝水之战的壁画,《竹林七贤图》和顾恺之《洛神赋图》的复制图,

书法作者萧平,中国书法家协会会员,中国美术家协会会员,文化部文化艺术品鉴定委员会委员,江苏省国画院国家一级美术师。

乌衣巷入口处

王导谢安纪念馆

以及仿兰亭"曲水流觞"的汉白玉九曲小池等。

王导,东晋王朝建立过程中举足轻重的大臣。西晋末年,爆发八王之乱,王导审时度势,认为能振兴晋室的唯有司马睿,遂倾心拥戴,为之谋划,协助司马睿建立了偏安江左的东晋政权。他历任晋元、明、成三帝的宰辅,保持了东晋的安定局面。这位东晋开国元勋的官邸就在乌衣巷。

其次是谢安,一位中国历史上颇具传奇色彩的人物。曾隐居东山,直到四十多岁才赴任丞相,创造了"东山再起"这一成语。太元八年(383)指挥了著名的以少胜多的淝水之战,奠定了南朝三百年的安定局面。他的官邸也在乌衣巷。

《乌衣巷》是刘禹锡组诗《金陵五题》中的一篇,这一首诗,描写朱雀桥、乌衣巷由繁荣昌盛到残破荒凉,感慨沧海桑田,人生多变。

朱雀桥为东晋时期建在内秦淮河上的一座浮桥,桥上装饰着两只铜雀的重楼,为谢安所建,其遗址现在已难寻觅。今在南京中华门一带新建的朱雀桥,已无昔日风采。

走出王谢古居,踏上乌衣巷的青石小街,在巷口处的一块石碑上,刻着毛泽东手书的这首诗。

朱雀桥

◎ 乌衣巷　刘禹锡

唐诗诞生的地方

白云泉

白居易

天平山上白云泉,
云自无心水自闲。
何必奔冲山下去,
更添波浪向人间。

天平山位于苏州市西郊,因山中怪石林立,高耸入云,故又称白云山。

从景区大门走进去不远,山脚下有几个池塘,不少游客在带孩子玩脚踏船和手划船,孩子们的嬉笑声与林中鸟鸣交织在一起。

走过山脚的"先忧后乐"牌坊,是范文正公祠、范仲淹纪念馆等建筑。仪门上悬"第一流人物"匾,进门有方池,过小桥至忠烈庙大殿,殿内有范仲淹彩塑坐像。

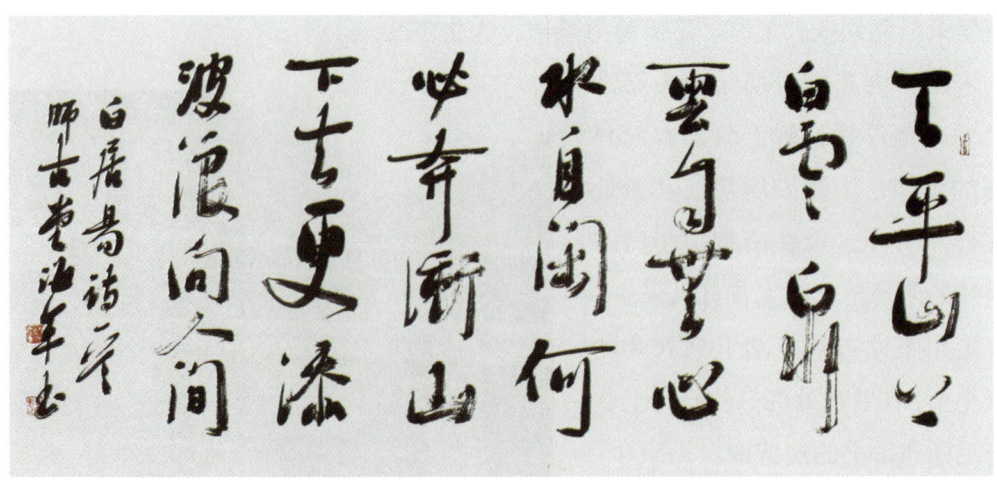

书法作者黄海军,中国书法家协会会员,安徽省美术家协会会员,太和县书法家协会理事。

天平山

白云山东麓有范仲淹父亲、祖父和曾祖的墓园。自宋及清的几百年间，范仲淹的后代在此营造了规模宏大的墓园，四周古树参天，亭台楼阁俱全。

穿过御碑亭周围的大片枫树林拾级而上，便到达著名的白云泉。泉水旁边的石壁上，刻有白居易手书的"白云泉"三字。白云泉从峭壁的缝隙中潺潺流出，注入池内，终年不断。泉水清冽甘甜，有的游客双手掬水而饮，连说"好水！好水！"

白居易诗中吟诵的就是这处白云泉。

白居易本来是很有济世的抱负和斗争锐气的，可是后来因贬任江州司马，对他的打击巨大，慢慢地，他变得有些消极。十年后，白居易任苏州刺史，其间政务繁忙，觉得很不自由，渴望早日抽身官场。

某一天，他来到天平山，站在这白云泉边，面对闲适的白云泉水，对照自己"心为形役"的现状，不禁产生羡慕的心情，一种清静无为、随遇而安、出世归隐的思想油然而生，于是写下了这首诗。

天平山有三绝——怪石、清泉、红枫。山上奇石危耸向上，好似古代大臣上朝手持的朝笏，故称此景观为"万笏朝天"。诗中的清泉就是眼前的白云泉，唐代茶圣陆羽赞誉它为"吴中第一水"。红枫为范仲淹第十七世孙范允临从福建移来，迄今已有四百多年历史。近年来，天平山风景管理处又栽种了两千多棵"接班枫"，与古枫林

唐诗诞生的地方

◎ 白云泉　白居易

白云泉。许燕摄。

连成一片。深秋时节,这里碧云红叶交相辉映,景色壮美。

天平山的奇石很多,再往上行,就可以看到一线天、飞来石等各种奇特构造,沿着乱石组成的登山路,可以一直爬到山顶。那时,站在山顶的望湖台俯瞰苏州城,高楼与天平山一般高了。

站在山顶,迎着凉爽的山风,琢磨白居易诗句的含义:受到打击后,他消极厌世,劝泉水不要奔流下山,以免给人间增添"波涛"。

但是,泉水的梦想,就是要奔流入海。

别听白居易的。

钱塘湖春行

白居易

孤山寺北贾亭西,
水面初平云脚低。
几处早莺争暖树,
谁家新燕啄春泥。
乱花渐欲迷人眼,
浅草才能没马蹄。
最爱湖东行不足,
绿杨阴里白沙堤。

钱塘湖写意图

这首诗是白居易任杭州刺史时所作。它就像一篇短小精悍的游记,从孤山、贾亭开始,到湖东、白堤止,一路完全畅游在那湖青山绿、美如天堂的景色中,写出了早春美景给游人带来的喜悦之情。

钱塘湖即今杭州西湖,孤山位于西湖的里湖与外湖之间,是西湖中最大的岛。它东接白堤,西连西泠桥,形如牛卧水中,浮在碧波萦绕的西子湖中,山间花木繁茂,亭台楼阁错落有致,是一座融自然美和艺术美为一体的立体园林,孤山景色早在唐宋时期已闻名遐迩。

诗中的孤山寺,唐代是有的,南宋建西太乙宫、四圣延祥观,清代曾在此建行宫，康熙、乾隆南巡都在这里住过。雍正三年（1727）改为圣因寺，与灵隐、昭庆、净慈三寺合称西湖四大丛林。

现在小岛上的孤山，是一座风景如画的山，也是一座文化堆积起来的山。放鹤亭、林和靖墓、西泠印社，玛瑙坡、一眼泉水、文澜阁、中山公园、清行宫等等，都拥挤在这里。

林和靖以咏梅诗词闻名于世，他隐居孤山躬耕农桑并大量植梅，写出了不少咏梅佳句，其中"疏影横斜水清浅，暗香浮动月黄昏"，被人誉为咏梅第一佳句。

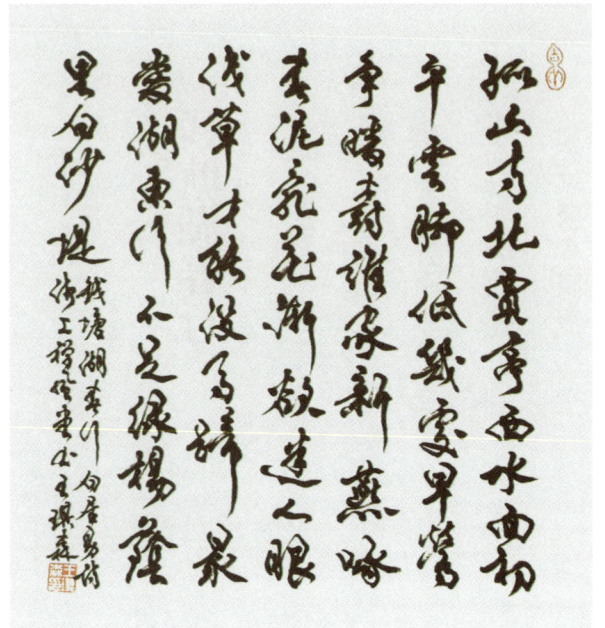

书法作者王琪森，中国书法家协会会员，中国作家协会会员，上海美术家协会会员。

公园石壁上镌有"孤山"两个朱红大字，笔力遒劲，为宋人所书，游客经过这里都会在这两个大字前留影。

西湖泛舟

从这里登上山去，一路可见亭榭楼台，掩映在绿树丛中。

下山后向东行，就踏上了白堤。

白堤横亘湖上，把西湖分为外湖和里湖，并将孤山和北山连接在一起。唐代白堤正如白居易诗中所说叫白沙堤，有人误认为白堤是白居易所修，其实不是。白居易任杭州刺史时，曾在旧日钱塘门外的石涵桥附近修筑了一堤称白公堤，但它如今已无迹可寻。

孤山

白堤上过去铺的是白沙，现在变成了柏油，很平整，宽阔而敞亮。靠湖的柏油路边密植垂柳，柳枝在风中婆娑起舞。白堤上还有几个小码头，可以自己划船，也可以乘坐有船夫的小船去西湖里游玩。

这里游人如织，人人都在画中。

白堤的东端是著名的断桥，白蛇传的故事就发生在这里。断桥残雪是西湖上著名的景色，每当瑞雪初霁，站在远处眺望，石桥若隐若现，似断非断，别有一番风韵。

站在断桥上，回望白堤、孤山，它们漂浮在西湖碧波之上，如梦如幻，让人流连忘返，正是"最爱湖东行不足，绿杨阴里白沙堤"啊！

断桥

大林寺桃花

白居易

人间四月芳菲尽，
山寺桃花始盛开。
长恨春归无觅处，
不知转入此中来。

这是白居易于元和十二年（817）初夏游庐山大林寺时即兴吟成的一首七绝。此时山下的花卉已经凋谢，但他在山寺中意外看到了一片刚刚盛开的桃花。诗中写出了作者的惊喜，是唐人绝句中的珍品。

关于此诗的写作，《白居易集》中的《游大林寺序》记录详细：

白居易同河南府元集虚等好友一道，从庐山下的遗爱草堂出发，经过庐山西北麓的东林寺和西林寺，来到上化城寺，在讲经台峰顶休息后，登上香炉峰，投宿大林寺。那时的大林寺十分偏僻，人迹罕至。寺的周围溪水清澈，岩石灰黑，青松矮短，

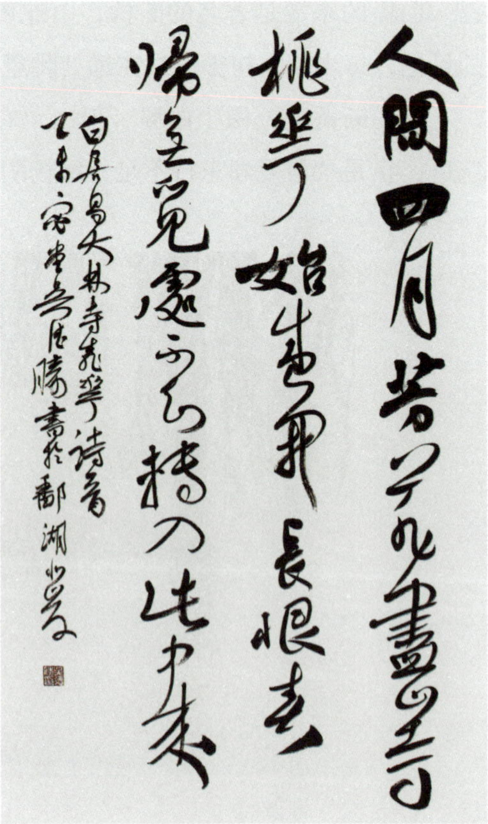

书法作者吴德胜，中国书法家协会会员，江西省书法家协会理事，九江市书法家协会副主席。

20 世纪 20 年代的大林寺

翠竹修长，寺里只有木制的房屋和器具。这时候山下正是初夏，这里却好像是初春二月，山里的桃花刚刚开放，山涧绿草才抽出新芽。人情风俗、物产节气，都与平原地带大为不同，刚来时，仿佛进入另一个世界，因此即兴吟出这首绝句。

从牯岭大林路向前，走不远便到如琴湖，湖南岸就是白居易咏诗的花径公园。从现在尚存的花径推测，大林寺当年规模较大。不过，随着星移斗转，这里曾被多次毁建。

1922 年的重建，恢复了大林寺的一些旧观。1923 年，太虚法师在大林寺主持召开有中国、日本、英国、法国、德国、芬兰等国佛教代表参加的世界佛教徒首次会议，揭开了中国近代佛教史的重要一页。

到 1961 年，因开挖如琴湖，大林寺被淹没湖中。

如琴湖

花径

如琴湖形如提琴,湖光山色,风景如画,岸边有曲桥一直通往湖心岛。湖边的花径是一个山中公园,园门有楹联:"花开山寺,咏留诗人",门上有"花径"两字。走进公园,里面曲径通幽,繁花似锦。1988年,人们在花径公园建"白居易草堂陈列室",它完全按照白居易《庐山草堂记》所载"五架三间草堂,石阶挂柱竹编墙"的建筑形式复建,坐北朝南,木结构,草顶,再现了竹篱茅舍风貌。1996年,著名雕塑家王克庆制作的白居易石像安放于此。

草堂旁有花径亭,亭中一横石刻"花径"二字,传说系白居易手书,于1929年由湖北汉阳人李风高游大林寺时发现。后来,他向庐山上的社会贤达、名流募捐,在此建造了景白亭、花径亭,并补种了五百多棵桃树,再现了昔日桃花胜景。现在到这里参观的游人很多,尤其是阴历四月桃花盛开的季节。

同样是桃花,开在不同的地方,它的效应竟然完全不同。

花径内景

题都城南庄

崔护

去年今日此门中,
人面桃花相映红。
人面不知何处去,
桃花依旧笑春风。

"桃花依旧笑春风"写意

关于此诗,民间流传着一个动人故事。故事出自唐朝孟棨的《本事诗·情感》。

故事说的是,河北博野县有一位叫崔护的人,长得一表人才又颇有才华,贞元十二年(796)进士及第。一个桃花盛开的春天,他一个人去都城南门外郊游,不知不觉来到一处庄园,园内花木丛生,静若无人。崔护上前叩门,有位年轻姑娘开门,问道:"谁呀?"崔护告诉了自己的姓名,又说:"我一人出城春游,酒后干渴,特来求水喝。"姑娘让他进到院里,找一个木凳请他坐下,进屋端了一杯水来。这姑娘面容姣好,风姿绰约。崔护一边喝水,一边跟她搭讪，姑娘只是报以微笑，默默不语。喝完水，崔护找不到久留的借口，只得起身告辞。姑娘将他送到门口，含情脉脉，似有不舍，崔护也一步一回头，悻悻然离去。

到了第二年春天，崔护思念那位女子，又奔城南而去。到那里一看，门庭一如既往，但是大门已锁。崔护非常失望，便在一扇门上题诗道："去年今日此门中，人面桃花相映红。人面不知何处去，桃花依旧笑春风。"回去后，崔护心里还是放不下那位女子，过了几天，他忍不住又来到城南。走到门外，听到里面有哭声，他用力叩门，有位老人走出来，原来老人是那位姑娘的父亲，一搭话方知，自去年姑娘见到崔护以后，神情恍惚，若有所失。那天父亲陪她出去散心，回家时，见门上有题诗，读完后，姑娘便病倒了，一连数日水米不进，于今日去世。崔护十分悲痛，请求进屋探视。进屋后，见姑娘安然地躺在床上，

书法作者李小明，中国书法家协会会员，陕西省书法家协会副秘书长兼教育委员会主任，陕西省青年书法家协会副主席。

都城南庄

崔护抬起她的头，让其枕着自己的腿，对姑娘哭道："我来了，我来了……"不一会儿，姑娘竟然醒了过来。后来，这姑娘就嫁给了崔护。

这个故事曲折动人，很有一些传奇色彩，欧阳予倩先生曾就此写了一出京剧《人面桃花》。

这个故事的发生地，就在今西安市长安区樊川桃溪堡村。这里风景秀丽，盛产甜桃。特别是阳春三月，落英缤纷，村旁的小溪被桃花覆盖，只见桃花不见水，故谓之桃溪。隋、唐、明、清数朝，这里是文人墨客、达官贵人赏春游览的好去处。至今，春暖花开季节，前来踏春赏春者依然络绎不绝。

桃溪堡这个普通的村子，已经和历史上著名的爱情故事紧密联系在一起。二十世纪九十年代，人们在桃溪堡南面修建了一个占地数十亩的桃花园。桃花园里面依照"题都城南庄"的意境，修筑了茅庵草舍和桃花姑娘的坟冢，如今，这里小桥流水，桃李掩映，景色别致。台湾一电影公司选中此地，在这里完成了《桃花姑娘》《人面桃花》《王宝钏》等一度风靡华人世界的电影作品。

又是二十多年过去，我们来到这里，此时杂草已经遮蔽了小径，有些荒芜，但茅庵草舍仍在。它们用无声的语言，向我们讲述着那段感人至深的爱情往事。

江雪

柳宗元

千山鸟飞绝，万径人踪灭。
孤舟蓑笠翁，独钓寒江雪。

唐永贞元年（805），柳宗元参加了王叔文为首的政治革新运动。由于保守势力与宦官的联合反攻，革新失败，王叔文被处死，柳宗元被贬为邵州刺史。当他匆匆行至荆南时，接到再贬永州司马的昭令，并被告知"纵逢恩赦，不在量移之限"。这就等于宣判他与王叔文一样，是政治上的罪人，断绝了他重返京城的希望。经过三个多月的长途跋涉，行程三千余里，柳宗元年底才到达永州。随行的，还有他近七十岁的老母亲、五岁的女儿，以及堂弟柳宗直，表弟卢遵等。

当时的永州属"南荒"之地，他名为司马，实际上是毫无实权并受地方官员监视的"罪犯"。官署里没有他的住处，不得不在一座寺庙里安身。

柳宗元自从被贬永州之后，身心受到严重摧残，加上他年近七旬的老母亲到永州半年就染病身亡，其精神更受打击。

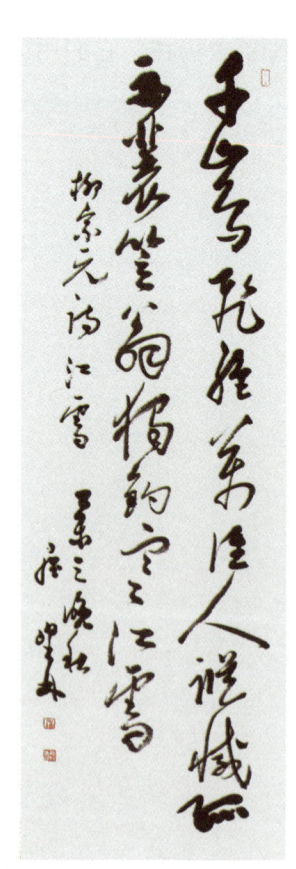

书法作者罗峰林，中国书法家协会会员，湖南省书法家协会理事，永州市书法家协会名誉主席、原主席。

朝阳岩

潇水

唐诗诞生的地方

◎ 江　雪　柳宗元

225

《独钓寒江雪》意境图。[宋]马远绘。

不过,他的坚强意志和桀骜不驯的性格也于此充分显现出来。

柳宗元谪居永州十年,远离了朝廷和政治,使他有更多时间专注研究古往今来有关哲学、政治、历史、文学等方面的问题,并著书立说。《封建论》《非〈国语〉》《天对》《六逆论》《捕蛇者说》等著作,大多是在永州期间完成的。同时,永州山水美景又催生了他大量脍炙人口的山水游记,典范之作为《永州八记》。

也是在这一时期,他的名作《江雪》问世。

他只用了二十个字,就把我们带到一个幽静寒冷的境地。呈现在我们眼前的,是这样一幅图画:在下着大雪的江面上,一叶小舟,一位老渔翁,独自在寒冷的江心垂钓。渔翁的生活是如此清高,性格是如此孤傲。其实,这正是柳宗元自身的真实写照。

诗中所描绘的寒江,就是穿过永州城的潇水。

现在的潇水仍然静静流淌着,水面上不时有船儿驶过。潇水两岸都有公路,一派车水马龙的繁忙景象。

潇水西岸有临水岩石峭壁,岩洞幽深,每当旭日东升,红霞映照亭阁,雾霭笼罩苍林,风光旖旎,所以人称朝阳岩。柳宗元谪居永州后,常到此游览,并著有《朝阳岩遂登西亭二十韵》。有人认为,《江雪》就诞生于此。

站在朝阳岩上,目送悠悠北上的潇水,抚今追昔,不胜感慨。柳宗元的一生,历尽磨难,但他恰似那"孤舟蓑笠翁",钓出一个名耀千古的"唐宋八大家"。

是金子,放在哪里都发光。

渔翁

柳宗元

渔翁夜傍西岩宿,
晓汲清湘燃楚竹。
烟消日出不见人,
欸乃一声山水绿。
回看天际下中流,
岩上无心云相逐。

柳宗元因参与永贞革新而被贬永州,承受着政治上的沉重打击,寄情于异乡山水,作了著名的《永州八记》,并写下了许多吟咏永州山水的诗篇,《渔翁》就是其中代表作之一。全诗就像一幅飘逸的风情画,充满了色彩和动感。其中"烟销日出不见人,欸乃一声山水绿"两句尤为人称道。

诗中所说西岩,就是现在的永州西山。西山处于潇水西岸,那时这里还是深山密林,柳宗元住在东岸,闲时常到这里游览。西山有一条清清的河流,人称愚溪,流入潇水,经常有老翁夜宿西山,白天再去潇水捕鱼。

现在的愚溪两岸,仍然住着许多人家。岸边

书法作者唐朝晖,中国书法家协会会员,湖南省书法家协会理事,永州市书法家协会主席。

永州西山

的那条老街叫柳子街,街面铺着斑驳的石头,两边是保留较好的古式建筑。走在这里,像是回到唐朝。

柳子庙就坐落在柳子街上,它始建于北宋,是永州人民为纪念柳宗元而建。现在我们看到的柳子庙,是清朝光绪三年(1877)重建的。它背靠青山,面对愚溪,庙门上镌有"柳子庙"三字石刻。进入大门,可见庙为三进三开,正殿有柳宗元塑像供人祭祀。

柳子街

柳子庙

愚溪

唐诗诞生的地方

◎ 渔　翁　柳宗元

　　沿着柳子庙前的愚溪逆流而上，这里不但是《渔翁》这首诗所描写的地方，还是柳宗元《永州八记》中《始得西山宴游记》《钴鉧潭记》《钴鉧潭西小丘记》《至小丘西小石潭记》诞生的地方。

　　西小丘现在已难寻踪迹，这里变成了村庄。沿河边弯曲的小路，穿过一丛丛修竹，可以看到钴鉧潭就在河边，它并无奇特之处，就像我们平时看到的家乡小河边的一个水湾。但，因了柳宗元的文章，它被天下人所熟知。

　　前面就是小石潭，当年柳宗元到这里时，隔着篁竹，听见了流水的声音，像鸣响的佩环一样，觉得好开心，这是诗人被贬官之后，难得的一点快乐。他孤身坐在小石潭边，四周竹枝坏绕，感觉寒气袭来，于是写下《至小丘西小石潭记》就离开了。

　　其实，诗人感觉到的寒气来自于他的孤独，来自于他的内心。

　　愚溪的水还在不停地奔流着，水很清，在这里看不到渔翁。愚溪岸边，一定留下了柳宗元数不清的脚印。当年，他来这里不知有多少次，他待在这里不知有多少天，他苦闷的心情无法排遣，只好倾注于笔端，诉诸文字。

　　有什么样的心情，感受到的就是什么样的景致。

　　所谓"境由心生"是也！

过衡山见新花开却寄弟

柳宗元

故国名园久别离,
今朝楚树发南枝。
晴天归路好相逐,
正是峰前回雁时。

柳宗元和好友刘禹锡参与王叔文等人发动的永贞革新运动失败后,王叔文等领袖人物被杀,柳宗元、刘禹锡双双被贬:柳宗元被贬为永州司马,弟弟柳宗直也随柳宗元贬官永州。柳宗元在永州谪居十年之久,期间曾三次往返于永州、长安之间,途中

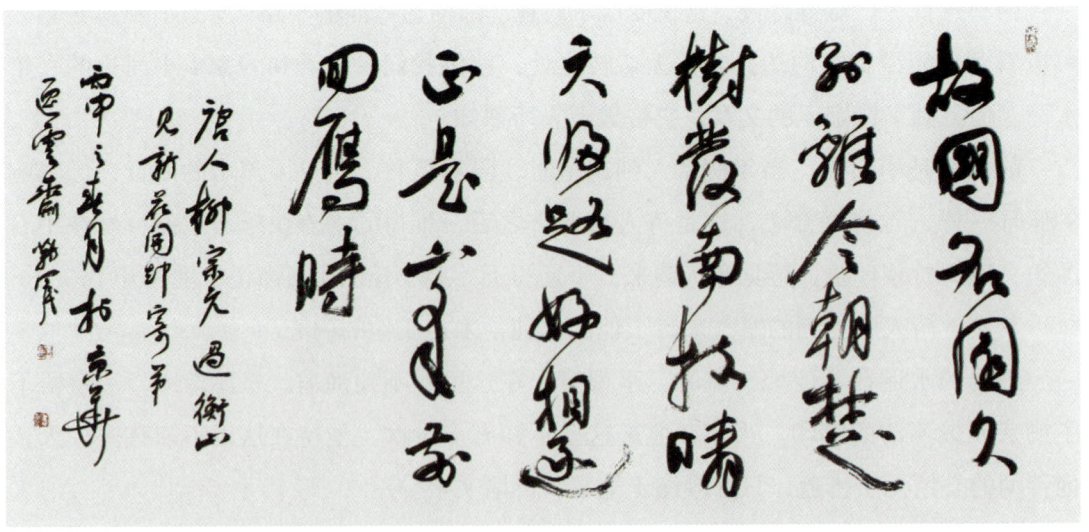

书法作者靳军民,中国书法家协会会员,中国楹联学会常务理事,中国诗书画研究会副秘书长,解放军总参书法创作院副院长。

南岳衡山　刘建平摄

◎ 过衡山见新花开却寄弟　柳宗元

都经过衡山，留下了许多与衡山有关的诗文。这首诗是诗人路过衡山，写给弟弟柳宗直的，内容是催促其启程返乡。

十载谪居，终于等到了返回京城的这一天。虽然还不知道将有何新的任命，但总算有了转机，因此他愉悦的心情跃然纸上。

这一次，柳宗元、刘禹锡同时奉命返回长安，二人心情都很激动，以为这一次会得到重用，可以一展宏图了。可是，他们在长安看到的，仍然是保守势力把持朝政，没有革新的动向，心里不禁怅然。

果然，没过几天，柳宗元和刘禹锡便再次被贬。这一次，柳宗元被贬为柳州刺史，刘禹锡被贬为播州刺史。

播州即现在贵州遵义一带，古时还被称为夜郎，属于蛮荒之地。当时，刘禹锡的母亲已八十多岁，要跟刘禹锡到这样荒凉偏僻的地方，实在是很不方便。

为了减轻刘禹锡的困难，柳宗元提出愿意与刘禹锡对换任职地点，自己到播州，让刘禹锡去柳州。柳宗元正准备上奏，恰好御史中丞裴度得知此事，便向宪宗说明情况，改任刘禹锡为连州刺史。

刘禹锡带着母亲与柳宗元一起上路，走到衡州时，二人结伴游了衡山，饱览了衡山的秀美风光，并与南岳衡山的僧人结下了深厚的友谊。

衡山，是我国五岳之一，位于湖南省衡阳市南岳区，因其处于中原大地的南方，

祝融峰　刘建平摄

祝融殿　刘建平摄

故被称为南岳。

衡山位于长江以南，气候条件有别于其他四岳，这里处处是茂林修竹，终年青翠；既有高大古木，又有奇花异草，自然景色秀丽，享有"南岳独秀"的美称。

史书记载，远古大舜南巡衡山，对衡山的美景大为赞赏。另外，在中原大地发生水灾时，大禹为了治水，曾专程到衡山寻找金简天书，得到治水之方，终于治服了洪水。东汉末年，张道陵把道教带入衡山，使衡山成为最早传播道教文化的圣地之一。

衡山绵延数百公里，有七十二峰，其中以祝融峰、天柱峰、芙蓉峰、紫盖峰、石廪峰最为著名。祝融峰是衡山主峰，历来被比做鸟首，其他各峰紧相依偎，又错落有致，恰似鸟的身躯，形成一个"唯有南岳独如飞"的形态。

可惜柳宗元与刘禹锡的衡山一别竟成永别。五年后，刘禹锡年近九十岁的老母亲去世，按当时的风俗，刘禹锡要亲自护送母亲灵柩到原籍洛阳安葬。行至衡山脚下，突然听到柳宗元在广西柳州去世的噩耗，刘禹锡受不了如此打击，顿觉天旋地转，精神几乎崩溃。他遥望衡山，回想当年同柳宗元游衡山时的一幕幕，心痛欲裂……

柳宗元虽然再也不能回到衡山，但他为衡山撰写的《南岳弥陀和尚（即承远）碑》《南岳大明和尚（即惠开）碑》《衡山中院大律师塔铭》等至今仍在。

题李凝幽居

贾 岛

闲居少邻并,草径入荒园。
鸟宿池边树,僧敲月下门。
过桥分野色,移石动云根。
暂去还来此,幽期不负言。

  这是一首描写诗人访友未遇的小诗。一天,贾岛去长安城郊外,拜访一个叫李凝的朋友,他来到李凝居所时,已经天黑。这时,月光皎洁,四周一片寂静。不巧的是,这天李凝不在家,敲门无人应答,只是敲门声惊起了树上的小鸟。贾岛有感而发,创作了这首诗。

  关于这首诗,还流传着一个小故事:他原来在诗中写的是"僧推月下门",后来又想用"敲"字来替换"推"字,反复思考没有定下来,就骑在驴背上一边赶路,一边思考,甚至还伸出手来做着推和敲的动作。当时韩愈任京城的地方长官,他正带着车马出巡,贾岛不知不觉,就来到了韩愈眼前。韩愈十分生气,贾岛慌忙向韩愈赔礼,

书法作者高雍君,中国书法家协会会员,陕西省书法家协会教育委员会委员,西安市书法家协会副秘书长。

并将自己因斟酌"推""敲"二字，专心思考而不及回避的情形讲了一遍。韩愈听后，不但没有责备他，反而也帮他思考，一会儿对贾岛说："我看还是用'敲'好，即使是在夜深人静时，拜访友人还敲门，表示你是一个有礼貌的人。而且一个'敲'字，使夜静更深之时，多了几分声响。再说，'敲'字读起来也响亮些。"于是，贾岛把

西安城南樊川，《题李凝幽居》诗诞生的地方。

诗句定为"僧敲月下门"。从此，他和韩愈成了朋友。这就是"推敲"典故的由来。

贾岛是个半俗半僧的诗人，他在文场失意后，先是去当了和尚，法号无本。因是带着一肚子牢骚出家，所以虽身在佛门，却未能忘却尘世的烦恼。他在洛阳为僧时，当地规定僧人在午后不得出寺，他便觉得受到束缚，不能忍受，叹道："不如牛与羊，犹得日暮归。"

与韩愈相识后，在韩愈的劝说下，他还俗并参加科举考试，但屡试不第，生活得很不顺利。

贾岛素以苦吟著称，"二句三年得，一吟双泪流"就是他苦吟的写照。

当然，他也因苦吟多次发生"事故"。除了与韩愈"撞车"外，还有一次，也是骑驴走在长安街上，当时秋风萧瑟，黄叶飘零，便信口吟出"落叶满长安"之句。苦思上句，终于吟出"秋风生渭水"作对，喜不自禁，结果没注意行人，撞上"长安市长"的车队。但这次，他没有像撞见韩愈那次幸运，结果被拘留一夜。

还有一次，贾岛约一位诗友到当年居住过的青龙寺游玩，但诗友没来，他便把随身携带的诗稿拿出来，一边欣赏，一边修改，因有些困乏，便和衣卧在石凳上，很快就睡眼蒙眬了。一会儿醒来，贾岛发现一个陌生人从他的袖子下抽走了诗稿在看，便"呼"地站起来，从那人手里一把拽过诗稿，说道："看你穿得这样鲜亮，长得肥头大耳，就不是一块懂诗的料！"那人没说什么，冷冷地看了贾岛一眼，转身走了。

谁也想不到，这被贾岛讥嘲的陌生人，就是微服出行的宣宗皇帝李忱。有人说，贾岛后来被贬谪外地担任主簿一职，跟这事儿有着绝大的关系。

李凝故居现在已无法考证，根据权威人士分析，大致地点应在现在的西安城区南部樊川一带，唐代这里是文人雅士们聚居的地方。现在这里是城乡接壤部，有田野，有民居。村路边、田埂旁，说不定就是当年李凝的居所所在地。

题金陵渡

张祜

金陵津渡小山楼,
一宿行人自可愁。
潮落夜江斜月里,
两三星火是瓜州。

诗人当年漫游江南时,有一次夜宿金陵渡,看到江对崖瓜州的零星灯火,与斜月、夜江明暗映衬,融为一体,勾起了他的旅愁,便在渡口一座小楼的墙壁上写下了这首小诗。诗的语言朴素自然,把美妙如画的江上夜景描写得宁静凄迷,淡雅清新。

诗中所说金陵渡不是现在的南京,而是现在江苏省镇江市西津渡。西津渡,三国时叫"蒜山渡",唐代曾名"金陵渡",宋以后称"西津渡"。

相传,三国时期赤壁大战前,诸葛亮和周瑜就在西津渡旁蒜山顶的亭子里商量对策。他俩约定把对付曹操的策略各自写在自己的手心里,当他们亮开手掌时,掌心里都

《题金陵渡》意境图

写着一个"火"字。于是，历史的长卷里就有了一场著名的以弱胜强的"火烧赤壁"战例。

东晋时，五斗米道首领孙恩起义，率数万兵马在这里与后成为南朝宋开国皇帝的刘裕展开鏖战。南唐时，烈祖李昇从这里发兵渡江平息了广陵之乱。宋代，抗金将领韩世忠在此抵御金兵南侵，差点活捉了金兵统帅金兀术。清顺治十五年（1658），郑成功誓师北伐，大战西津渡，渡江轻取瓜洲。这一切，都证明西津渡在历史上具有重要战略地位。

书法作者贾玉书，中国书法家协会会员，镇江市书法家协会顾问，原镇江市文联、书法家协会主席。

◎ 题金陵渡　张祜

唐诗诞生的地方

在岁月的驱赶下，长江水道已离开西津渡很远了。这里现在有公路、街道，无法与渡口联系到一起。

好在这里有许多历史提示：街道是西津渡古街、小码头街，实物是清代小码头遗址、船夫雕像。

沿着台阶往高处走，有一座亭子叫待渡亭。顾名思义，待渡亭就是古人迎来送往

西津渡古街

待渡亭

或者小憩避雨等待摆渡的场所。唐代李白、孟浩然，宋代王安石、陆游等人，都曾在这里候船渡江，并留下许多动人的诗篇。像王安石的"春风又绿江南岸，明月何时照我还"的著名诗句，就诞生于这里。

史料记载，元代意大利著名旅行家马可·波罗从扬州到镇江，也是在西津渡登岸，从待渡亭前走过。当年康熙皇帝南巡，登上西津渡码头后也曾在这里驻足，乾隆皇帝也曾经在这座待渡亭里停留。

待渡亭旁有一石碑，上面刻着的，就是诗人张祜的《题金陵渡》。许多游人在石碑前吟诵、拍照，有人还踮起脚尖，翘首遥望瓜州，也想看看诗中提到的那"两三星火"。

从待渡亭穿过古老的门洞，前面是一条千年古街，有自唐宋以来的青石街道，有元代建造的过街石塔，有明清时期的楼阁，都是别具风情的古老建筑。青石板路面上那深深的车辙，证明着这千年古渡、千年老街当年的繁华。难怪英籍华人女作家韩素音置身西津渡古街时，也不由发自内心地赞叹："漫步在这条古朴典雅的古街道上，仿佛是在一座天然历史博物馆内散步。"

她的比喻极其形象，就在这条短短的小街上，人们目光可以触及明朝、宋朝、唐朝，直至三国时期的历史遗迹。

原来，在历史中漫步，可以看得很远。

清明

杜牧

清明时节雨纷纷,
路上行人欲断魂。
借问酒家何处有?
牧童遥指杏花村。

杜牧,二十三岁作《阿房宫赋》,二十五岁写下长篇五言古诗《感怀》,二十六岁进士及第。武宗会昌四年(844),由黄州刺史改任池州刺史,这年他四十二岁。

清明节这天,是人们祭祀已故亲人、上坟扫墓的日子。杜牧老家在西安,祖上也在西安,而此时他身处江南,清明时节不能回家扫墓,孤零零一个人在异乡奔波,心

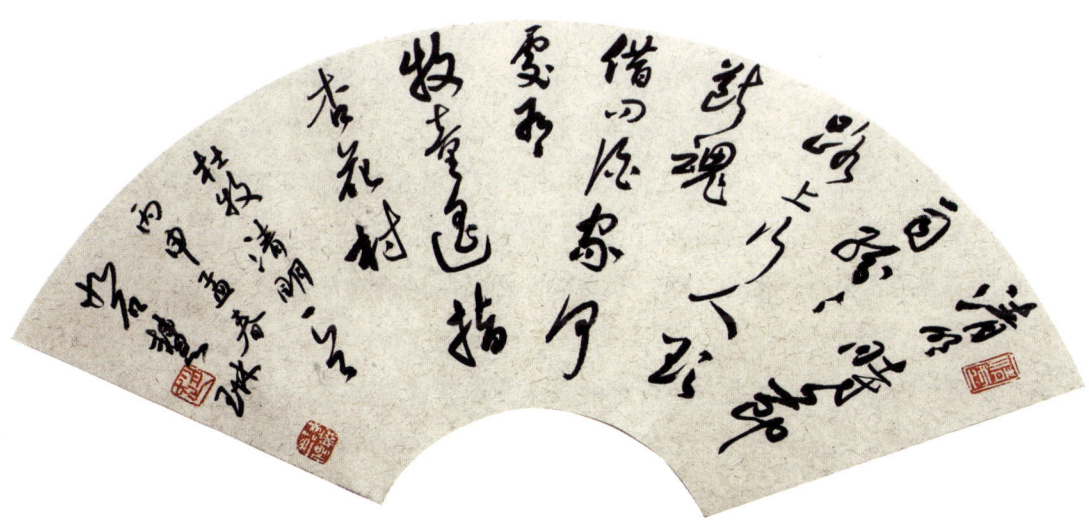

书法作者赵慧林,女,中国书法家协会会员,河北省书法家协会理事、行书委员会委员。

杏花村

里已不好受，尤其还被这软软的春雨淋湿了衣服，心境就更加凄凉和伤感。这首七绝《清明》，就诞生于这种情境之中。

此诗的诞生地点在安徽省池州市城区杏花村。《池州府志》载："杏花村，在池州城西里许，杜牧'借问'句即指此。"

过去，这里只不过是几间"沦为荒烟野草之中"的茅舍酒肆，毫无名气可言，正是杜牧的这首千古绝唱，才使杏花村名垂青史，饮誉天下。

为了再现诗人笔下的杏花村胜景，池州市沿着杜牧足迹，打造了杏花村文化旅游区。

现在来到杏花村文化园，那大门前的一截土墙，那土墙上的"杏花村"三个大字，那问酒驿前的仿古小路，古朴自然，似在散发着杏花村的诱人酒香。

走进园中，一步步深入过去，茅草屋、黄公井院、酿酒坊、杏花酒家、诗画墙、怀杜轩、十里杏花溪、吟诗台……这些古色古香的景点，承载着与诗人有关的故事。

这里有关于杜牧的详细介绍。原来，他在池州任职期间，不光留下了流传千古的诗篇，更为池州百姓做了许多好事，最有名的当属他剿灭江匪山贼和治理水患。

当时池州是一个老大难地区。由于天灾人祸，民不聊生，江匪、山贼四起。杜牧到任，力剿匪贼，他采取三个办法：首先，本府境内一律取消私渡，设立公渡，使匪贼无法借助私人渡船流窜和藏身。其次，取缔私茶，将茶叶收归官商经营，如此既可增加税源，又使匪徒无法销赃。最后，沿江每三十里设一兵站，每站配军士八十人，战船四艘，一半巡江，一半守岸，发现匪贼立即歼灭。他同时上书朝廷，建议扬州、宣州、鄂州、黄州等州县统一行动，让江匪山贼无立锥之地。朝廷完全采纳了杜牧的建议，宰相李德裕严令淮南节度使、宣州和江西观察使，督导所属扬州、宣州、池州、黄州、鄂州沿江州县统一行动，一举歼灭了江匪山贼。

杜牧来池州前，这里大水大淹、小水小淹，冬天无水干涸，百姓苦不堪言。歼灭了江匪山贼后，杜牧又带领大家修筑了工程浩大的平天湖，湖名取自李白"水如一匹练，此地即平天"的佳句。从此，池州百姓告别了肆虐已久的水灾。

平天湖至今仍在，如一位文静少女守护在池城东边。湖中的龟山岛，形状似神龟，面南而拜，世称神龟拜九华。南宋岳飞渡江抗金时，曾练水师于平天湖。

赤壁

杜牧

折戟沉沙铁未销,
自将磨洗认前朝。
东风不与周郎便,
铜雀春深锁二乔。

赤壁,在湖北省赤壁市。三国时期,这里发生了一场著名的赤壁之战。这首诗是诗人经过这个古战场,有感于三国时代的英雄成败而作。

当时曹操率二十万(号称八十万)大军,向长江推进。刘备被曹军大败后,于撤军途中派诸葛亮赴柴桑(今江西省九江市)会见孙权,说服孙权结盟抗曹。孙权命周瑜为主将,程普为副将,率三万精锐水军,联合屯驻樊口的刘备大军,共约五万人溯长江

书法作者刘胜民,中国书法家协会会员,聊城市书法家协会理事,阳谷县青年书法家协会主席。

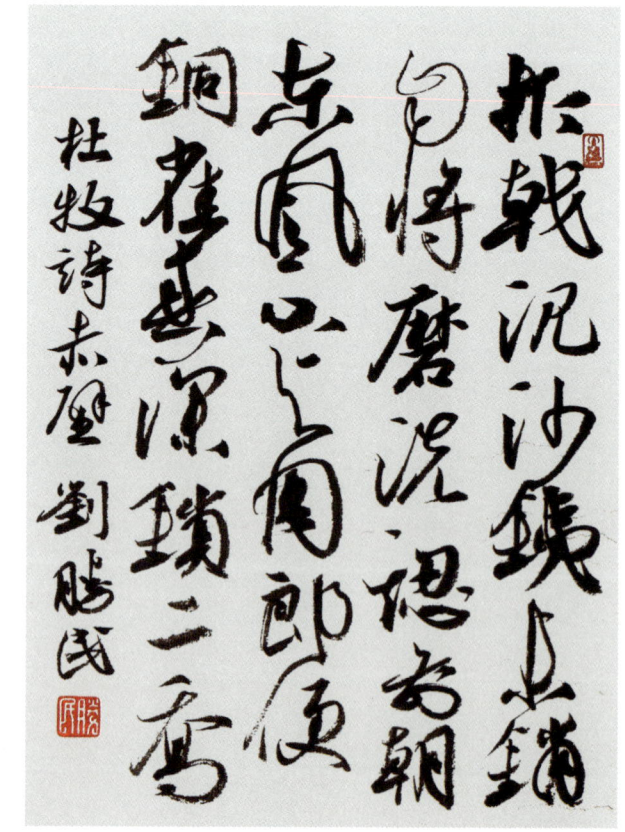

西进，与曹军对峙于赤壁。曹操将战船首尾相连，结为一体，以利演练水军，伺机进攻。周瑜采纳部将黄盖所献火攻计，致使曹军船阵被烧，火势延及岸上营寨，孙刘联军乘势出击，曹军死伤过半，被迫北退。孙刘联军乘胜扩大战果，分占荆州要地。

赤壁之战的失利，使曹操失去了迅速统一全国的可能性，从此形成"三分天下"格局，奠定了三国鼎立的基础。

赤壁

今天走在赤壁的土地上，心情有些激动，因为那些著名历史人物和他们导演的改变历史的大事件，就发生在脚下的土地上。

进入景区，首先看到的便是大都督周瑜的神武台，威武大气。顺着金鸾山上的台阶前行，没走几步，发现丛林里有一建筑，白墙青瓦，是凤雏庵，纪念庞统的所在。庵内有一副对联，对庞统英年早逝无限惋惜，而又高度评价了庞统的才干和历史作用。

走下一个山坡，是一组三国人物雕塑。第一尊是孙权孙仲谋，虽然赤壁前线吴军指挥官不是他，但他却是东吴的最高决策者。这一年他才二十六岁。

再向前，在绿树掩映的一个高处，是南屏山，上面有二进殿式的建筑物，相传这里就是当年诸葛亮披发仗剑借东风的拜风台。

靠江边处还有一尊周瑜雕像，他战袍加身，手握宝剑，凝神远望。从正面看，东南风吹来，战袍飘向西北，与孔明设坛祭风的东南风向相吻合。

赤壁之战时，周瑜是孙刘联军的总指挥。其时，曹军帆樯蔽日，旌旗遮天。在如此强大的对手面前，周瑜反复筹划，制定了一系列战略战术方案，终于创造了以少胜多、以弱胜强的光辉战例。这一年他年仅三十三岁。

江边峭壁上，刻着"赤壁"两个大字。相传赤壁之战后，周瑜摆酒庆功，一时兴起，挥剑在峭壁上刻下这两个字。

面对眼前浩浩荡荡的千里长江，遥想一千多年前发生于这里的那场激战，那时这

赤壁前江面

里是千帆竞发,刀光剑影,烈火烧红大江彼岸,那场面是何等悲壮!

然而此时的长江和赤壁,江风轻轻吹着,江水静静流着,好像什么事情也没有发生过。

而在赤壁大战发生后不久,曹操便联系孙权,一起夹击关羽,将关羽生擒并杀害。刘备为报仇雪恨,率军进攻孙权,又被孙权部将陆逊火烧连营,迫使刘备退至白帝城,一命归西。

天下大势,分久必合,合久必分。没有永远的敌人,也没有永远的朋友,只有永远的利益。

赤壁,没有上演后面的一幕。

过华清宫绝句三首·其一

杜牧

长安回望绣成堆，
山顶千门次第开。
一骑红尘妃子笑，
无人知是荔枝来。

明皇避暑宫图。描绘了唐明皇李隆基一行在九成宫避暑的情景。[北宋]郭忠恕绘。

这首咏史诗是杜牧路经华清宫抵达长安时，有感于唐玄宗、杨贵妃荒淫误国而作。

华清宫位于今西安市临潼区骊山脚下，是唐玄宗开元十一年（723）修建的规模宏大的行宫，殿台楼阁，富丽堂皇，唐玄宗和杨贵妃曾在这里寻欢作乐。后代有许多诗人写过以华清宫为题的咏史诗，而杜牧的这首绝句精妙绝伦，脍炙人口。

诗人眺望骊山，只见佳木葱茏，花繁叶茂，富丽堂皇的建筑掩映其间，宛如一堆锦绣，由此联想到杨贵妃食荔枝

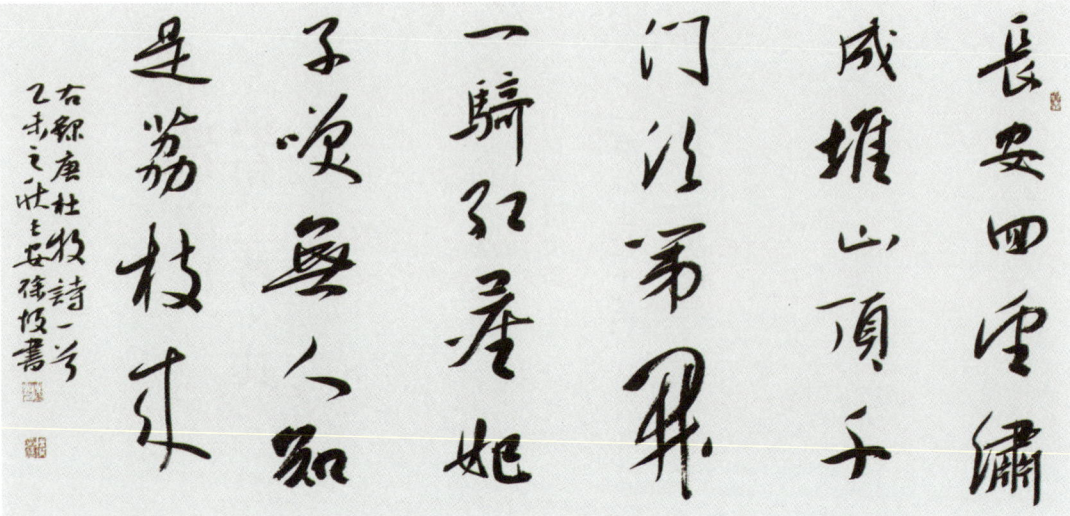

书法作者徐坡，中国书法家协会会员，西安市文史馆研究员。

骊山脚下

华清宫遗址入口处

的史实。《新唐书·杨贵妃传》记载:"妃嗜荔枝,必欲生致之,乃置骑传送,走数千里,味未变,已至京师。"因此,许多快马倒毙于四川至长安的驿路上。《过华清宫绝句》截取了这一历史事实,抨击了封建统治者的骄奢淫逸与昏庸无道。

一千多年后的今天,华清宫仍然保有富丽堂皇的庞大宫殿建筑群。建筑群以温泉为中心,然后向山上和山下展开,利用地形特点,布设不同类型和用途的亭榭楼阁,同时荔枝园、芙蓉园、梨园、椒园、东花园等分布其间。

华清宫最有名的还是温泉。它从骊山北麓的岩缝中溢出,有泉眼四处,泉水晶莹,无色无味,长年恒温43℃,水质纯净温和,经鉴定,富含四十七种矿物质和微量元素,具有较高的医疗价值,特别适宜洗浴。

当年唐玄宗自己使用的九龙殿"莲花汤"、唐玄宗赐杨玉环的"贵妃池",还有"太子汤"等遗迹,都先后被发掘出来。经考证,这些古建筑遗存与史书记载完全吻合,是一组较完整的唐代华清宫建筑遗址。现已被全面整理,并仿唐形制,建成"唐华清宫御汤遗址博物馆"供游人参观。

五间厅

博物馆的隔壁，离它几十步的地方，有一处建筑叫五间厅，这就是曾发生过震惊中外的西安事变的地方。

1936年12月12日，东北军领袖张学良与西北第十七路军总指挥杨虎城，在这里发动兵谏，扣押了蒋介石，逼蒋停止内战，一致抗日。

那晚，因蒋介石再次拒绝张杨二人的苦谏，还准备在第二天发布第六次"围剿"中共红军的命令。张学良接到消息，知道情势危急，于是连夜与杨虎城紧急磋商，决定马上发动兵谏。

五间厅即五间房子，1936年10月至12月曾是蒋介石的行辕。蒋介石住在中间的一间，内有床、圆桌、沙发和椅子，这些东西仍陈设在里面，供游人参观。

房子的墙壁上，现在仍清楚地留有当年事变时的弹孔，导游站在事变现场，向游客讲述那天晚上发生的惊心动魄的故事。

题乌江亭

杜牧

胜败兵家事不期,
包羞忍耻是男儿。
江东子弟多才俊,
卷土重来未可知。

安徽省和县有乌江镇,乌江镇有霸王祠,乌江亭就在霸王祠里。这里因当年有乌江而得名,更因为西楚霸王项羽兵败自杀于此而闻名遐迩。

霸王祠矗立在一高岗上,大殿里有项羽塑像:他手握宝剑,威风凛凛,身后有"叱咤风云"四个大字。

项羽是中国古代杰出的军事家及著名政治人物,秦末起义军领袖。秦末跟随项梁发动会稽起义,在公元前207年的决定性战役"巨鹿之战"中大败秦军主力。秦亡

书法作者汪平,中国书法家协会会员,安徽省书法家协会隶书专业委员会委员。

霸王祠

后,他自立为西楚霸王,统治黄河及长江下游的梁、楚九郡。在楚汉之争的初期,项羽充分显示了自己的卓越军事才能,刘邦曾乘项羽在齐地苦战、彭城空虚之机,纠合五十六万人马,迅速攻占彭城。得知这一消息,项羽临危不乱,命令部将继续留在齐地,亲率三万精兵星夜回城。在项羽的猛烈攻击下,刘邦措手不及,率少数亲信侥幸逃走,父亲太公及妻子吕雉全部做了项羽的俘虏。

然而,在后来的楚汉争霸中,项羽却一步步败给了刘邦。垓下一战,项羽几乎全军覆没,他浴血突围,退至乌江西岸,身边只剩二十六名亲信。汉军追来,又是一场恶战,到最后,只剩下项羽孤零零一人。

当年,项羽来到这里,在对岸守望的乌江亭长,特意驾小船来接应。他对项羽说:江东虽是小地方,也拥地千里,民众百万,可供大王养精蓄锐,东山再起。他还让项

驻马河

羽放心，父老乡亲已把乌江上的渡船全部凿沉，只留下这一条，专门营救大王，即使汉军追来，也无法渡江。

项羽对乌江亭长说："我当初带领江东八千子弟，渡江西进，威震长江两岸。可如今他们全都战死沙场，唯独我自己回去，即使江东父老兄弟仍旧拥戴我为王，我还有什么面目再见他们呢？"

项羽在这里要把他骑了多年的乌骓马交付亭长，但乌骓马留恋主人，怎么也不肯上船。项羽帮亭长把它拉上船，船刚离岸，乌骓马就望着岸上的主人长啸三声，一跃跳进江中……

乌江亭

人们为了纪念这匹乌骓马，在河边树一石碑，上书"驻马河"三个大字。

历史上的乌江，早已被无情的岁月湮没，现在横在霸王祠前的这条水流被称为驻马河。

河的对岸有"抛首石"，这里就是当年项羽自刎的地方。

那天，江边只剩下项羽一个人后，他回头看见紧追而来的汉军司马吕马童，这人

抛首石

原是项羽部将，此时已背楚归汉。项羽对他说："你不是我的老朋友吗？"

吕马童面对项羽，不语。

项羽说："我听说汉王拿一千两黄金、一万户封邑悬赏我的头。今天，我就给你吧。"

说完，他就拔剑自刎了。

抛首石旁不远处有一座小亭，那就是久负盛名的乌江亭，它是后人为纪念项羽而建。

无疑，楚汉争霸，项羽是一大输家。但自古不以成败论英雄，更何况是如此一位叱咤风云、英武盖世、宁折不弯的雄主！司马迁曾赞颂项羽：崛起于陇亩，三年亡秦，分封天下，政由己出，自古未尝有之。

其实，从古到今，赞颂项羽的又岂止司马迁！

南宋女词人李清照南下时经过这里，写过一首《夏日绝句》："生当作人杰，死亦为鬼雄。至今思项羽，不肯过江东。"无疑，这是对项羽，尤其是对项羽不肯过江东一事的高度评价。

霸王祠前有一株古树，人们称它为相依树。

相传，项羽死后，被人们掩埋在这里，不久坟前就长出一棵小树苗。小树苗被牛吃掉，几天时间就又长出一棵。吃掉，再长出一棵，反复十余次。半夜里，渔夫有时听到女人的哭声从这里传出，据说那是虞姬的哭声。

于是，人们便重修项羽墓，特意保护这里的小树苗，一直到现在。

当地人说，在这棵树前给霸王烧纸已成习俗，每天都有人来；每月初一和十五，到这里烧纸的人像赶庙会一样多。

西楚霸王项羽是个大英雄，是个失败了的大英雄。他因人格魅力而被历史铭记。

金谷园

杜牧

繁华事散逐香尘,
流水无情草自春。
日暮东风怨啼鸟,
落花犹似坠楼人。

《金谷园》诗意图

金谷园故址在今河南省孟津县送庄镇凤台村。

西晋时,这里是大富豪石崇的别墅,富丽堂皇,极一时之盛。到唐代,这里已经荒废,成为供人凭吊的古迹。杜牧来到金谷园,想过去繁华往事,看眼前残垣断壁,触景生情,于是诞生了这首怀古咏春之作。

现在,我们来到凤台村,已找不见当年金谷园的影子,它已是平凡得不能再平凡的一个小村落了。

这里有道山岭叫凤凰岭,唐代这里有个村子叫凤凰村,到了元代,由于战争频繁,这一带村毁人散,凤凰村不复存在。直到明代,才有移民陆续迁来。

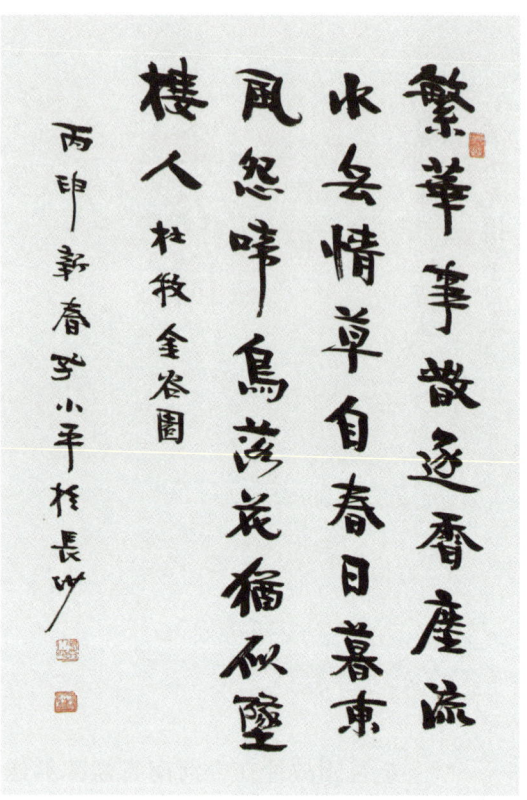

书法作者孔小平,中国书法家协会会员,长沙市书法家协会主席,湖南省书法家协会副主席。

与村名对应,村落的高处筑有一台叫凤凰台。登上去,可以望见村外田野,如果不是史料的记载,谁也不会想到,晋代这里曾经是方圆几十里的豪华庄园。

石崇是晋朝有名的大富翁。当年,他在这里就山形水势,挖湖开塘,筑园建馆。他派人去南海群岛用丝绸、铜铁器皿等换回珍珠、玛瑙、琥珀、犀角、象牙等贵重物品,把园内的屋宇装饰得金碧辉煌。每当阳春三月、风和日丽,这里桃花灼灼,柳丝袅袅,鸟语花香。

在金谷园中,连厕所里都放着甲煎粉、沉香汁之类的名贵香料,有打扮得花枝招展的女仆提供服务。当时一位官员刘实有事去拜访石崇,上厕所时见里

金谷园遗址

面有绛色蚊帐、垫子等陈设,并有婢女捧着香袋侍候,以为误入石崇的内室,赶紧退了出来。

在金谷园,石崇整日过着纸醉金迷的生活。大宴宾客时,每位来客都有专门的美女劝酒,如果客人不干杯,石崇就将劝酒的美女杀掉。有一次,丞相王导与大将军王敦到金谷园赴宴,王导怕石崇因自己不喝酒而杀婢女,一直喝得烂醉如泥。王敦则不然,无论奴婢如何劝,他都坚决不喝,致使伺候他的三名婢女被杀。

凤凰台上古碑

石崇十分宠爱一名叫绿珠的歌女,在金谷园为她修了一座华丽的"绿珠楼",整日与她在那里寻欢作乐。谁知好景不长,随着政治靠山贾皇后被废,石崇也被免除了官职,他的政敌赵王司马伦掌握了朝政实权。司马伦的一员大将孙秀,早就垂涎绿珠姑娘的美色,多次派人索要绿珠,但石崇就是不给。于是,孙秀便怂恿司马伦,将石崇连同其母兄妻子等十五人全部处死。武士到金谷园逮捕石崇时,石崇对绿珠说:"我今天是因为你获罪。"绿珠边哭边说:"那我就为你死吧。"说完,她跳楼身亡。

从此,繁华的金谷园很快败落荒废。

杜牧诗中"落花犹似坠楼人"的"坠楼人",就是指跳楼寻死的绿珠。

活在乱世的权利地带,就像行走于悬崖边,一步不慎,就会坠落丧命!

泊秦淮

杜 牧

烟笼寒水月笼沙,
夜泊秦淮近酒家。
商女不知亡国恨,
隔江犹唱后庭花。

当年,杜牧来到繁华的秦淮河上,听到酒家歌女演唱《后庭花》,心中很不是滋味。《后庭花》是歌曲《玉树后庭花》的简称,南朝陈后主陈叔宝沉溺声色,作此曲与后宫美女寻欢作乐,终致亡国,所以后世称此曲为"亡国之音"。陈国虽亡,这种颓废的音乐却流传下来,还在秦淮歌女中传唱,这使杜牧大发感慨,于是写下了这首诗。

秦淮河本名龙藏浦,又称淮水,是南京地区的主要河道。相传秦始皇东巡时,望金陵上空紫气升腾,有王气,于是命人凿方山,断其地脉,导淮水入长江,所以后人称其为"秦淮"。东吴以来,南京城中的秦淮河两岸一直非常繁华,六朝时更成为名门望族聚居之地,商贾云集,文人荟萃。隋唐以后,渐趋衰落,到了明清两代,十里秦淮又现兴盛景象。后由于战乱等原因,

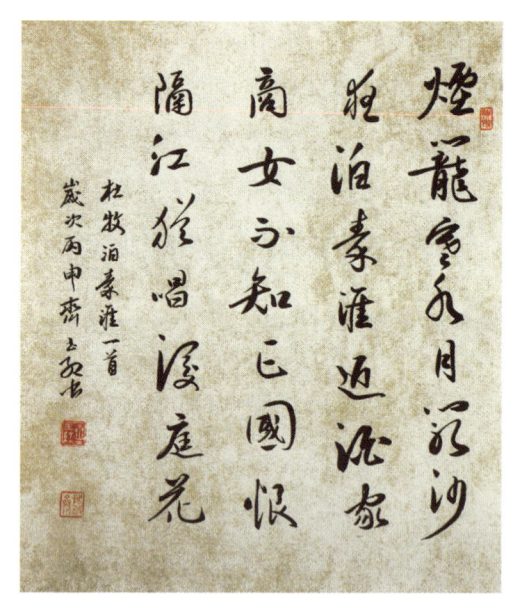

书法作者齐玉红,女,中国书法家协会会员,山东省莱芜市人。

秦淮河

秦淮河夜色

两岸建筑多被毁坏，河水日渐污浊。1985年以后，人们对秦淮河一带进行修复，使其再度成为我国著名的游览胜地。

现在的秦淮河，南京夫子庙一带最为繁华。

夫子庙又称孔庙、文庙，是专门祭祀我国古代著名思想家、教育家孔子的场所。距夫子庙不远处，就是号称中国古代最大贡院的江南贡院，才子唐伯虎、画家郑板桥、小说家吴敬梓、《西游记》作者吴承恩、民族英雄林则徐等著名历史人物，当年都是

秦淮人家

在这里金榜题名的。

站在这里的文德桥上，可看到河对岸始建于明万历年间（1573—1620）的一方照壁，它高宽均居全国之首，上面有"二龙戏珠"图案。金龙轻踏蓝紫祥云，口吐赤焰，作腾飞状，形象逼真。

河的北岸是夫子庙码头，成排的五彩画舫穿梭于河面之上。

到了夜晚，这里就更漂亮了，各色灯光五色纷呈。往来的画舫在水上缓缓行进，宛如一座座游动着的小巧玲珑的宫殿，倒映在水里，水波也被染得五颜六色。

乘画舫夜游秦淮河，桥从头顶上滑过，浣花桥、印月桥、二水桥、平江桥、桃叶渡、朱雀桥、玩月桥等，无不风姿绰约。可以说，每一座桥的背后，都有一个动人的历史故事。

历史上的"秦淮八艳"，她们就生活在这秦淮河两岸。"秦淮八艳"指的是明末清初南京秦淮河上的八名歌妓，《板桥杂记》记载为：柳如是、顾横波、马湘兰、陈圆圆、寇白门、卞玉京、李香君、董小宛。虽然是被压迫在社会最底层的妇女，但在国家存亡的危难时刻，她们却能表现出崇高的民族气节，与明朝好多贪生怕死的官员形成鲜明对比。尤以柳如是、李香君最为著名，李香君还是《桃花扇》的主人公。在河南岸，有一座不大的二层小楼，门前挂着几盏大红灯笼，旁边有"李香君故居"的牌子。

在这里，"秦淮八艳"一改"商女不知亡国恨"形象，变成了人们敬佩的人物。

文天祥、方孝孺，无论如何也不能与"秦淮八艳"联系到一起，但他们都因相同的民族气节而被后人牢记。

寄扬州韩绰判官

杜牧

青山隐隐水迢迢,
秋尽江南草未凋。
二十四桥明月夜,
玉人何处教吹箫。

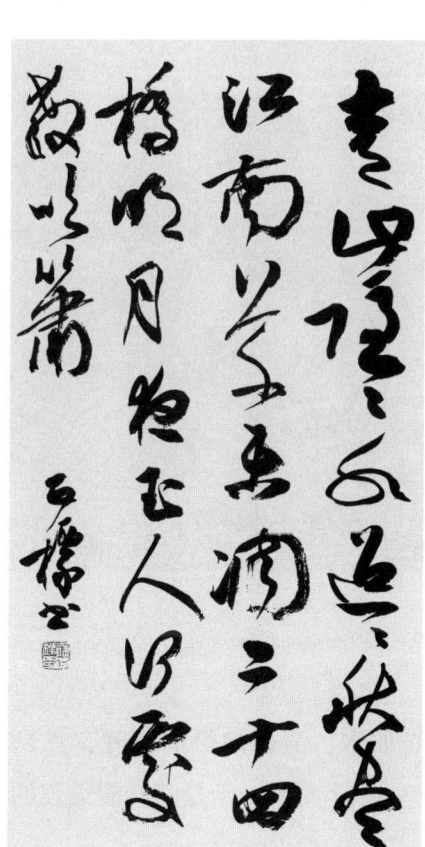

杜牧曾在扬州的淮南节度使牛僧孺幕府做过推官和掌书记,与当时同在幕府任节度判官的韩绰相识。杜牧离开扬州回到长安以后,经常怀念昔日在扬州的时光,怀念同僚韩绰判官,就写了这首诗。从现有史料查不到韩绰到底是怎样的人,杜牧赠他的诗有两首,另一首是《哭韩绰》,看来两人交情很深。

扬州在唐代是长江中下游最繁华的都会,店铺酒肆比比皆是,更有许多风景如画的好去处。

诗中提及的二十四桥,是一座怎样的桥?现在它在哪儿?

其实,从宋代起,"二十四桥"就成了一宗众说纷纭的疑案。

书法作者徐正标,中国书法家协会会员,扬州大学书法研究所负责人,硕士生导师。

瘦西湖

二十四桥

有人说，它是一座桥。相传唐代有人在一个月光如水、清风徐徐的夜晚，见到二十四个风姿绰约的仙女，身披羽纱，酥手托箫，飘上一座小石桥，于是那舒缓柔美的旋律，便从二十四支箫管中缓缓地流淌出来。

二十四桥近景

有人说,它们是二十四座桥。宋朝大科学家沈括在《梦溪笔谈·补笔谈》中说:"扬州在唐时最为富盛,……可记者有二十四桥。"并注明,"今存"者只有六桥及一处"新桥"。显然,他认为历史上有二十四座桥。沈括以治学严谨著称,因此,这一说法影响很大。

但是更多的人还是倾向于二十四桥是一座桥。

现在,如果你想探寻二十四桥的踪影,就来扬州的瘦西湖吧。

站在瘦西湖湖滨,你就可以看到,这里有一座二十四桥。

这是一座单孔拱桥,汉白玉栏杆,如玉带飘逸,似霓虹卧波。它长24米,宽2.4米,栏柱24根,台级24层,处处都与数字"24"对应。洁白栏板上彩云追月的浮雕,桥下巧云状的湖石堆叠,周围遍植的丹桂树,使人看到云、水、花、月在这里交集,感受到二十四桥明月夜的妙境。

许多游人都知道二十四桥是一座名桥,或者是知道它的来历,围在这里不肯离去,更多的人登到桥上,举目远眺,体会玉人吹箫的意境。

桥是什么?桥是架在河流之上的路,方便人们的行走。那心灵之桥呢?它要用沟通、理解、包容、真诚去搭建,它可以让我们的生活更和谐。

二十四桥很美丽,你的心灵之桥呢?

题鹤林寺壁

李 涉

终日昏昏醉梦间,
忽闻春尽强登山。
因过竹院逢僧话,
偷得浮生半日闲。

鹤林寺,位于今江苏省镇江市南郊的黄鹤山麓,始建于晋代,原名叫竹林精舍、古竹院,距今已有一千六百多年历史。黄鹤山原名黄鹄山,相传南朝宋武帝刘裕幼年家贫,青少年时代到黄鹄山砍柴时,头顶常有黄鹤翩翩飞舞。称帝后,遂改黄鹄山为黄鹤山,改寺名为鹤林寺。

李涉,唐宪宗时授太子通事舍人,后被贬谪陕川司仓参军。文宗时,召为太学博士,后被流放南方。在流放期间,他强打精

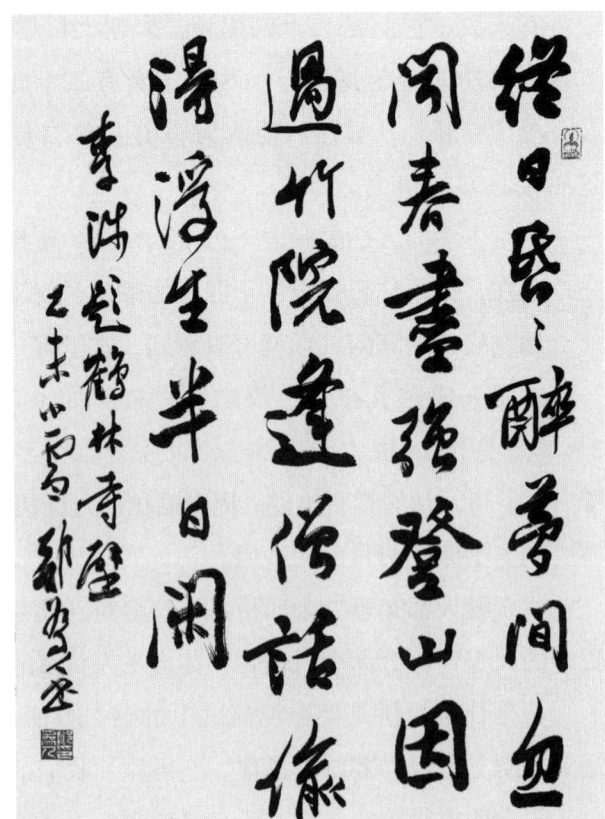

书法作者郑为人,中国书法家协会会员,江苏省书法家协会理事,江苏省美术家协会会员,镇江市书法家协会副主席。

鹤林胜境

鹤林寺旧屋

神登镇江黄鹤山，在与古竹院僧人的闲聊中，苦闷情绪获得释放，收获了些许愉快，有了"偷得浮生半日闲"的闲情逸致。

古时鹤林寺规模宏大，从县城南门外起，一直到黄鹤山下，都是鹤林寺的地盘。据说，因山门离寺院有三四里路远，鹤林寺晚间关山门，要骑马过去才行。

只因为那天李涉在竹院里与僧人偶遇闲话，寺中就专门有了"逢僧处"，并被列为鹤林寺八景之一。"逢僧处"，又称"古竹院"。

山中小路

唐代，竹院内种植有奇花异草，供游客赏心悦目。宋代有几位达官贵人到鹤林寺春游。有一位官员追求风雅，高声朗读起李涉的这首诗来。和尚在一旁笑着说："您可以偷得半日闲，但我们和尚却要忙三日了。"那位官员问何故，和尚说："我们第一天要为老爷们准备，第二天伺候一天，第三天要打扫整理。这不是老爷们半日闲，我们要三日忙了吗？"

宋代理学大师周敦颐以爱莲著称，在他二十多岁时，曾随母亲暂居镇江。周敦颐平日和鹤林寺僧人交流较多，关系很密切，于是就在寺旁造屋读书。盛夏之夜，莲花怒放，香气袭人。由于周敦颐酷爱白莲，日后成就了他的《爱莲说》，后人在他读书的地方建周敦颐祠，在鹤林寺门前开凿了一个种植莲花的大水池，此池被称为"濂溪池"，又称白莲池。

鹤林寺几经兴废，第一次毁于唐末薛朗、刘浩之乱，毁后重建；第二次毁于明成祖永乐年间，重建时僧人将寺院建在了黄鹤山南侧的磨笄山下；第三次毁于清乾隆年间，乾隆十二年（1747）修复。20世纪70年代，人们在鹤林寺建起了镇江水泥厂。

现在去探寻鹤林寺遗迹，可谓无从下手。在磨笄山北坡下一处等待拆迁的厂房宿舍后面，隐约有鹤林寺的房舍，但只有屋顶基本保持原貌，里面早已被改造成了一个个小房间，变成水泥厂职工宿舍。

必须指出的是，这里是明代以后的鹤林寺，明朝以前的鹤林寺应在黄鹤山麓。

黄鹤山下，有一仿古建筑，上书"鹤林胜景"四个大字。沿着新修的台阶上山，两旁是茂密的林木，还有荒僻的小径，古人就是在这些无名小径吟出了千古绝句。

山上的小亭和古楼，仿佛在提醒着人们：这里是鹤林寺。

润州听暮角

李 涉

江城吹角水茫茫,
曲引边声怨思长。
惊起暮天沙上雁,
海门斜去两三行。

《润州听暮角》诗意图

唐文宗时,诗人曾被流放,此诗就是作于流放途中。当年一个黄昏时分,诗人站在江边或伫立船头,望着滔滔江水,听着城头传来悠扬悲切的边地乐调,心中生发出绵绵的思乡情思,于是这首诗诞生了。

这首诗,是李涉很有名的即景抒情之作,他选择了生活中典型的物象,寥寥数笔,便描绘出一幅由江城、海天、归雁、边声组成的画卷,画面中蕴含着诗人深沉的哀愁,感情含蓄,意境高远,耐人寻味。

润州,就是现在的江苏省镇江市。诗中"海门斜去两三行"的海门,就在焦山东北的长江中。《镇江府志》记载:"焦山东北有二岛对峙,谓之

焦山公园

书法作者于文清,中国书法家协会会员,江苏省书法家协会理事,镇江市书法家协会副主席兼秘书长。

海门。"

我们来到焦山后发现,由于江流的作用,古代江中对峙的那两个小岛已不见踪影。应该说,现在的焦山东北方仍有两个江中岛,只是一个太大,不像岛的模样,完全形不成"海门"的形态。

现在的焦山已是美丽的公园。它坐落江中,山顶上矗立着一座巍峨的高塔。

东汉末年,焦光隐居在这座山上,汉献帝曾三次下诏请他出山做官,都被他拒绝。隐居此山期间,他在山上采药、炼丹,救治病人。为了纪念他,后人称此山为焦山。

在焦山,最有名的古迹当数《瘗鹤铭》了。相传,有一年春天,王羲之路过焦山定慧寺,见寺中一对仙鹤亮开双翅,一前一后,盘旋起舞,煞是美丽。王羲之情不自禁,随着仙鹤的舞姿,手指不停地画来画去,嘴里还喃喃自语:"要是写字能像这样漂亮,该有多好!"于是,王羲之便将这两只仙鹤买下,但当时他有事远行,便托寺中住持照管这对仙鹤。遗憾的是,等王羲之回到焦山,住持告诉王羲之,雄鹤在他走后不久病死,雌鹤也不吃不喝而亡。王羲之悲痛至极,来到仙鹤坟前,挥起他的神来之笔写下了《瘗鹤铭》,倾吐他对仙鹤的思念。

《瘗鹤铭》原刻在焦山西麓石壁上,后遭雷击崩落长江中,南宋淳熙年间(1174—1189)出水一石,上有二十余字;康熙五十二年(1713)又出水五石,上有七十余字。

焦山远眺

历代书法家均对此给予高度评价，但关于《瘗鹤铭》作者问题，一直存在争议，成为千古之谜。

从《润州听暮角》一诗的内容看，当年诗人不会是在焦山，因为诗中所说沙上雁是"斜去"海门，可见它离海门是有一段距离的。也许他在渡口，这首诗的另一版本就叫《晚泊润州闻角》。

如今，时代不同了，沙上雁带给我们的，不再是哀愁。

让我们做一只飞雁吧，飞雁的航程是有着明确目标的。

再宿武关

李 涉

远别秦城万里游,
乱山高下出商州。
关门不锁寒溪水,
一夜潺湲送客愁。

武关在陕西省丹凤县武关镇,它坐落在一条宽敞的峡谷中,幸福地接受着温柔阳光的抚摸,一道弯弯的溪水从村前潺潺流过。

镇上有一条老街,房屋、院落都是一副苍老模样。有一处老屋的门上,贴着"迎官接诏厅(遗址)"的字样。它们散发着唐宋遗风古韵。街边有大嫂、老伯闲坐,他们淳朴可爱,一经搭话,便"笑问客从何处来"。

当年的李涉,有可能就住在这条老街上。

李涉,是唐宪宗至文宗时期人,宪宗元和年间(806—820),曾因事贬谪出京,至文宗时,又被罢官,流放桂粤一带。

《再宿武关》意境图

武关古镇

迎官接诏厅遗址

书法作者崔修桥，中国书法家协会会员，中国书画研究院青岛创作院艺术顾问。

上面的诗是他第二次被贬时创作。

有人这样描述：诗人贬官出京，心乱如麻，因此商山在他眼中成了"乱山"，溪水也带上了"寒"字。特别是"关门不锁"四字，象征诗人愁绪的溪水挡也挡不住，可见诗人愁绪之深之切。

村前的河水很清很纯，在欢快地奔流着，但在当年李涉来到时，却为诗人的遭遇而呜咽，载着绵绵无尽的离愁别恨，长流远去。

老街的尽头是武关古城墙，现在能看到的，也只是一堆黄土而已。可在过去，这里是秦楚分界线。

这里的墙壁上，不仅有李涉的这首诗，还有白居易、寇准、谭嗣同等人的诗作，足见历代名人对武关的关注度。

回顾历史，武关曾有多少惊心动魄的事件发生：当年的楚怀王不听屈原劝告，赴

武关前的小溪

武关遗址

武关与秦昭王相会，结果被扣。秦始皇第五次出巡从这里经过，陈胜、吴广也是取道武关进攻咸阳。刘邦率军出武关与项羽决战。黄巢撤离长安后，出武关转战中原。等明朝旅行家徐霞客赶到，这里早已烟消云散，一片和平景象，他说："时浮云已尽，丽日乘空，山岚重叠竞秀，怒流送舟，两岸浓桃艳李，泛光欲舞，出坐船头，不觉仙也！"

很少有人知道，毛泽东曾亲手书写过李涉的这首诗，如今，它被镌刻于古城墙边，让人看后"别是一番滋味在心头"。

村民们最引以为自豪的是，1958年全国核桃生产现场会在武关召开，周恩来还亲自签发了国务院奖状。直到现在，核桃生产仍是当地群众重要的经济来源。

井栏砂宿遇夜客

李 涉

暮雨潇潇江上村，
绿林豪客夜知闻。
他时不用逃名姓，
世上如今半是君。

书法作者刘延福，中国书法家协会会员、山东省书法家协会理事，聊城市书法家协会主席。

这首诗的作者李涉是今河南洛阳人，动乱年代他与弟弟李渤一同隐居庐山香炉峰下读书，后出山做幕僚。宪宗时，曾任太子通事舍人，不久被贬为峡州（今湖北宜昌）司仓参军，后任国子监博士，世称"李博士"。

关于这首诗，《唐诗纪事》上有一则非常有趣的记载：长庆二年（822），正做国子监博士的李涉前往九江，看望做江州刺史的弟弟李渤。船行至井栏砂时，天色已晚，船家便停下船来，准备在此过夜。忽然，数十名打家劫舍的盗贼手执刀枪围上前来，喝道："船上是谁？"船夫回答："是李博士。"强盗又问："是不是叫李涉的那位李博士？"船夫回答："正是。"强盗说："如果真是李涉博士，我们就不劫他的财了。不过，我们早就听说了他的诗名，

皖河下游

照片远处为唐代井栏砂，今日山口镇村。

希望他能给我们写一首诗。"李涉听罢，便铺开纸张，写了上面这首绝句。强盗拿到李涉的亲笔诗，很高兴地离开了。

　　这件趣闻，生动地反映出唐代诗人在社会上的广泛影响和所受到的普遍尊重。无独有偶，晚唐诗人王毂，曾经有《玉树曲》闻名天下，其中有名句"君臣犹在醉乡中，一面已无陈日月"。他年轻时有一次外出，因一点小事被人殴打。他对打他的人说："不要对我无礼。我就是写出'君臣犹在醉乡中，一面已无陈日月'的王毂。"打他的人赶忙停手，并且连连向他道歉。

历史上，人们尊重文化艺术的事例还有很多。当年黄巾军经过郑玄（东汉著名学者，曾遍注群经）的家乡，都要绕道而行，以免骚扰，还尊称其家乡为"郑公里"。

李涉当年遇盗的井栏砂现在哪里？你在地图上已经查不到这个地名了，它现在的地点是安徽省安庆市山口镇山口镇村，位于皖河下游北岸。唐代流经这里的长江，已经改道向南了。

山口渡口

山口镇村古代又称皖口，自古便是军事要地，南宋期间曾为安庆府治四十余年，李涉、王安石、黄庭坚等文人墨客在此留下大量诗篇，比如王安石当年经过这里时留下的《别皖口》："浮烟漠漠细沙平，飞雨溅溅嫩水生。异日不知来照影，更添华发几千茎。"

漫步于这皖河岸边的小村，你会发现这里仍有城隍庙、古井、古墓、古城墙遗址等，它们在向你默默诉说着昔日往事。

皖河在这里变得宽阔，河上船只往来穿梭。现在这里已成为专业渔业村，全村共有大小运输船舶五十余艘。岸边的小村也很秀丽，青山绿水，这里的"石门秋泛"是安庆八大古景之一。

站在河边村旁，想想李涉，你会情不自禁地想，会作诗真好，起码出门不用怕强盗。

咸阳值雨

温庭筠

咸阳桥上雨如悬,
万点空蒙隔钓船。
还似洞庭春水色,
晓云将入岳阳天。

这是诗人在咸阳创作的一首脍炙人口的七绝。诗中运用了虚实结合的表现手法,描绘出了空蒙缥缈的雨景,展现了一幅清旷迷离而富于动感的山水图。

咸阳,即今陕西省咸阳市,是秦汉文化的重要发祥地。当年秦始皇定都这里,使其成为"中国第一帝都"。咸阳也是古代丝绸之路的第一站,中原地区通往大西北的要冲。因它处在渭水之滨,又称渭城。

诗中描述的咸阳桥即西渭桥,汉武帝时始建,因与长安城便门相对,也称便桥或便门桥。它是汉唐时期由长安通往西域、巴蜀的交通要道。唐太宗即位不久,与突厥颉利可汗曾会盟于此桥。唐代,西渭桥也经常是送客惜别之地,如王维的《渭城曲》"渭城朝雨浥轻尘,客舍青青柳色新",如杜甫的《兵车行》"车辚辚,马萧萧,行人弓箭各在腰。耶娘妻子走相送,

书法作者邓宇春,中国书法家协会会员,陕西省书法家协会副主席,咸阳市书法家协会主席。

古代咸阳桥木桩墩

现在的咸阳桥

尘埃不见咸阳桥……"

  寻着古诗线索找到咸阳桥，千年之后的今天，横跨在渭河上的是悬臂梁钢筋混凝土结构的一座现代大桥，它全长六百多米，像一道彩虹飞架于渭河之上。

清渭楼

我们一心想找到古代咸阳桥的影子，几经周折，终于有了发现。按当地人的指引，跨过大桥，来到渭河南岸，沿着河岸行走不远，就看到一湾浅浅的水流中矗立着数十根木桩，它们高矮不等，忍受着岁月的腐蚀。这就是古代渭河桥桥墩，也有人说是古渡河码头。

自从张骞开辟了丝绸之路，这里就成为丝绸之路的桥头堡，成为通往西域的必经之路。想过渭河，要么通过桥，要么通过古渡，据说渭河上或桥或渡，一段时间以桥为主，一段时间以渡为主，并存了很长时间。

唐代，又因这里是丝绸之路的第一要津，岸边建有"西市"，往来于长安的商旅、马帮、驼队必在这里歇脚。桥头两岸，贩夫走卒，人马喧闹，一派繁荣。

如今，只能通过眼前斑驳的古桥墩，想象昔日的繁华了。

站在这里向渭河对岸望去，那里有壮丽的清渭楼。

清渭楼是古都咸阳兴衰发展的历史见证和标志性建筑，始建于秦代，当时叫咸阳东楼，汉唐时期更名为秦楼、咸阳楼。北宋时，任咸阳知县的诗人黄孝先重修咸阳楼，将其更名为清渭楼，并留下了"黄翁爱山不知休，每日不下清渭楼"的诗句。

当然，现在我们看到的清渭楼是前几年才在原址上重建的，周围地区也被连片辟为公园。伟岸的清渭楼，高傲地俯瞰着眼前的渭河。

这里是人们休闲娱乐的好地方。

商山早行

温庭筠

晨起动征铎,客行悲故乡。
鸡声茅店月,人迹板桥霜。
槲叶落山路,枳花明驿墙。
因思杜陵梦,凫雁满回塘。

《商山早行》诗意图

商山,位于陕西丹凤县城西7.5公里的丹江南岸,是座形似"商"字的山。

传说,秦代四位博学之士为躲避秦始皇焚书坑儒而隐居此山。汉高祖十二年(前195),四位老者受张良邀请前往长安,扶助太子刘盈,保住了他的太子地位,他们从此被称为"商山四皓"。商山和四皓也因此成为中国隐逸文化的象征,故商山也被称为"中国第一隐山"。

温庭筠曾任随县尉,唐宣宗大中十三年(859),他的好友徐商镇守襄阳,荐他去襄阳做巡官,这一年温庭筠四十八岁。此诗当是温庭筠此次离开长安赴襄阳投奔徐商,经过商山

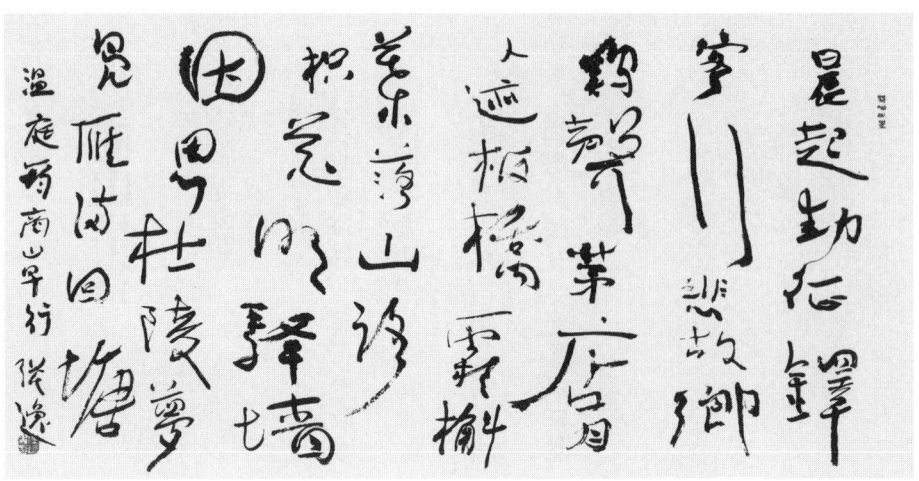

书法作者张逸，中国书法家协会会员，陕西省武功县书法家协会主席。

时所作。

追寻温庭筠的足迹，我们在丹凤县西面的商镇下了312国道，向南经过商山村，进入商山，来到了唐诗《商山早行》诞生的地方。只不过，当年的土石路如今变成了水泥路，当年的木板桥变成了石桥。我们一直向前走，路越走越窄，山越来越深。

山上是茂密的树林，路旁有老旧茅屋，满目沧桑，很有温庭筠时代的样子。

温庭筠自小富有才情，文思敏捷，而他恃才不羁，好讥刺权贵，屡次科考不第，长期抑郁不得志。年近五十，为生计所迫出任县尉，赴任之际怀乡之情油然而生。

这首诗之所以为后人传诵，是因为它通过鲜明的艺术形象，描写了早晨赶路时寒

板桥变成了石桥

商山

冷凄清的景色，以及游子在外的孤寂和思乡之情，字里行间流露出人在旅途的落寞与无奈。

我们在路边与一位当地大嫂搭话，她竟然知道温庭筠当年从这里走过，还知道温庭筠的一些负面故事。

当年，温庭筠在扬州的时候，当地有个叫姚勖的官员，很欣赏他的才华，给了他一大笔钱，希望他发愤苦读考中进士。哪里想到，温庭筠拿到这笔"赞助"后，并没有去好好读书，而是召集一大帮狐朋狗友，海吃海喝，倚红偎翠，没多长时间，就把这笔钱花光了。

姚勖为此大怒，狠狠地打了他一顿板子，将他"驱逐出境"。

一个人即使有才，也不要辜负时光，更不能辜负了他人对你的情义。

商山道中

◎ 商山早行　温庭筠

唐诗诞生的地方

陇西行四首·其二

陈陶

誓扫匈奴不顾身,
五千貂锦丧胡尘。
可怜无定河边骨,
犹是春闺梦里人!

无定河发源于陕西定边县白于山北麓,上游叫红柳河,流经靖边新桥后称无定河,经由清涧县进入黄河。无定河上游流经的地方大多是草原绿地,于是它就自由、散漫、任性,左冲右突,河道不断改变,无法确定,所以人们叫它"无定河"。

这一带,历来战争不断。

匈奴是个历史悠久的北方民族,一直威胁着中原王朝。

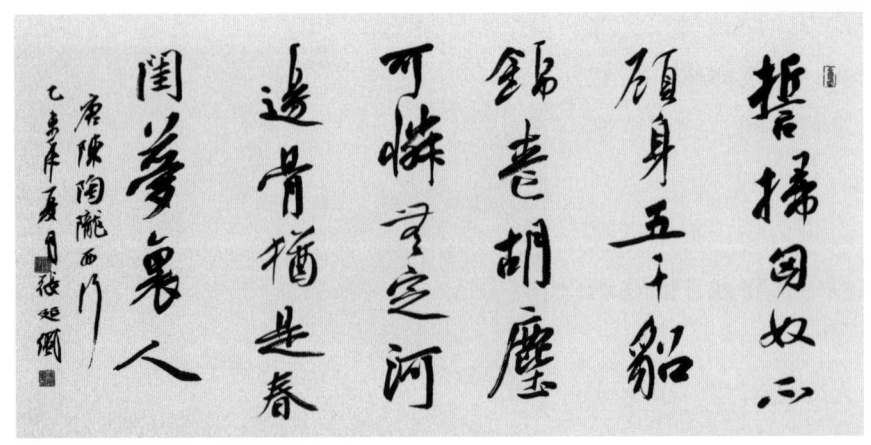

书法作者张延风,中国书法家协会会员,咸阳市书画协会副主席,陕西省兴平市书法家协会主席。

无定河原头。郑明亮摄。

秋水无定河。郑明亮摄。

◎ 陇西行四首·其二 陈陶

战国末年，赵国名将李牧出动战车1300乘、骑兵13000人、步兵5万、弓箭手10万，与匈奴会战，大破匈奴十余万骑，从此匈奴十余年不敢南犯。秦始皇统一中国后，命蒙恬率领30万秦军北击匈奴，收河套，屯兵现榆林市东南，并大修长城，构筑起北方漫长的防御线。

这一时期，匈奴出了一位著名的单于（领袖）——冒顿。

冒顿是匈奴头曼单于之子。冒顿做太子时，头曼打算改立冒顿的异母弟弟为太子，于是将冒顿派往月氏（西域游牧部落）为人质，然后发兵攻打月氏。月氏首领欲杀冒顿，冒顿闻讯，盗得好马，逃回匈奴。头曼单于见冒顿智勇，便委派他做一支军队的头领。这时的冒顿已对父亲头曼不满，他将所部训练成绝对服从自己的私兵，后来率兵发动政变，杀死父亲头曼、后母及异母弟弟，自立为单于。

冒顿继位单于后对外扩张，夺得了当年蒙恬守卫的秦国领土，后来又与汉朝进行多次大规模战斗，因此作为当时战场的无定河一带，留下不少汉军将士的遗骨。

这首诗就是以此背景，描写战争的残酷。

诗中的少妇深信丈夫还活着，丝毫没有怀疑他已经死去，而且彼此几番梦中相会。"无定河边骨"和"春闺梦里人"，一边是现实，一边是梦境；一边是悲凉的枯骨，一边是英武的丈夫，虚实相对，造成强烈的艺术效果，更能使人一洒同情之泪。

今天行走在无定河岸边，完全不会想起"战争"一词。近年来，在中央政府的统一规划下，针对无定河两岸的沙漠化现象，当地政府组织实施了大规模的植树造林，退耕还林，并沿着无定河岸修建了宏伟的绿色长城——"三北"防护林带，减缓甚至遏制了无定河一带的荒漠化和水土流失。

如今，无定河绕过一座座青山，一直奔向黄河母亲的怀抱；河的两岸林木茂盛，花果飘香，一派生机勃勃的景象。

无题

李商隐

相见时难别亦难，
东风无力百花残。
春蚕到死丝方尽，
蜡炬成灰泪始干。
晓镜但愁云鬓改，
夜吟应觉月光寒。
蓬莱此去无多路，
青鸟殷勤为探看。

书法作者李孟渊，中国书法家协会会员，中国国画家协会理事，河南省书法家协会楷书专业委员会委员，洛阳市书法家协会理事、书法创作委员会副主任。

唐代人们崇尚道教，信奉道术成为一种风气。李商隐在十五六岁的时候，即被家人送到玉阳山灵都观学道。在这期间，他与女道士宋华阳相识相恋，两人心中奔涌着无法抑制的爱情狂澜，但却又不敢让外人知晓，于是李商隐以诗寄情，不写诗的题目，所以诗句显得既深情无限，又委婉朦胧。据考证，李商隐所写的以《无题》为题的诗有二十首，大多是抒写他们爱恋之情的情诗。这首《无题》，就是其中最著名的一首。

灵都观在河南省济源县王屋山的东西玉阳山之间，具体地点是今承留镇下关村。

当地大嫂带领我们去往灵都观遗址

灵都观遗址中的万寿宫

玉阳山属王屋山脉。王屋山是中国古代九大名山之一，也是道教十大洞天之首，是愚公的故乡。在中国，愚公移山的故事因毛泽东的《愚公移山》一文而家喻户晓。

相传，王屋山自古就是神仙居住的地方，是道家人物采药炼丹、修身养性、得道成仙的理想场所。

被称为我国药王的医学家孙思邈是唐代著名道士之一，晚年就结庐于王屋山翠微庵，采药行医，济世救人。唐玄宗李隆基曾命道教茅山宗的第四代宗师司马承祯在王屋山自选形胜，建观而居。数十年间，王屋山相继建成紫微宫、阳台宫、清虚宫、十

万寿宫前

方院、灵都观等道教宫观,成为全国道教活动中心。唐玄宗胞妹玉真公主拜司马承祯为师,入王屋山修道,玉真公主所选的修道地点就是玉阳山下的灵都观。

那时的灵都观,殿堂楼阁连片,晨钟暮鼓,一片肃穆,著名诗人李白、杜甫、白居易等,都在此留下足迹和不朽诗篇。

现在来到玉阳山下,只见山上树木葱茏,峰顶庙宇隐约闪现,是人们登高望远、休闲游览的好去处。然而山下的灵都观已是破败不堪,仅存的一座矮小破旧的万寿宫,紧邻下关村村委。万寿宫后面,灵都观建筑的基石被荒草掩盖,沧海桑田由此可见一斑。

当年,就是在这里,李商隐与年轻美丽、聪慧多情的宋华阳相恋,但他们的这段感情注定是悲剧的结果。有一说是后来宋华阳怀孕,李商隐被逐。这一段短暂的欢娱,在李商隐的心中留下了永远的伤痛,也是催生那几首动人心魄的无题诗的起因。

如果当时李商隐遇到一位优秀的红娘,或者得到权威人士的支持,或者灵都观变成了普救寺……那么,这里就会诞生出另一版本的《西厢记》。

但是,生活中真的没有那么多"如果"和"或者",人生确实就是一场有去无回的单程旅行,并且你的每一步行程都是现场直播,从来不会有彩排。

登乐游原

李商隐

向晚意不适，驱车登古原。
夕阳无限好，只是近黄昏。

乐游原，位于西安市南郊大雁塔东北部、曲江池北面的黄土台塬，是由河流侵蚀而残留在渭河三级台地上的梁状高地。

早在二千多年前的秦汉时代，这一带就以风景秀丽而著称。有一次，汉宣帝带着许皇后出游至此，迷恋这里旖旎风光，以至于"乐不思归"。后来，他在此建乐游庙，乐游原即以庙得名。

唐代，太平公主在这里营造了当时最大的私家园林——太平公主庄园。韩愈有《游太平公主山庄》诗："公主当年欲占春，故将台榭押城闉。欲知前面花多少，直到南山不属人。"也就是说，太平公主的这座私家园林

《登乐游原》诗意图

书法作者韩钧,中国书法家协会会员,陕西省书法家协会篆刻委员会秘书长,陕西省青年书法家协会副主席。

之大,可以直到南面的终南山。

乐游原是唐长安城的最高点,与南面的曲江芙蓉园和西南的大雁塔相距不远,地势高平宽敞,为登高览胜的最佳地点,景色十分宜人,前来观景的游客络绎不绝,文人墨客也经常来此做诗抒怀。唐代的许多诗人在乐游原留下了近百首诗词,李商隐便是其中之一。

夕阳下的乐游原

李商隐年轻时便显露文才，很受令狐楚赏识，可是李商隐却与泾原节度使王茂元的女儿结婚。当时牛李党争正酣，令狐楚是牛党，王茂元则亲近李党。宣宗即位以后，牛党当权，令狐楚的儿子当了宰相，打击一切与李党有瓜葛的人士，从此李商隐一直被压制，心情一直郁郁寡欢。

这一天的傍晚，李商隐情绪不佳，便驱车前往乐游原散心。在美好的夕阳下，他心潮澎湃，诗思涌动，写下了这首千古绝句，以夕阳美好而近黄昏，暗喻自己空有满腹才华，只能垂垂老去的抑郁心情。

现在的乐游原仍然不荒凉不寂寞，仿古建筑鳞次栉比，踏上这千年古原旧址，一种时空的交错感油然而生，仿佛走进了唐朝。

史上著名的青龙寺也在这里，它是唐代密宗大师惠果长期驻锡之地。北宋元祐元年（1086）以后寺院废毁，地面建筑荡然无存，寺院遗址被埋没地下。1963年起，经过多年考古调查和发掘，确定寺院原址并在原址重建青龙寺。如今，寺院香火很旺，游人不断。

离开青龙寺向前，还有拱桥、池塘、绿树和樱花，也是游人如织。

在一处峭壁前矗立着一块大石，上刻李商隐的这首诗，不少游客在此驻足。几位游客说他们就是冲这首诗来的，还有游客即兴吟诵该诗。

唐诗的强大生命力，超出人们的想象。

江楼感旧

赵嘏

独上江楼思渺然,
月光如水水如天。
同来望月人何处?
风景依稀似去年。

《江楼感旧》诗意图

赵嘏在考取进士之前就已名满天下了。这年秋天,赵嘏游览京城长安后,写了一首七律,其中有"残星几点雁横塞,长笛一声人倚楼"的句子。杜牧看到该诗后,大为欣赏,称赵嘏为"赵倚楼"。这是一个极高的评价,从此赵嘏名声更大了。

后来,家住镇江的赵嘏为进京求取功名,便跟美女爱妾商量,让她在家奉养母亲,待自己功名有了眉目,便接她和母亲到长安。

这年中元节那天,镇江黄鹤山上鹤林寺举行法会,远近的善男信女都来进香,赵嘏的那位美女爱妾也来了。

不巧,她被镇守镇江的浙西节度使看上了,并强行将她带到自己府邸。

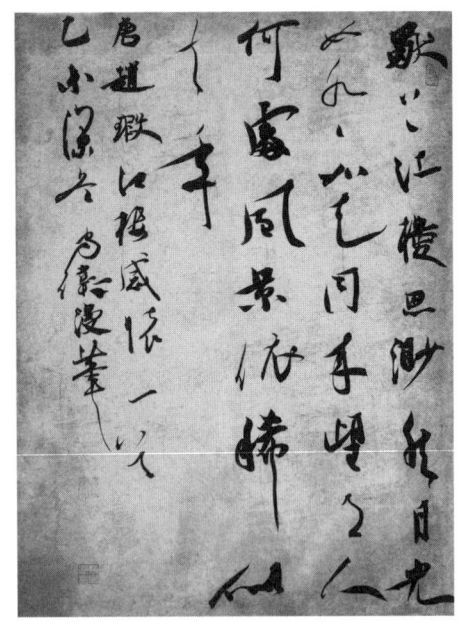

书法作者：李守卫，中国书法家协会会员，淮安市书法家协会常务理事。

到了第二年，考取进士的赵嘏获悉这个消息后，立即给这位节度使写了一首诗：寂寞堂前日又曛，阳台去作不归云。当时闻说沙吒利，今日青蛾属使君。

此诗第三句提到唐代蕃将沙吒利仗势霸占了韩翃美姬柳氏，后人因此以"沙吒利"指代霸占他人妻室的权贵。

节度使读了该诗，觉得自己过分了，同时又有些害怕，就派人把她还给还在长安的赵嘏，并捎去一封信表达自己的歉意。赵嘏当时正好有事到关外，途经横水驿时，凑巧与爱妾相遇，两人抱头痛哭。谁能料到，赵嘏这位哭了一天的爱妾竟香消玉殒，第二天再也没能醒过来。赵嘏悲痛欲绝，把她埋在横水朝阳的地方后，毅然返回家乡。

此后，赵嘏对那位爱妾的思念越发深沉，在一个月色皎洁的晚上，他信步来到江边的黄鹤山，登上江楼，回想以往与爱妾的一幕幕，禁不住悲从中来，写下了这首诗。

现在，黄鹤山仍在，只是长江已向北面退去，当年的鹤林寺也没了踪影。沿着新修的台阶走上山去，两旁是茂密的林木，还有荒僻的小径，山上有小亭和古楼，却再也找不到赵嘏和他爱妾的身影。

黄鹤山上新建"江楼"

白鹿洞二首·其一

王贞白

读书不觉已春深,
一寸光阴一寸金。
不是道人来引笑,
周情孔思正追寻。

王贞白是江西广丰人,曾在庐山五老峰下的白鹿洞读书,这首《白鹿洞》是他在此读书时有感而发的一首惜时诗,是自己读书生活的写照。其中"一寸光阴一寸金",已成为劝勉世人珍惜光阴的名言绝句。

昭宗乾宁二年(895),王贞白考中进士,但那次考试被认为存在"猫腻",受到举报。碍于舆论,朝廷作废放榜人员名单,重新举行考试,结果原来确定的二十人有十人被淘汰,王贞白有幸榜上留名。不久他远赴边塞从军戍边,后又在朝廷中担任了几年闲职,因无法忍受尔虞我诈的官场生活,最终决意归隐故乡,那时他还不到三十五岁。

王贞白归隐之后,并没有去过那种逍遥自在的生活,而是创建"山斋书舍"潜心教学,为家乡子弟传道解惑。

白鹿洞书院,最早是李渤兄弟隐居读书的地方。李渤养有一

书法作者刘景伟,中国书法家协会会员,辽宁省书法家协会理事,辽宁省职工书法协会评委。

白鹿洞书院

白鹿洞书院内的"白鹿洞"

只白鹿，终日与他形影相随，故被人们称为白鹿先生。后来，李渤就任江州（今江西九江）刺史，留恋这块宝地，在此修建了亭台楼阁，疏导山泉，种植花木，使其成为一处游览胜地。由于这里山峰回合，形如一洞，故名白鹿洞。其实，这里并没有洞，只是山谷间的一块平地。

多少年后，地方政府在这里建立"庐山国学"，算是白鹿洞书院的前身。宋代初年，经扩充改建为书院，并正式定名为"白鹿洞书院"，但很快就破败。后来，著名理学家朱熹出任南康太守（治所在今九江星子县），他亲自到书院废址踏勘考察，对这个地方非常满意，经他大力倡导，才又重建了白鹿洞书院。他曾亲订洞规，延请名师，置田建屋，充实图书，且亲临授课，后又有与著名哲学家陆九渊的"白鹿洞之会"，书院从此名闻天下。

白鹿洞书院位于庐山南侧山下。我们辗转来到这里，立即就被其美景迷住了：山上林木葱茏，山下流水潺潺，人造拱桥、小亭与青山绿水浑然一体。

书院的五个院落层层递进——棂星门、泮池、状元桥、礼圣门和礼圣殿。走进棂星门豁然开朗，"棂星"即"文星"，以其命门，意即此处人才辈出、为国家培养栋梁之才之意。礼圣殿又称大成殿，是书院祭祀孔子及其门徒的场所。大殿正中悬有孔子行教立像，为初唐吴道子所画，上有清康熙皇帝手书"万世师表"匾额。从礼圣门到礼圣殿，坐落着先贤书院、丹桂亭、朱子祠、报功祠等。

随着络绎不绝的游人，走进御书阁，穿过明伦堂，拜见白鹿洞，登上思贤台。现在，

白鹿洞书院内景

这里真的有了一洞,成为名符其实的白鹿洞。明嘉靖九年(1530),南康知府觉得这里空有洞名而无洞,总是少了点什么,于是命人就地开凿山洞,用汉白玉雕琢一只白鹿置于洞中,这才使白鹿洞名实相符。

这是一个藏于深山密林中的著名书院,是一个天下读书人向往的书院。

台城

韦庄

江雨霏霏江草齐，
六朝如梦鸟空啼。
无情最是台城柳，
依旧烟笼十里堤。

唐僖宗中和三年（883），韦庄游历江南，来到金陵（南京），凭吊六朝遗迹台城。中唐时期，昔日繁华的台城已是"万户千门成野草"，到了他所处的唐末，这里就更加破烂不堪了。他感叹历史兴亡，吟成此诗。

台城，是东晋至南朝时期的中央政府和皇宫所在地。"台"指当时以尚

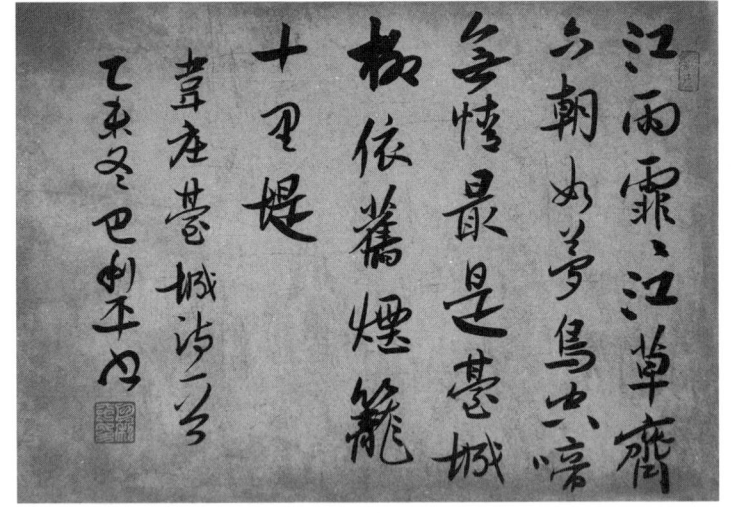

书法作者巴利平，中国书法家协会会员，浙江省硬笔书法协会理事、杭州市书法家协会理事、临安市书法家协会副主席。

书台为主体的中央政府，因尚书台位于宫城之内，因此宫城又被称作"台城"。

台城原址是三国孙吴都城内的苑城，晋朝开国元勋谢安将这里改建成台城。也就是说，自孙吴时代起，东晋和南朝宋、齐、梁、陈六朝都以此为宫城，将台城作为国家的政治中心。台城由多重城垣构成，包括百官议政的尚书朝堂区、皇帝朝宴的太极

台城遗址区（玄武湖南岸）

殿区，以及后宫内殿区、宫后园囿区等。这里宫殿巍峨，楼阁伟岸。

南朝末年，隋军攻入南京，灭掉陈朝，将台城宫苑夷为平地，宫城化为一片废墟。

今天的台城遗址区，位于南京玄武湖南岸、鸡鸣寺后面，东端与明都城相接，西端为一断壁。近年台城遗址不断有新的发现，初步判定其核心地区位于大行宫周围及总统府东西一线。

现在，沿着鸡鸣山东面的柏油马路向前，经过鸡鸣寺大门向西，可看到一段城墙。这段城墙全长二百五十多米，最高处有二十多米，是一段明朝城垣，后人常将这段城墙附会为六朝台城遗迹。

穿过高大的门洞，眼前呈现的是美丽的玄武湖。湖边柳枝在春风中婀娜多姿，向人们诠释着"无情最是台城柳，依旧烟笼十里堤"的意境。

登上城墙，东眺钟山，那里龙盘虎踞，山色空明；南望鸡鸣寺，那里黄墙青瓦，林木苍翠。

明太祖朱元璋当年耗费二十多年时间，调动全国一部、三卫、五

鸡鸣寺入口处

玄武湖一隅

省、二十八府,一百五十二州县共二十余万工匠,修筑了南京城墙。都城建成后,朱元璋带着大臣和皇子登临紫金山观察城池形势,皇四子朱棣提出"紫金山上架大炮,炮炮对准紫禁城"的担忧,同时认为将南面的雨花台和北面的幕府山留在城外,对都城防守不利。为弥补这些缺憾,朱元璋下令建造外郭城墙。外郭城墙号称一百八十里,可见工程之浩大。

台城宫阙烟消云散后,后来有无数文人墨客来到这里,以台城与南朝的兴废为题怀古咏史,写下大量诗篇。

今天的我们站在城墙上抚今追昔,百年之后我们也将是后人追忆的古人。

社日

王驾

鹅湖山下稻粱肥,
豚栅鸡栖半掩扉。
桑柘影斜春社散,
家家扶得醉人归。

社日,是古代春秋季节人们两次例行的祭祀土地神的日子,分别叫做春社和秋社。王驾的《社日》写的是春社。古代百姓通过作社活动,祈求风调雨顺、五谷丰登,同时各种作社表演和集体欢宴,也营造了热闹欢乐的氛围。

此诗没有一字正面写社日,却通过一些极富农村生活情调的画面,诸如豚栅、鸡栖、稻粱肥、醉人归,勾勒出山村节日的欢乐气氛。这个热闹的地点,就在今江西省铅山县鹅湖山下。

唐代,鹅湖山称荷湖山,山中有湖,湖中有荷。晋末,有人在湖里养了许多鹅,故名鹅湖山。鹅湖山下的鹅湖书院,为古代江西四大书院之一,曾是一个著名的文化

书法作者陈跃勤,中国书法家协会会员,中央中国画研究院教授,江西省高技能陶瓷艺术家协会常务理事。

鹅湖书院内景　　　　　　　　　　　　　鹅湖书院大门

中心。南宋理学家朱熹与陆九渊等人的鹅湖之会，成为中国儒学史上影响深远的盛事。为了纪念"鹅湖之会"，人们在书院后建了"四贤祠"，宋淳熙十年（1183）赐名"文宗书院"，后更名为"鹅湖书院"。

鹅湖书院外的空旷处，现在仍是人们喜欢聚集的地方。站在这里，望着近处的稻田和远处的农舍，心中吟诵着这首诗，眼前仿佛出现了"家家扶得醉人归"的场景。

此时此刻，你是否梦回大唐，加入那欢乐的人群？

后记

  我们夫妻自小就非常喜欢唐诗宋词,并坚信唐诗宋词是人类永不失效的精神食粮。自唐宋以来,历朝历代出版的唐诗宋词版本数不胜数,带译文的,带插图的,不一而足。但是,在这所有的版本中,对诗词的诞生地、诗词中的描写地,都是客观的简述或想象中的绘图,一般读者会认为诗词中所描述只是虚无缥缈的想象,无法产生身临其境的感受。

  于是,我们萌生了一个想法,到唐诗宋词的诞生地及描写地去,看一看那里的真实场景,探秘诗词诞生的故事,让更多的读者跟随我们的脚步走进唐诗和宋词,体验一番独特的立体阅读。

  我们精选了一百首唐诗和一百首宋词。2015年7月,我们一起驾车从山东鲁酱酒业有限公司大院出发,沿着古代文人骚客的足迹,踏上了"寻访唐诗宋词之旅"。历时半年,我们顶风冒雨行驶两万三千多公里,走过十九个省、两个直辖市,完整地探访了一百首唐诗、一百首宋词诞生地。我们回顾当年诗人写作这首诗词时的历史背景,探寻写作这首诗词的具体过程及相关轶事,更为重要的是,要用简短的文字记录千年之后这里所发生的变化,及我们来到这里时的所见所闻、所思所想。我们用相机拍摄下这里的真实场景,告诉读者历史上的名诗佳句就诞生于这里,唐诗宋词描写的意境来源于此。

在唐诗宋词的释读方面，这是一个全新的突破，在过去面世的所有唐诗宋词释读版本中前所未有。

一路上，我们遭遇了许多艰难，也邂逅了无数感动。

忘不了，遇到被雨水冲垮的道路，我们只能在风雨中彻夜等候；忘不了，为了寻找拍摄的最佳角度，我们冒险爬到高山上的悬崖拍摄；忘不了，在我们寻找有关遗址时，总会有当地好心人带路；忘不了，当我们对有关史实产生困惑或疑问时，总会有当地专家学者为给我们解疑释惑。

要知道，这一路我们总是奔走在异乡的土地上。这一路，我们几乎没有任何认识的熟人。但是，这一路的亲历亲见亲闻，让我们切实感受到了祖国的繁荣、社会的稳定，感受到了人间的温暖。

首先，要感谢参与本书创作全过程的山东省乳山市作家协会主席张敬滋先生。他与我们一起精心挑选诗词，设计行走路线，确定写作重点，并且通读书稿，为书稿提出了很多宝贵意见，对书稿的完成起了重要作用。

其次，要感谢给予我们全程支持的山东鲁酱酒业有限公司。山东鲁酱酒业有限公司由始建于1957年的乳山国营酿酒厂改制而来，坐落于山东半岛东南端，这里在2003年被联合国评为最适合人类居住的地区，冬温夏凉的气候适宜酱酒的酿造，良好的水质为酿造优质好酒提供了保障。鲁酱酒业酿酒工艺世代相传，并且聘请了国内知名的技术专家团队指导生产，酿造出了独树一帜的低度酱香酒。鲁酱产品1992年获布鲁塞尔国际评酒大赛金奖，2015年获山东白酒创新品牌称号。

公司董事长许大林先生不但是我们家乡著名的企业家，而且对中国传统文化也深有研究。他认为，唐诗宋词作为中国传统文化中的瑰宝关联着每一个中国人，同样，唐诗宋词中的酒文化更是深入人心，历史上无数名篇佳句都是在美酒的激发下诞生的。鲁酱酒业大力支持我们，一是提醒人们莫忘国学精华，多读唐诗宋词这样的文学经典，提升自身的文化素养，同时也希望人们畅饮鲁酱酒业的美酒，在新时代新形势下，写出像唐诗宋词一样优美的诗词佳作。

此外，要感谢北京黑米科技公司。旅途中，我们与乳山市文广新局、乳山市图书馆，一起开展了"异地同步诵读经典"活动。在北京黑米世纪网络科技有限公司的支持下，我们带上了他们生产的可随身携带的手由宝，在许多唐诗宋词诞生地，利用手由宝的WiFi信号，采取手机视频对话的形式，连线家乡图书馆阅览室，与家乡的孩子们一起诵读经典。在美如仙境的三清山，我们把那美丽的画面实时传送到家乡的图书馆阅览

李振华（右）与中国徐霞客研究会会长张宏仁教授在一起

李振华（左二）、丁慧琴（右一）与意大利著名旅行家马可·波罗第三十四代孙西里·波罗·帕德莱查先生（左一）和徐霞客第十代孙徐振庆先生在一起

室时,孩子们发出一片惊呼声,因为他们看到的是实时景象。我们还可以互动,一起朗诵同一首诗,开创了诗词诵读的全新方式。

在西安华清宫现场,我们不但让孩子们看到了"一骑红尘妃子笑,无人知是荔枝来"的现场画面,还"现场直播"了西安事变发生地的情况,让孩子们了解了唐诗以外的知识。在湖北黄冈的东坡赤壁上,我们与家乡的孩子们一起看着当年苏轼泛舟的地方,同声朗诵"大江东去,浪淘尽千古风流人物"。在山东青州,在李清照故居门前,我们与当地两位老者一起饮着鲁酱美酒,体味着当年李清照"东篱罢酒黄昏后,有暗香盈袖"的意境。

目前,"黑米公司"主要进军移动物联网领域,致力于为智能硬件提供随时随地的网络连接及增值服务的智能云平台,使各种规模的企业都能够在全国范围内快速且经济高效地启动、管理物联网服务。衷心祝愿黑米公司有更好的发展!

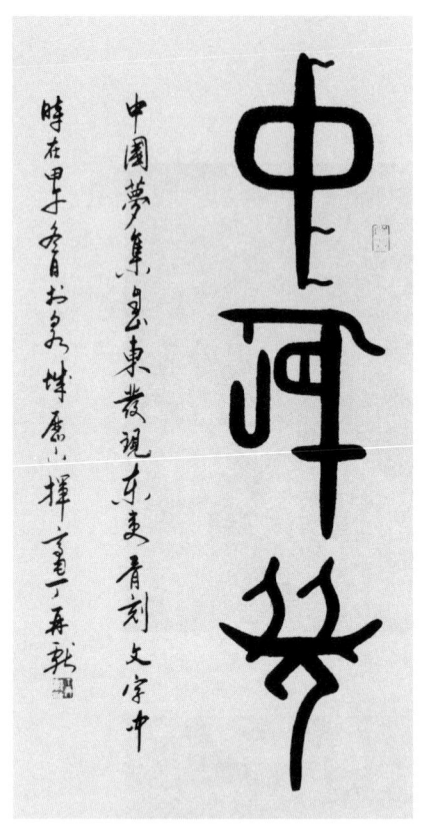

丁再献书骨刻文"中国梦"。

书法作为一门中华民族独特的艺术,在中国传统文化中享有崇高的地位。为了增加这本书的艺术内涵和审美价值,我们邀请了全国各地一百位中国书法家协会会员,将这一百首唐诗以书法的形式进行了书写。为本书题写书法作品的不少书法家,在百忙之中拨冗挥毫,给我们以大力支持,让我们深受感动。在此,对他们表示诚挚的谢意。

感谢中国骨刻文字系统破译第一人、骨刻文书法艺术创始人、中国骨刻文书法艺术研究院院长、山东省旅游行业协会专职副会长丁再献先生的大力支持。

感谢上海福然德部件加工有限公司董事长崔建华先生和广西柳州市工百五交化有限责任公司总经理杨纪军先生的大力支持。

感谢好友赵旭晴先生、吕世君先生、武鹰先生的大力支持。

感谢李振华高中同班同学张学波先生的大力支持。

一路上,由于天气、季节和时间等原因,有些地方我们没有拍摄到满意的照片,却得到了当地摄影师的无私帮助，为本书提供了效果极佳的实景照片。在此，对他们表示衷心感谢！

在这里，我们要特别感谢湖南省衡阳市南岳区旅游局的刘建平先生。十年前，当李振华撰写出版《五岳探秘》时，刘建平先生就提供了南岳衡山的大部分照片，但由于李振华的疏忽，图书出版时竟没有注明拍摄者姓名。这次我们来到南岳衡山时遇到漫天大雾，没有拍下一张满意的照片。为了给本书配图，当我们再次联系刘建平先生时，他又为我们提供了衡山的照片。在此，向他表示深切的谢意！

最后，这本书能够与读者见面，要感谢山东画报出版社总编辑、本书策划傅光中先生。从一开始，我们的这个想法就得到他的肯定与支持，使我们坚定信心，一步步将梦想付诸实施。稿子完成后，他在繁忙的工作之余，亲自为我们编辑和修改稿件。周六、周日和晚上，他照常与我们沟通稿件编改情况，让我们一次次体会了"为他人做嫁衣裳"这句话的真正含义。

很喜欢张敬滋先生送给我们的一句话："心中有梦想，脚下有行动。"在此，我们愿将这句话送给读者朋友共享。愿我们大家将梦想付诸行动，用踏踏实实的行动将心中的梦想变为现实！

李振华　丁慧琴

2016 年 8 月 16 日于亮斌阁